Avery Corman

Kramer gegen Kramer

Roman

Deutsch von Jürgen Abel

Rowohlt

Die amerikanische Originalausgabe
erschien 1977 unter dem Titel
«Kramer versus Kramer»
im Verlag Random House, New York
Schutzumschlag- und Einbandentwurf
von Manfred Waller
unter Verwendung eines Szenenfotos aus dem
gleichnamigen Film
(Warner-Columbia Filmverleih GmbH)

1.–15. Tausend Februar 1980
16.–25. Tausend Februar 1980
26.–45. Tausend März 1980
46.–65. Tausend April 1980

Gesetzt aus der Garamond-Antiqua 10 Punkt
auf der Linotron 404
Gesamtherstellung Clausen & Bosse, Leck
Printed in Germany
ISBN 3 498 00849 8

Für meine Mutter

I

Blut zu sehen – damit hatte er nicht gerechnet. Darauf war er nicht gefaßt, in den Büchern hatte nichts von Bluten und braunen Flecken auf dem Laken gestanden, und auch die Dozentin hatte davon nichts gesagt. Von Schmerzen war die Rede gewesen, das ja, und er war darauf vorbereitet, ihr bei der Überwindung der Schmerzen zu helfen.

«Ich bin ja bei dir, Liebes. Komm, atme jetzt. Wie bei den Übungen», befahl er, wie man es ihm gesagt hatte, der brave Soldat.

«Eins, zwei, drei, aus-atmen...»

«Hau doch ab!» sagte sie gereizt.

Er wollte das nützliche Team-Mitglied bei der «natürlichen Geburt» sein, dazu hatte er den Kurs mitgemacht. Er wollte der tüchtige Helfer sein, ohne den nichts ging, aber als sie ihn endlich ins Zimmer ließen, hatte alles schon ohne ihn angefangen. Joanna stöhnte und fluchte vor sich hin. Und im Bett neben ihr schrie eine Frau auf spanisch nach ihrer Mutter und Gott, die jedoch beide nicht in der Nähe zu sein schienen.

«Paß auf, wir atmen jetzt zusammen», sagte er fröhlich.

Er war überflüssig. Joanna schloß die Augen, um in den Schmerzen zu versinken, und die Schwester stieß ihn beiseite, damit sie das Blut und den Schmutz aufwischen konnte.

Als Joanna ihm zum erstenmal mit der Aufforderung «Horch mal!» ihren Bauch präsentierte, hatte er gehorsam das Ohr an ihren Nabel gelegt. «Ein Wunder», sagte er. Aber er sagte es fast mechanisch. Diese ersten spürbaren Lebenszeichen hatten ihn im Grunde nicht interessiert. Es war ihre Idee gewesen, ein Kind zu bekommen, und er hatte zugestimmt. Irgendwie war es der nächste logische Schritt in ihrer Ehe gewesen. Und als sie schon einen Monat nach Entfernen der Spirale schwanger wurde, war er überrascht. Es schien so wenig mit ihm zu tun zu haben – ihre Idee, ihr Baby, ihr Wunder.

Er wußte, daß er eigentlich an den Veränderungen in ihr hätte Anteil nehmen sollen. Was ihn jedoch am meisten an ihrem neuen Körper interessierte, war nicht das neue Leben darin, sondern der Druck, den ihr Bauch beim Sex gegen seine Genitalzone ausübte. Er malte sich jetzt manchmal aus, wie Sex mit dicken Frauen sein mochte, und starrte ihnen auf der Straße nach. War die Anmut, die so viele dicke Frauen zur Schau trugen, verzweifelte Selbsttäuschung oder das geheime Wissen von unbeschreiblichen sexuellen Freuden, die sie gaben und empfingen? Ted Kramer, der sich nie gestattet hatte, die Bilder im Foyer des Pornokinos in der Nähe seiner Firma zu betrachten, ertappte sich dabei, wie er amüsiert über die finanziellen Chancen eines Pornofilms mit dem Titel *Ted und das dicke Mädchen* nachdachte.

Im sechsten Monat hatte Joanna plötzlich starke Blutungen. Ihr Gynäkologe, Dr. Anthony Fisk, laut *Vogue* einer der erfolgreichsten, fähigsten jungen Frauenärzte der westlichen Welt, verordnete ihr: «Im Bett bleiben und den Korken rein.» Darauf entbrannte zwischen Ted und Joanna eine Diskussion über die genaue medizinische Bedeutung des ärztlichen Rats. Ted, der mit Joanna schlafen wollte, rief noch spätabends bei Dr. Fisk an. Der Arzt reagierte gereizt, weil es erstens kein Notruf war und weil er zweitens keine Lust hatte, mit einem Mann zu reden – und am allerwenigsten über sprachliche Probleme. Er sagte, er habe gemeint: «Sorgen Sie dafür, daß sie soviel wie möglich auf dem Rücken liegt. Und nicht mehr bumsen!» Ted schlug vor, den Arzt zu wechseln, aber Joanna wollte nichts davon wissen. So kam es, daß sie im Bett mehr Distanz zwischen sich legten. Joanna blieb drei Monate lang mehr oder weniger ununterbrochen auf ihrer Bettseite und brachte erfolgreich die volle Dauer der Schwangerschaft hinter sich.

Joanna bekundete während dieser Zeit keinerlei Interesse

an irgendeiner Art Ersatzsex, obwohl Ted ihr aus einem der Bücher für werdende Mütter und Väter die Stellen über Beischlafvariationen vorlas, die von den Ärzten gebilligt wurden. «Geschlechtsverkehr zwischen den Schenkeln kann durchaus eine geeignete Übergangslösung sein.»

Eines Abends, nachdem sie eingeschlafen war, versuchte Ted, im Badezimmer zu onanieren. Er stellte sich dabei eine dicke Frau vor, die er an diesem Tag in der U-Bahn gesehen hatte. Kurz vor dem Orgasmus schaltete er um und dachte an Joanna, um sie nicht zu betrügen. Da er sich trotzdem schuldig fühlte, verdrängte er sein Verlangen von nun an, indem er sich mit einem Eifer, der an Besessenheit grenzte, um Kleidung, Matratzen, Bettchen, Nachtbeleuchtung, Wagen und Namen für das Kind kümmerte.

Joanna achtete sehr viel mehr als er auf Details wie die relativen Vorzüge von Babystühlen mit Kugeln, damit das Baby etwas zu spielen hatte, oder ohne, und er schrieb es dem natürlichen Mutterinstinkt zu, daß sie, die sonst noch nie in solchen Geschäften gewesen war, sich den Jargon der Branche so schnell angeeignet hatte. Er hatte schon Mühe, zwischen den verschiedenen Windeln und Wickelsystemen zu unterscheiden, nur *Bumpers* waren für ihn vergleichsweise leicht zu identifizieren – sie hingen innen an den Wänden des Bettchens und erinnerten mit ihren Häschen und Blümchen an den Wandschmuck einer Vorschulklasse.

Der Laden, in dem Joanna ihre Umstandskleidung kaufte, hieß Lady Madonna, ein sehr passender Name, wie er fand, da sie den Idealvorstellungen von einer werdenden Mutter entsprach. Ihre Haut war makellos, ihre Augen leuchteten, eine Madonna und sogar keusch dank der klugen Ratschläge von Dr. Fisk. Joanna Kramer war von geradezu professionell gutem Aussehen – ein bißchen zu klein vielleicht, mit ihren 1,60 Metern, um für ein Fotomodell gehalten zu werden, mehr wie eine Schauspielerin, eine auffallende, schlanke Frau mit langem schwarzen Haar, schmaler Nase, großen braunen Augen und einer Spur zuviel Busen für ihre Figur. «Du bist die Schönste weit und breit», pflegte Ted zu ihr zu sagen. Das

Bild, das er von sich selber hatte, war nicht so gefestigt. Ein einigermaßen gutaussehender Mann, 1,76 groß, braune Augen, hellbraunes Haar, aber seine Nase, die er zu lang fand, und seine Haare, die in letzter Zeit schütter wurden, machten ihm Sorgen. Am attraktivsten fühlte er sich, wenn Joanna bei ihm eingehakt war – und das war charakteristisch für sein Selbstgefühl. Er hoffte, das Kind würde nicht das Pech haben, ihm zu ähneln.

Er war sehr fürsorglich während ihrer Schwangerschaft und wäre gern abends losgefahren, um ihr Rippchen, Eis oder saure Gurken zu holen, aber sie hatte keines dieser angeblich typischen Gelüste. So brachte er ihr statt dessen oft Blumen mit, was er vorher übertrieben romantisch gefunden hätte.

Für eine Frau im siebten Monat hatte Joanna einen gesegneten Schlaf. Seine Nächte waren weniger friedlich: er lag oft wach und spürte eine unbestimmte Unruhe, die er nicht begreifen konnte.

Zehn Ehepaare versammelten sich in einem Sandsteinhaus in Greenwich Village. Das Versprechen der Kursleiterin lautete, die Frauen könnten lernen, Kontrolle über ihren Körper zu haben, was von allen Anwesenden feierlich begrüßt wurde – niemandem fiel auf, welch ein Widerspruch darin lag, daß zehn pralle Frauen, von denen einige Schwierigkeiten beim Gehen hatten, Kontrolle über ihren Körper haben sollten. Den Männern wurde versprochen, sie könnten aktiv teilnehmen an der Geburt ihrer Kinder. Die Kursleiterin war eine enthusiastische junge Dame. Sie trug ein Gymnastiktrikot. Sie war die einzige flachbäuchige Frau weit und breit, und als Ted mitten während eines Gesprächs über die Nachgeburt sexuelle Phantasien hatte, die sich auf sie und ihren flachen Bauch bezogen, betrachtete er dies als ein Zeichen dafür, daß die Phase seines Hanges zu dicken Frauen zu Ende war.

Im weiteren Verlauf des Kurses versetzte die junge Dame mit dem Traumbauch seinem inneren System eine Reihe von Schocks: sie zeigte Farbdias über die Entwicklung des Fötus, so genau und anschaulich, wie er es noch nie gesehen hatte, und dann Bilder von Neugeborenen, wachen Müttern und strahlenden Vätern. Ein richtiges Baby, nicht ein Baby aus einem Buch oder eines, das in ihrem Bauch versteckt war, ein atmender Mensch würde in sein Leben treten.

Als er am nächsten Tag in der Mittagspause auf der Treppe zur Bücherei in der 42. Straße saß und ein Eis aß – er hatte gerade bei Lord & Taylor die Preise für Babyausstattungen studiert und wollte anschließend bei Saks noch einmal die Preise für Kinderbettchen studieren –, wurde es ihm plötzlich klar, und die unbestimmte Unruhe nahm Gestalt an. Es war Furcht. Er hatte Angst. Er hatte Angst, Joanna würde sterben. Er hatte Angst, das Baby würde sterben. Er hatte Angst, Joanna und das Baby würden beide sterben. Er hatte Angst, ihnen beiden würde es gutgehen, aber er würde bald sterben. Er hatte Angst, sie würden sich das Baby finanziell nicht leisten können. Er hatte Angst, das Baby zu halten und es fallen zu lassen. Er hatte Angst, das Baby würde blind, geistig zurückgeblieben, verkrüppelt, mit nur einem Arm oder nur einem Bein, fehlenden Fingern, fleckiger Haut zur Welt kommen. Er hatte Angst, er würde den Anforderungen nicht gerecht werden, er würde kein guter Vater sein. Er sagte Joanna nichts davon.

Der Abwehrmechanismus, den er wählte, um mit seiner Angst fertig zu werden, bestand darin, zu leugnen. Er würde wie ein Gott sein, alles unter Kontrolle haben, nichts der Ahnungslosigkeit oder dem Zufall überlassen. Er würde der am besten vorbereitete, am besten informierte Vater sein, den es gab. Während der wöchentlich stattfindenden Kursstunden saß er aufmerksam und konzentriert da. Er konnte Joannas Bauch praktisch mit Röntgenaugen durchleuchten, wie Supermann, konnte die Lage des Babys sehen. Als Joanna im neunten Monat immer schlimmere Beschwerden hatte, erwies er sich als überaus hilfreich. Er sorgte dafür, daß sie jeden Tag die Atemübungen machten, gemeinsam. Er war ein vorbildlicher werdender Vater.

Am Ende des Kurses wurde in einer Schule des Viertels ein

Film über eine authentische Geburt nach Methoden der natürlichen Geburt gezeigt. Im Publikum waren alle erdenklichen Typen von angehenden Vätern und Bäuche in allen möglichen Formen vertreten. Ted Kramer fühlte sich diesen Menschen verbunden, verwandt. Er lächelte fremden Leuten zu. Mit dem Film war auch der Kurs zu Ende. Ted Kramer war bereit, das Baby konnte kommen.

«Wirst du enttäuscht über mich sein, wenn ich es nicht schaffe?»

«Wie meinst du das?»

«Ich habe mit einer Frau geredet, die eine Narkose brauchte, und jetzt fühlt sie sich schuldig, weil sie nicht wach geblieben ist.»

«Fehlschläge gibt es nicht, haben sie gesagt. Keine Sorge, Liebling. Du machst es einfach, solange es geht.»

«Okay.»

Stirb mir bitte nicht, Joanna, ich könnte es nicht ertragen, dich zu verlieren. Er konnte es nicht laut sagen. Er wollte sie nicht erschrecken, und ebensowenig wollte er seine eigenen Ängste zutage fördern.

Als der Anruf kam, saß er – wie sie es sich im voraus überlegt hatten – im Büro an seinem Schreibtisch, zehn Minuten mit dem Taxi von zu Hause entfernt. Herr der Lage. Aber von Anfang an entglitt ihm die Kontrolle. Er hatte nicht damit gerechnet, daß die Kontraktionen so schnell und so heftig eintreten würden. Als er die Wohnung betrat, lag Joanna zusammengekrümmt auf dem Boden.

«Mein Gott...»

«Es ist schrecklich, Ted...»

«Jesus...»

All das Geübte und Gelernte war plötzlich verflogen, als er sah, wie groß ihre Schmerzen waren. Er hielt sie, bis die Kontraktion vorbei war. Dann nahm er die Tasche, die schon seit Tagen gepackt war – er hatte sein Taxi unten warten lassen –, und sie fuhren zum Krankenhaus.

«Ich halte das nicht aus.»

«Gleich geht es dir wieder gut, Liebling. Atme.»

«Nein.»

«Du schaffst es. Bitte, atme!» Und sie bemühte sich um den richtigen Atemrhythmus, der dazu dienen sollte, «das Gehirn von den Schmerzen zu deprogrammieren».

«Sie sind weg.»

«Liebling, beim nächstenmal mußt du versuchen, sie gar nicht erst kommen zu lassen. Denk daran. Gar nicht erst kommen lassen.»

«Ich glaube, ich werde mir am besten gleich eine Spritze geben lassen.»

An der Ecke 29. Straße und Park Avenue blieb das Taxi in einem Verkehrsstau stecken.

«Das geht nicht!» schrie er den Fahrer an.

«Was soll ich machen, Mister?»

Ted sprang aus dem Taxi.

«Hilfe! Notfall! Eine Frau in den Wehen! Notfall!»

Er rannte mitten in den Stau, stoppte Autos, dirigierte andere um, ein spontaner, wilder Verkehrspolizist. «Verdammt, setzen Sie den Laster zurück. Wir müssen hier durch.» Abgebrühte New Yorker Autofahrer staunten über den Anblick dieses Verrückten – und reagierten. Einen Augenblick lang war Ted ein Held, der seine schwangere Frau aus einem New Yorker Verkehrsstau rettete. Sie rasten zum Krankenhaus, der Fahrer ließ auf Teds Geheiß die Hupe nicht los. «Achten Sie nicht auf die Ampeln, ich zahle alle Strafmandate.»

Der Augenblick der Größe war vorbei, hatte nur einen Moment lang gedauert. Als sie das Krankenhaus erreichten, wurde Joanna nach oben getragen, und er stand allein im Aufnahmeraum und wartete – ein Held von gestern. Jetzt hatten *sie* die Kontrolle. Sie hatten sich Joannas bemächtigt, und wahrscheinlich rasierten sie ihr jetzt gerade die Schamhaare ab.

«Das ist unfair», protestierte er bei der Schwester von der Aufnahme. «Ich werde oben gebraucht, ich muß zu meiner Frau.»

«Sie werden anrufen.»

«Wann?»

«Es dauert ungefähr zwanzig Minuten, Mr. Kramer.»

«Diese Minuten sind entscheidend.»

«Ja, das wissen wir.»

In einem der Sessel saß ein untersetzter Mann in den Dreißigern, hingefläzt mit der Ruhe eines Menschen, der fernsieht. Er wandte sich Ted zu.

«Das erste Mal?» fragte er.

«Finden Sie, daß das der angemessene Ausdruck ist?» fuhr Ted ihn an. «Wenn es um die Geburt eines Kindes geht?»

«Mann, war ja nur freundlich gemeint.»

«Entschuldigung. Es ist . . . ja, es ist das erste Mal», sagte Ted und mußte plötzlich über sich lächeln.

«Bei mir das dritte.»

«Dieses Warten. Gerade wenn man sich ihr am nächsten fühlt, bringen sie sie fort.»

«Es ist sicher bald vorüber.»

«Aber ich muß dabei sein. Wir haben uns für eine natürliche Geburt entschieden.»

«Aha.»

«Sie auch?»

«Nein. Bei allem Respekt, ich finde das Quatsch. Lieber eine anständige Narkose, keine Schmerzen, und Sie haben Ihr Kind.»

«Aber das ist doch primitiv!»

«Oh, finden Sie?»

«Möchten Sie denn nicht bei ihr sein?»

«Ich werde bei ihr sein. In ein paar Tagen, mitten in der Nacht, dann werde ich bei ihr sein.»

Sie hatten einander nichts mehr zu sagen. Ted, überzeugt von der Richtigkeit seiner Entscheidung, ging nervös auf und ab, der andere saß zufrieden in seinem Sessel. Die Frau von der Aufnahme sagte zu Ted, er könne jetzt nach oben. Er fuhr mit dem Lift zur Entbindungsstation hinauf, wo Joanna, wie er sich vorstellte, auf seine Hilfe wartete. Unterwegs ging er noch einmal die verschiedenen Aufgaben durch, die ihn jetzt erwarteten: rechtzeitig die Kontraktionen erkennen, ihr beim

Atmen helfen, sie in ablenkende Gespräche verwickeln, ihre Stirn abtupfen, ihre Lippen befeuchten. Er würde die Situation unter Kontrolle haben. Er würde gar nicht die Zeit haben, sich zu ängstigen.

Er betrat das Zimmer. Joanna krümmte sich gerade inmitten einer heftigen Kontraktion, und dann schleuderte sie ihm ihr «Hau doch ab!» entgegen, als er sich bemühte, sie zum richtigen Atmen zu ermuntern. Die Frau im Nachbarbett schrie auf spanisch. Die Schwester stieß ihn beiseite. Das hatte nichts mehr mit dem zu tun, was er im Kurs gelernt hatte.

Schließlich erschien Dr. Fisk, ein hochgewachsener Mann mit dichtem blonden Haar. Als erstes sagte er zu Ted: «Warten Sie draußen im Flur.» Nach ein paar Minuten winkte ihn die Schwester wieder ins Zimmer. Dr. Fisk nickte und ging hinaus.

«Jetzt dauert es nicht mehr lange», sagte die Schwester. «Bei der nächsten Wehe lassen wir sie pressen.»

«Wie geht's, Liebes?» fragte er Joanna.

«So was Schreckliches hab ich noch nie mitgemacht.»

Die Kontraktionen kamen, er redete auf sie ein, ermunterte sie zu pressen, und nach mehreren Wellen heftiger Kontraktionen und angestrengten Pressens sah er, wie langsam ein schwarzer Tupfen erschien, die Krönung des Geburtsvorgangs, die ersten Zeichen seines Kindes. Es war alles außerhalb seiner Kontrolle. Es war ehrfurchtgebietend.

«Mr. Kramer?» Dr. Fisk war zurückgekommen. «Jetzt wollen wir mal anfangen und unser Baby holen. Kommen Sie.»

Ted küßte Joanna. Sie rang sich ein Lächeln ab, und er ging mit Dr. Fisk durch den Flur in einen anderen Raum.

«Machen Sie jetzt genau das, was ich mache, Mr. Kramer.»

Ted spielte Doktor. Er bürstete sich die Hände, zog sich einen blauen Kittel an. Und während er dort in seinem Ärztekittel stand und sich in seiner Verkleidung im Spiegel betrachtete, wurde ihm bewußt, wie wenig er die Situation unter Kontrolle hatte, und plötzlich verschlang ihn die Angst, die er so lange geleugnet hatte.

«Na, werden Sie es schaffen?»

«Ich denke schon.»

«Sie werden mir doch da drinnen nicht in Ohnmacht fallen?»

«Nein.»

«Damals, als man anfing, die Väter in den Entbindungsraum zu lassen, entwickelte hier irgend jemand eine Theorie. Er behauptete, einige Männer seien, nachdem sie ihren Frauen bei der Geburt zugeschaut hätten, vorübergehend impotent geworden.»

«Oh.»

«Er meinte, die Männer seien entweder von dem Vorgang der Geburt überwältigt worden oder von Schuldgefühlen wegen der Schmerzen ihrer Frau. Verstehen Sie? Wegen dem, was sie da mit ihrem Penis angerichtet hätten...»

Dr. Fisk hatte eine merkwürdig rüde Art, über diese Dinge zu sprechen...

«Wie dem auch sei, wir haben keinen Beweis für seine Theorie, aber sie bietet immerhin Stoff für interessante Spekulationen, finden Sie nicht?»

«Ich weiß nicht recht.»

«Kommen Sie, Mr. Kramer. Fallen Sie nicht um – und werden Sie mir nicht impotent», sagte Dr. Fisk lachend.

Ted folgte ihm mit verzerrtem Gesicht. Er hatte keinen Sinn für die Scherze des Arztes.

Sie betraten den Entbindungsraum. Joanna lag ohne die Würde, die, wie er fand, für diese höchste Erfahrung am Platz gewesen wäre, da – wie für ein bizarres Opferritual vorbereitet, mit einem Tuch über ihrer Taille und den Füßen in Steigbügeln. Der Raum wimmelte von geschäftigen Menschen. Ärzte und Krankenschwestern liefen umher. Drei Schwesternschülerinnen, die zusehen sollten, starrten auf Joannas hochgezogene Füße.

«Okay, Joanna, nur pressen, wenn ich es Ihnen sage, und dann wieder aufhören», sagte der Arzt. Das hatten sie zu Hause geübt, das war wie im Kurs. Ted war beruhigt: endlich etwas Vertrautes.

«Mr. Kramer, Sie stellen sich neben Joanna. Sie können es beobachten.» Er zeigte auf einen Spiegel über dem Tisch.

«Jetzt. Pressen! Pressen!» rief der Arzt, und dann ging alles sehr schnell – Joanna schrie, während die Schmerzen in Wellen kamen, versuchte zwischendurch, zu entspannen und tief einzuatmen, und preßte dann weiter. Ted war bei ihr und hielt sie in beiden Armen, während sie es hinauspreßte. «Denk nur: *hinaus*, Liebes!» sagte Ted zu ihr, wie er es im Kurs gelernt hatte, und sie preßte, während Ted sie hielt, und preßte und preßte, und dann war das Baby draußen und schrie, und Joanna weinte, und Ted küßte Joanna auf die Stirn, auf die Augen, und er küßte ihre Tränen ab, und die anderen im Raum waren plötzlich keine kühlen Beobachter mehr, sondern strahlten, und selbst der Star-Doktor lächelte. Und als das Baby in dieser festlichen Stimmung niedergelegt wurde, damit es gewogen und gemessen und untersucht werden konnte, beugte sich Ted Kramer über William Kramer und zählte seine Gliedmaßen und seine Finger und Zehen und stellte erleichtert fest, daß nichts fehlte.

Im Ruheraum unterhielten sie sich danach ganz ruhig und friedlich. Sie sprachen darüber, wer angerufen werden mußte, was Ted sonst noch erledigen mußte. Und dann wollte sie schlafen.

«Joanna, du warst phantastisch.»

«Na, ich hab's wenigstens geschafft. Aber das nächste Mal laß ich mir eins mit der Post schicken.»

«Ich liebe dich.»

«Ich liebe dich auch.»

Er ging nach oben in das Säuglingszimmer, um noch einen Blick auf das Baby zu werfen, das jetzt in einem Pappkarton lag. Es schlief – ein Winzling.

«Gute Nacht, mein Kleiner», sagte er laut, damit es ganz wirklich für ihn wurde. «Ich bin dein Daddy.»

Er fuhr nach unten, erledigte die Anrufe, und während der nächsten Tage hatte Ted, außer wenn er im Krankenhaus war und das Baby wirklich sah, ständig, im Büro und zu Hause, das kleine Gesicht des Winzlings vor Augen und war tief bewegt.

Er war nicht der Helfer gewesen, wie die junge Kursleiterin ihn beschrieben hatte. Aber wie er den Verkehrsstau durchbrochen hatte – das war schon etwas. Und dann der Augenblick, als er Joanna gehalten hatte, als er sie in den Minuten der Geburt mit beiden Armen gehalten hatte . . .

Später, als alles anders wurde und er darüber nachdachte, ob sie einander je wirklich nahe gewesen waren, erinnerte er Joanna an diesen Augenblick.

«Ich kann mich gar nicht mehr genau daran erinnern, daß du da gewesen bist», sagte sie.

2

Sie hatten sich auf Fire Island kennengelernt. Ted besaß dort einen halben Anteil an einem Haus für Singles, so daß er jedes zweite Wochenende dort verbringen konnte, und sie besaß einen viertel Anteil an einem Haus, so daß sie jedes vierte Wochenende dort sein konnte, und trotz der auf diese Weise begrenzten arithmetischen Möglichkeiten begegneten sie einander auf einer der drei Cocktailparties, die an dem Sonnabend des Wochenendes, an dem sie zufällig beide auf der Insel waren, stattfanden.

Joanna stand von drei Männern umgeben auf einer von Menschen wimmelnden Veranda. Ted beobachtete sie, und ihre Blicke begegneten einander, so wie Joanna die Blicke von einem Dutzend anderer Männer aufgefangen hatte, die dort ebenfalls auf Jagd waren. Ted pendelte seit einiger Zeit zwischen einem Apartmenthaus in Amagansett und dem Haus auf Fire Island hin und her. Er meinte, er habe mehr Chancen, sich eine Freundin oder zumindest irgendein Mädchen zu angeln, wenn er an zwei von Singles bevorzugten Schauplätzen die Angel auswarf. Er beherrschte inzwischen die Strandversion von Straßenflirts: man mußte nur wissen, wo man zu stehen und was man zu tun hatte, um das hübsche Mädchen kennenzulernen, das von drei Männern umgeben auf der Veranda stand und drauf und dran war, mit einem von den dreien zu gehen.

Als Ted sah, daß dieser eine jemand war, mit dem er irgendwann einmal Volleyball gespielt hatte, spazierte er zum Eingangstor hinunter und lehnte sich an den Vorgartenzaun. Dort paßte er den anderen ab und sprach ihn an. Um nicht unhöflich zu erscheinen, mußte der andere ihn notgedrungen seiner Freundin vorstellen. Sie hieß Joanna. Und jetzt kannten sie sich von der Terrasse her.

Er sah sie am nächsten Tag nicht am Strand, aber er nahm an, daß sie eine der drei überfüllten Fähren nehmen würde, die sonntagabends zum Festland hinüberfuhren. Also setzte er sich an den Anleger und gab sich alle Mühe, wie ein unbeschwerter Wochenendgast zu wirken, der sich von dem Sonnenuntergang nicht losreißen konnte. Sie erschien zur zweiten Fähre. Ted bemerkte, daß sie nicht mit einem Mann, sondern mit zwei Freundinnen zusammen war. Die beiden Freundinnen waren attraktiv, was Larry veranlassen würde, seinen Kombiwagen in Bewegung zu setzen. Teds Freund Larry war geschieden und hatte einen alten Kombi aus der gütlichen Einigung für sich gerettet. Er benutzte ihn, um Frauen zum Abschluß eines Wochenendes etwas Konkretes zu bieten: eine Rückfahrt in die Stadt. Ganze Scharen von Frauen paßten in den Kombi hinein. Manchmal sah es so aus, als transportierte Larry mehrere Teams von Stewardessen vom Flugplatz in die Stadt.

«Hallo, Joanna. Ich bin's, Ted. Erinnern Sie sich? Wissen Sie schon, wie Sie in die Stadt kommen?»

«Fahren Sie auch mit dieser Fähre?»

«Ja, ich warte nur noch auf einen Freund. Ich sehe schnell mal nach, wo er bleibt.»

Ted schlenderte zum Ende des Anlegers und lief dann, sobald er außer Sicht war, zum Haus.

«Schöne Mädchen, Larry!» Und er trieb ihn aus dem Haus zum Anleger.

Eine von Joannas Freundinnen stellte auf der Fahrt zum Festland die unvermeidliche Frage: «Und was machen Sie?» Ted hatte im Laufe des Sommers keine guten Erfahrungen mit der Beantwortung dieser Frage gemacht. Die Frauen, denen er begegnet war, schienen ein Bewertungssystem zu haben: auf einer Skala von eins bis zehn bekamen Ärzte zehn Punkte, Anwälte und Börsenmakler neun, Werbeleute sieben, DOB-Leute drei – es sei denn, die Firma gehörte ihnen, was ihnen acht Punkte einbrachte –, Lehrer vier, und alle anderen, darunter die, bei denen «Was ist das eigentlich?» gefragt wurde, wie es Ted auch oft passierte, höchstens zwei. Wenn man dann weiter erklären mußte, was das eigentlich war, und wenn sie es dann immer noch nicht begriffen, war man wahrscheinlich ganz unten bei einem Punkt angelangt.

«Ich bin Mediaberater.»

«Wo?» fragte Joanna.

Er brauchte es also nicht zu erklären – möglicherweise würde sie ihm fünf Punkte geben.

«Leisure-Magazines», sagte er.

«Ach so.»

«Kennen Sie die?»

«Ich bin bei J. Walter.»

Sie arbeitete bei einer Werbeagentur! Gut und auch wiederum nicht so gut, dachte er. Sie waren also in der gleichen Branche.

Joanna Stern hatte in Boston studiert und war mit einem Diplom in Liberal Arts nach New York gekommen. Hier hatte sie feststellen müssen, daß ihr Diplom nicht der erhoffte Schlüssel war. Notgedrungen absolvierte sie einen Stenotypistinnenkurs, um sich als Sekretärin zu qualifizieren, und wechselte dann von einer «vielversprechenden Position» in die nächste über, eine immer etwas weniger langweilig als die andere, bis sie schließlich Chefsekretärin beim PR-Leiter von J. Walter Thompson geworden war.

Mit vierundzwanzig mietete sie ihre erste eigene Wohnung.

Sie hatte sich mit einem verheirateten Mann aus ihrer Firma eingelassen. Das Verhältnis dauerte drei Monate und hörte auf, als er zuviel trank, sich auf ihrem Teppich erbrach und in den Zug stieg, um nach Port Washington zu seiner Frau zu fahren.

Zu Weihnachten pflegte sie nach Lexington, Massachusetts, zu fahren und ihre Erfolgsbilanz vorzulegen: «Ich gehe viel aus und komme in der Firma gut zurecht.» Ihr Vater besaß eine lukrative Apotheke in der Stadt, die Mutter war Hausfrau. Sie war das einzige Kind ihrer Eltern, verwöhnt, die Lieblingsnichte der Familie, die Lieblingscousine. Wenn sie im Sommer nach Europa fahren wollte, tat sie es, wenn sie neue Kleider haben wollte, bekam sie sie, aber sie machte «nie Schwierigkeiten», wie ihre Mutter gern betonte.

Hin und wieder überflog sie die Stellenanzeigen, um zu sehen, ob es noch etwas anderes gab, was sie auf der Welt machen konnte. Sie verdiente 175 Dollar in der Woche, die Arbeit war einigermaßen interessant, sie hatte keinen großen Ehrgeiz, sich zu verändern. Es war genauso, wie sie zu ihren Eltern gesagt hatte: «Ich gehe viel aus und komme in der Firma gut zurecht.» Ihre Erlebnisse waren allerdings Routine geworden. Bill, ihr neuer verheirateter Freund, war austauschbar mit Walt, ihrem verheirateten Freund vom Jahr davor, und unter den nichtverheirateten kam Stan nach Walt, aber vor Jeff und war austauschbar mit Michael, der nach Jeff und vor Don kam. Wenn sie so weitermachte, würde sie mit dreißig mehr als zwei Dutzend Männer gehabt haben – und das fand sie selber nicht gerade wünschenswert. Sie kam sich allmählich billig und abgenutzt vor. Sie erklärte Bill, dem derzeitigen Kandidaten, die Wochenenden ohne ihn seien zu langweilig, und wünschte sich von ihm, daß er sie in sein Heim in Stamford einlade. Was natürlich unmöglich war, so daß sie das Nächstbeste taten – sie machten Schluß.

Ted kam nicht gleich danach. Sie hielt ihn hin; ließ alles in der Schwebe. Ted Kramer, der in das Leben mehrerer Frauen eingetreten war und es wieder verlassen hatte, so wie sie in sein Leben eingetreten waren und es wieder verlassen hatten, war inzwischen dreißig Jahre alt. Er hatte an der Universität New York mit einem Diplom in Betriebswirtschaft, das ihn praktisch für alles und nichts qualifizierte, seine Ausbildung abgeschlossen. Er volontierte in einer kleinen Elektronikfirma als Vertreter, ging dann als Reservist zur Army und war danach ein Jahr lang als Großhandelsvertreter für Elektrogeräte tätig. Den elterlichen Betrieb zog er nie in Erwägung: sein Vater hatte ein Schnellrestaurant im Viertel der Bekleidungsindustrie und klagte seit Jahren: «Ich stecke bis über die Ohren in Geflügelsalat und Dreck.» Ted hatte nicht die geringste Absicht, in seine Fußstapfen zu treten. Eine ältere Frau, mit viel Erfahrung im Personalwesen, gab ihm einen Tip, der sich als der wichtigste Rat in seinem Berufsleben erweisen sollte.

«Ihr großer Fehler ist, daß Sie Produkte verkaufen wollen. Sie sind einfach nicht aufdringlich genug.»

«Wie meinen Sie das?» sagte er schüchtern.

«Sie sind auf Draht. Sie könnten verkaufen – aber keine Produkte. Sie sollten Ideen verkaufen.»

Ein paar Wochen später hatte sie ihm eine Stelle verschafft, wo er Ideen verkaufen konnte – als Mediaberater bei einer Gruppe von Männerzeitschriften. Auf diesem Feld mußte ein Vertreter über Demographie und Märkte Bescheid wissen; er mußte mit Statistiken und Tabellen umgehen können. Ohne Intelligenz brachte man es hier zu nichts, und Ted Kramer, der nicht sehr aggressiv, aber dafür sehr gescheit war, hatte seinen Beruf gefunden.

Ted und Joanna trafen sich nach dem Sommer zum erstenmal. Sie aßen zusammen in einem Pub an der East Side und verbrachten das, was man in der wirbeligen Welt der Singles einen hübschen Abend nannte. Sie hatten das Spielfeld betreten. Sie hatten sich in der Stadt gesehen. Ein Börsenmakler, ein Werbetexter und ein Architekt waren vor Ted an der Reihe – wie Leute, die in einer Bäckerei Schlange stehen. Der Börsenmakler machte sich zuviel Sorgen über Aktien, der Texter rauchte zuviel Marihuana, der Architekt redete zuviel von anderen Frauen – und Ted und Joanna trafen sich zum zweitenmal. Ted machte etwas, was in der Singles-Szene, wo jeder halbwegs originelle Einfall registriert wurde, einigermaßen clever war: er ging mit ihr in dasselbe Lokal wie bei ihrer ersten Verabredung und sagte: «Weil ich damit schon mal gute Erfahrungen gemacht habe.» Er betrachtete das Dilemma der Singles, das sie beide teilten, eher amüsiert, nicht so distanziert wie Vince, ein Art Director, der um ihren Schreibtisch herumgeschlichen war und ihr erzählte, er sei bisexuell, und nicht so verzweifelt wie Bob, ein Mediaplaner, der ebenfalls um ihren Schreibtisch herumgeschlichen war und «vor der Scheidung» stand, ein Refrain, den sie schon von Walt und Bill kannte.

«Wenn ich *glaube*, daß ich jemanden mag, schlage ich gewöhnlich vor...» sagte Ted.

«Wenn Sie glauben, daß Sie jemanden mögen?»

«Die Beziehung ist noch jung... Ich schlage dann gewöhnlich vor, übers Wochenende nach Montauk zu fahren.»

«Finden Sie nicht, daß es dafür noch etwas früh ist?»

«Es könnte ein phantastisches Herbstwochenende werden, und wir könnten herausfinden, ob wir uns etwas zu sagen haben.»

«Oder es könnte regnen, und wir könnten das herausfinden.»

«Aber bedenken Sie, wieviel Zeit wir sparen würden. Und wieviel Geld ich sparen würde.»

«Ich schließe eine Regenversicherung ab.»

Nach ein paar weiteren gemeinsamen Abenden fragte er wieder, sie stimmte zu, er mietete einen Wagen, und sie nahmen ein Motelzimmer in Montauk. Das Wetter war schön, sie hatten sich einiges zu sagen, und als sie in eine Wolldecke gewickelt am Strand lagen, redeten sie nicht lange um den heißen Brei herum, sondern gestanden einander, daß sie die Singels-Szene langsam satt hatten. Im Bewußtsein dieser Gemeinsamkeit gingen sie ins Bett.

Die Entscheidung bestand also nicht darin, daß Ted Kramer von Joanna Stern unter all den anderen als der Mann, den sie unbedingt heiraten mußte, ausgewählt worden war. Das Besondere war vielmehr, daß sie ihn zu diesem Zeitpunkt aus einer Gruppe mehr oder weniger austauschbarer Männer, mit denen sie verkehrt hatte, als den Mann aussuchte, den sie gern öfter sehen wollte als die anderen. Nach den allgemeinen Normen der Welt, in der sie lebten, bedeutete das, daß sie schließlich mit ihm schlafen würde, und nach ihren eigenen Normen bedeutete es, daß sie in dieser Zeit nicht mit anderen schlafen würde. Ted war also einfach ein Mann wie die anderen, die ihm vorangegangen und vorübergehend Hauptperson in ihrem Leben gewesen waren. Es ergab sich mehr zufällig, aus Joannas Überdruß an ihrem Single-Dasein, daß niemand nach ihm kam.

Sie verbrachten längere Tage und Nächte mal in seiner und mal in ihrer Wohnung – ein Kompromiß, weniger als ein richtiges Zusammenleben, mehr als nur Verabredungen. Er hatte das Gefühl, das große Los gezogen zu haben: diese Frau – aus seiner Branche, mit Verständnis für seine Arbeit, absolut zu Hause in der Singles-Szene, außergewöhnlich hübsch, ein Star auf Sonnenterrassen am Strand und bei sonntäglichen Cocktailparties – war *seine* Freundin.

Der Sommer kam, eine kritische Zeit. Joanna spürte die Unruhe in den Lenden der verheirateten leitenden Angestellten, die sich schon auf das Rennen nach den Büromädchen vorbereiteten, während sie noch damit beschäftigt waren, die Kombis mit ihren Wochenendunterhosen, ihren Frauen und ihren Kindern vollzupacken. Ted war in seiner Firma aufgefordert worden, sich in die Urlaubsliste einzutragen.

«Wir müssen eine Entscheidung treffen, die für unsere Beziehung sehr folgenschwer sein kann», sagte er, und Joanna fürchtete einen Moment lang, er spiele auf ein dauerhafteres Arrangement an. Dazu war sie noch nicht bereit.

«Ich habe demnächst zwei Wochen Urlaub. Wollen wir ihn zusammen verbringen?»

«Okay. Warum nicht?»

«Larry sucht Leute für ein Ferienhaus. Wir könnten ein Zimmer haben. Wir könnten es zwei volle Wochen und jedes Wochenende für uns haben.»

Sie war noch nie länger auf Fire Island oder an einem der üblichen Ferienorte gewesen, und er auch nicht.

«Klingt ganz gut.»

«Vierhundert pro Person, voller Anteil.»

«Du bist ein ausgebuffter Geschäftsmann.»

«Ich denke, es könnte sehr nett werden.»

«Bestimmt. Es ist *die* Gelegenheit! Ich meine, jetzt, wo ich weiß, daß du nicht schnarchst.»

Als Mel, der Leiter der Buchhaltung, dessen Frau in Vermont war, an ihrem Schreibtisch stehenblieb und fragte: «Was machen Sie eigentlich im Sommer – und mit wem?» antwortete Joanna: «Ich habe mit meinem Freund etwas auf Fire Island gemietet.» Zum erstenmal benutzte sie das Wort «Freund» in einem Satz, der sich auf Ted bezog, und es machte ihr Spaß, besonders als Mel sich schnell mit einem «Oh» zurückzog, um anderswo ein Heilmittel für seine Unruhe zu suchen.

Zusammen an einem Ort zu sein, wo so viele andere Leute auf der Lauer lagen und wo sie selbst einmal auf Jagd gewesen waren, verlieh ihnen ein Gefühl der Erhabenheit. Als sie hörten, bei einer Cocktailparty für Singles sei eine Veranda eingestürzt – sozusagen unter der Last all der angestauten Aggressionen –, waren sie froh, nicht dabei gewesen zu sein. Sie hatten statt dessen zu Hause gesessen und Sara Lee-Schokoladenkekse gegessen. Die Singles, die einsam und oft betrunken über die Insel wanderten und nach einer Party, einem Gespräch, einer Telefonnummer gierten, die Wochenendbesucher, die mit der Fähre am Sonntagabend zurückfuhren, entschlossen, die letzte Chance vor dem Highway zu nutzen, die Leute, die in fünf Minuten an Land zu ziehen versuchten, was sie das ganze Wochenende über nicht gefunden hatten – all das machte sie dankbar füreinander.

Der Sex war spannend, scharf, köstlich – man mußte immer auf der Lauer sein, um den Augenblick abzupassen, wenn das Haus leer war. Und am köstlichsten von allem war die Gewißheit, daß sie nach dem Sommer immer noch zusammen sein konnten, wenn sie wollte.

«Joanna, ich möchte, daß du mich heiratest. Bitte. Ich habe das noch nie zu jemandem gesagt. Willst du?»

«Ja. O ja.»

Sie küßten sich zärtlich und liebevoll, zugleich aber voller Dankbarkeit, beweisen zu können, daß sie trotz allem heil und gesund waren, dankbar auch, daß sie nicht mehr mit Drinks in der Hand suchend umherirren mußten.

Das Baby schien zwei volle Stunden lang geschrien zu haben.

«Es waren nur achtundvierzig Minuten, ich habe auf die Uhr geschaut», sagte Ted.

«Nur.»

Sie waren ausgelaugt, erschöpft. Sie hatten es gewiegt, gestreichelt, umhergetragen, hingelegt, hochgenommen, ignoriert, waren mit ihm durch die Wohnung spaziert, hatten ihm Lieder vorgesungen, und es schrie immer noch.

«Einer von uns sollte wenigstens schlafen», sagte Ted.

«Ich schlafe schon.»

Billy war vier Monate alt. Die Säuglingsschwester, die ein Kind übergeben hatte, das nachts nie schrie, das überhaupt nicht zu schreien schien, war lange lange fort. An dem Tag, an dem sie ging, war dieses andere Baby zum Vorschein gekommen, ein Wesen mit Bedürfnissen, das schrie – oft.

Nach der Geburt des Kindes waren sie von der Verwandtschaft heimgesucht worden. Joannas Eltern kamen aus Massachusetts, Teds Eltern aus Florida – sie hatten sich ins Rentnerdasein zurückgezogen. Teds Bruder und Schwägerin kamen aus Chicago. Und alle ließen sich im Wohnzimmer nieder und erwarteten, daß man ständig etwas zu essen und zu trinken brachte.

«Wie gut, daß ich aus der Gaststättenbranche komme», sagte Ted.

«Ich aber nicht. Dem nächsten, der sich hier durchfressen will, stelle ich eine Rechnung aus.»

Als die Schwester gegangen war und die Verwandtschaft sich wieder zerstreut hatte, waren sie am Ende. Sie waren nicht auf die kein Ende nehmenden Pflichten und Mühen vorbereitet, die ein Baby mit sich brachte.

«Es ist *so* lange her, daß wir miteinander geschlafen haben, daß ich, glaube ich, schon ganz vergessen habe, wo man ihn hinsteckt.»

«Nicht sehr witzig.»

«Weiß ich.»

Anfangs war Ted sehr darauf bedacht, sich in seiner neuen Rolle richtig zu verhalten. So stand er nachts mit Joanna auf, um ihr Gesellschaft zu leisten, wenn sie Billy stillte – und ihnen allen dreien vor Müdigkeit die Augen zufielen. Doch nachdem er ein paarmal um ein Haar nachmittags im Büro am Schreibtisch eingeschlafen wäre, begann er seinen nächtlichen Beistand darauf zu beschränken, daß er aufmunternd brummte, wenn Joanna aufstand.

Mit acht Monaten schlief das Baby länger. Aber tagsüber war Joanna noch immer ununterbrochen beschäftigt – Waschen, Einkaufen, Füttern. Sie wußte, daß sie sich auf den Augenblick, wenn Ted abends heimkam, hätte freuen müssen, weil er ihr Mann war. Doch meistens sehnte sie seine Heimkehr nur herbei, weil sie Hilfe brauchte – vielleicht würde er die Wäsche sortieren und in der Küche den Fußboden aufwischen.

«Joanna, ich möchte mit dir schlafen...»

«Mir ist gar nicht danach, Liebling. Ich möchte nur noch ein eigenes Zimmer.»

Sie lachten müde und schliefen gleich darauf ein.

Dauernd sagten ihnen andere Leute: «Es wird besser.» Und schließlich wurde es auch besser. Billy schlief nachts durch und war jetzt ein fröhliches, niedlich anzuschauendes Kind. Teds Ängste, ob berechtigt oder nicht, das Kind könnte ihm ähneln, schienen unbegründet: kaum jemand sagte, Billy sehe ganz so aus wie er. Billy hatte eine kleine Nase, große braune Augen und glattes schwarzes Haar. Er sah sehr niedlich aus.

So wie ihr Leben sich änderte, wurde auch ihr Freundeskreis ein anderer. Alleinstehende Leute gehörten einem anderen Sonnensystem an. Nach der Hochzeit war Ted zunächst zu Joanna gezogen. Sie hatte ein Wohnung in einem Apartmenthaus an der East Side, das von Singles und ein paar Huren, die sich irgendwie dorthin verirrt hatten, bewohnt war. Dann zogen sie ein paar Straßen weiter in ein Haus, in dem fast nur Familien wohnten. Thelma und Charlie Spiegel, ihre Nachbarn von 3-G weiter unten im selben Haus, die ein kleines Mädchen hatten, das Kim hieß und drei Monate älter war als Billy, wurden ihre besten Freunde. Charlie war Zahnarzt. Außerdem freundeten sie sich mit Marv, einem Mediaberater von *Newsweek*, und Linda, seiner Frau, an, die einen Sohn hatten, der zwei Monate älter war und Jeremy hieß. Sie alle fühlten sich noch unsicher in ihrer Elternrolle und saßen nun bei Boeuf bourguignon, redeten über Stuhlgang und Erziehung zur Sauberkeit oder führten leidenschaftliche Diskussionen über die Fortschritte ihrer Kinder – wer schon stehen, gehen, sprechen konnte, wer ins Töpfchen machte, wer auf den Fußboden schiß, und sie hörten nicht auf davon, es beschäftigte sie alle. Manchmal sagte jemand: «He, können wir denn nicht endlich mal über etwas anderes reden?» Und dann wechselten sie das Thema, zögernd, um beispielsweise darüber zu sprechen, wie man Kinder in New York großzog, ob man sie besser auf öffentliche Schulen oder Privatschulen schickte. Und in seltenen Augenblicken erzählte jemand von einem Film, den er gesehen, oder von einem Buch, das er gelesen hatte, obwohl nur wenige von ihnen noch Zeit zum Lesen fanden.

Billy Kramer war mit anderthalb Jahren ein so niedlicher kleiner Junge, daß die Leute auf der Straße stehenblieben, um ihn und seine schöne Mutter anzuschauen.

In der Firma hatte Ted eine Gehaltserhöhung bekommen, einfach nur deshalb, wie er annahm, weil er jetzt Vater war, Mitglied eines Clubs. Er ging mit Dan, einem alten Freund vom College, der Rechtsanwalt war, zu den Footballspielen der New York Giants. Er las Nachrichtenmagazine und, aus beruflichen Gründen, das *Wall Street Journal.* Er *hatte* einen Beruf, hatte Arbeit. Joannas Club bestand aus ein paar Parkbank-Freundinnen, einigen der weniger strengen Kindermädchen und Thelma und war ihrer Meinung längst nicht so abwechslungsreich wie das Leben, das Ted führte, der morgens in sein Büro ging, wo er mit Leuten zu tun hatte, die größer als 75 Zentimeter waren und vollständige Sätze von sich gaben. Außerdem gab es in ihrer Welt niemanden, weder unter den Frauen vom Parkbank-Club, noch unter ihren alten Freundinnen, um von Ted ganz zu schweigen, mit dem sie das schmutzige kleine Geheimnis hätte teilen können.

Sie brachte es zwar zur Sprache, aber niemand wollte es hören.

«Ich liebe mein Baby», sagte sie eines Tages zu Thelma. «Aber im Grunde ist es langweilig.»

«Sicher ist es das», sagte Thelma, und Joanna dachte schon, sie hätte eine Verbündete gefunden. «Aber es ist doch auch aufregend.»

Ihr fehlte ein Forum. Die Frauen, die sie kannte, gestanden es sich entweder selbst nicht ein, oder sie waren mütterlicher als sie. Bei einem Telefongespräch mit ihrer Mutter schnitt sie das Thema an.

«Hast du dich nie gelangweilt?»

«Nein, nicht mit dir. Du hast nie Schwierigkeiten gemacht.»

Stimmte also mit ihr irgend etwas nicht? Eines Abends, nachdem sie Ted und seinem langen Bericht über etwas, das ihn quälte, zugehört hatte – es ging um eine Auseinandersetzung mit einem Kollegen in der Firma –, sagte sie das, was von ihr erwartet wurde, nämlich daß er sich nichts draus machen solle, und erzählte ihm dann, was sie bedrückte – nicht, daß sie Billy nicht liebte, er war so fröhlich und so niedlich, aber für sie war ein Tag wie der andere.

«Eine Mutter sein, ist langweilig, Ted. Nur gibt das niemand zu.»

«So ist es nun mal. Jedenfalls in den ersten Jahren. Aber er ist ein niedliches Kind, nicht?»

Er wollte es einfach nicht hören. Diesmal war er es, der sich umdrehte und einschlief.

3

Sie lebte mit dem Geheimnis. Es wurde nicht besser für sie. Der Höhepunkt des Sommers war für sie erreicht, als Billy zum erstenmal ein Häufchen ins Töpfchen machte. «Ja, Billy!» applaudierte sie, und Ted applaudierte, und Billy applaudierte. Man mußte das Kind bekräftigen. «Billy Häufchen machen», sagte er ein paar Tage später von allein und setzte sich aufs Töpfchen und machte ein Häufchen, und als Ted zu Hause anrief, um von einem großen Abschluß zu berichten – «Ganzseitige Inserate, jeden Monat!» –, hatte Joanna ebenfalls eine gute Nachricht. «Er hat gesagt: ‹Billy Häufchen machen›, und hat sich von allein aufs Töpfchen gesetzt!» Es war nicht einmal ihr Triumph oder ihr Häufchen.

Billy war zwei Jahre alt. Joannas Mutter hätte gesagt, er mache keine Schwierigkeiten. Er war manchmal widerborstig oder unendlich langsam, aber allmählich kam eine Persönlichkeit zum Vorschein. Der unbändige Wilde, der sich Hüttenkäse in die Ohren schmierte, verwandelte sich in ein halbzivilisiertes Wesen, das man sonntags in ein chinesisches Restaurant mitnehmen konnte.

Sie ließ ihn fernsehen: *Sesamstraße*. Und er saß blinzelnd da, so verschaffte sie sich eine Stunde Ruhe.

Ted, der in seinen jüngeren Jahren eher unentschlossen gewesen war, eher zaghaft und zögernd, hatte sich inzwischen – er war jetzt neununddreißig – zu einem tatkräftigen und erfahrenen Werbemann entwickelt. Im vorangegangenen Jahr hatte er 24000 Dollar verdient – kein Spitzeneinkommen in New York, aber für ihn mehr Geld als je zuvor. Und er war auf dem aufsteigenden Ast. Er arbeitete hart, um auf dem laufenden zu bleiben, und sein unmittelbarer Vorgesetzter, der Werbeleiter, nannte ihn seinen «wichtigsten Mann». Er ging nicht in die Kneipen und Bars, in denen die Werbeleute verkehrten. Und machte keine Versuche, mit den Mädchen im Büro anzubändeln. Er war ein häuslicher Mann. Er hatte eine schöne Frau zu Hause und ein niedliches Kind.

Die Wochenenden waren für Joanna leichter zu ertragen, weil sie dann entweder zusammen in die Stadt gingen, oder Ted zog mit Billy los, und sie konnte ein paar Stunden tun was sie wollte, Besorgungen machen oder einfach nur aus dem Haus gehen. «Wie ist das», fragten ihn manchmal Leute in der Firma, «mit einem kleinen Kind mitten in der Großstadt?» Und dann sagte er: «Oh, aufregend und interessant. Während vielleicht im selben Augenblick Joanna zu Hause krampfhaft bemüht war, Billy zu ermuntern, der Bauklötze zu einer Autogarage aufschichtete und jammerte: «Du sollst mit mir spielen, Mommy!» Dabei mußte sie dagegen ankämpfen, daß ihr nicht um vier Uhr nachmittags die Augen zufielen oder sie nicht der Versuchung erlag, sich schon vor fünf das erste Glas Wein einzugießen.

Ihr geselliges Leben bestand im wesentlichen daraus, daß sie und ihre Freunde sich mit einer gewissen Regelmäßigkeit zum Essen einluden. Die Forderungen der Frauenbewegung sprachen sich bis zu ihnen durch, und so gab es ein paar Diskussionen über Rollenverteilung. Daraufhin standen eine Weile lang die Männer nach dem Essen gemeinsam auf, um das Geschirr in die Küche zu tragen und abzuwaschen. Ted verabredete sich noch gelegentlich mit alten Freunden zum Mittagessen; Joanna sah ihre Freundinnen von früher nicht mehr. Sie gewann jedoch eine neue Freundin, Amy, eine ehemalige Lehrerin, die sie auf dem Spielplatz kennengelernt hatte. Sie sprachen über Kinder.

«Ted, ich brauche einen Job.»

«Was soll das heißen?»

«Ich drehe hier langsam durch. Ich kann nicht mein Leben mit einem Zweijährigen hinbringen.»

«Vielleicht solltest du ab und zu einen Babysitter nehmen.»

«Mit ein paar freien Nachmittagen ist da nichts getan.»

«Joanna, Liebes, kleine Kinder brauchen ihre Mütter.»

«Linda hat auch einen Job. Dadurch hat sie Anregung, kommt aus dem Haus, ist ein Mensch. Und ich stehe da mit

Billy und Jeremy und ihrer Cleo, die nicht abwarten kann, daß ich gehe, damit sie *Wie die Welt sich dreht* sehen kann.»

«Siehst du es nicht?»

«Mach dich bitte nicht darüber lustig.»

«Also gut. Hast du dir schon mal überlegt, was du tun willst?»

«Ich glaube, das gleiche wie früher.»

«Das hieße, daß wir dann die Haushälterin oder den Babysitter oder wen auch immer bezahlen müßten. Ich meine nur, wir haben nicht soviel, daß wir es uns leisten können, dadurch, daß du wieder arbeitest, am Ende weniger zu haben.»

«Wir zahlen schon jetzt einen hohen Preis – wenn du daran denkst, was hier allmählich aus mir wird.»

«Was redest du! Du bist eine großartige Mutter. Billy ist ein Prachtjunge.»

«Ich verliere allmählich das Interesse an Billy. Seine blöden Kleinkinderspiele und seine blöden Bauklötze kotzen mich an. *Du* redest mit Erwachsenen. *Ich* hocke auf dem Fußboden und baue Garagen!»

«Hör mal, du vergißt aber ziemlich schnell! Weißt du nicht mehr, wie satt du deinen Job damals hattest?»

«Dann mache ich eben was anderes.»

«Was denn? Was würde genug einbringen, damit es sich lohnt?»

«Irgendwas. Ich verstehe was von Public Relations, oder etwa nicht?»

«Du warst Sekretärin, Joanna! Das ist alles.»

«Nein, war ich nicht. Ich war Assistentin des...»

«Das war doch nur Kosmetik! Du warst Sekretärin, nichts weiter.»

«Das stinkt mir aber, was du da redest!»

«Es ist die Wahrheit. Entschuldige. Ich sehe einfach nicht ein, warum du das Wohlergehen deines zweijährigen Sohns aufs Spiel setzen willst, nur um in irgendeinem Büro zu tippen. Darüber bist du hinaus.»

«So, meinst du?»

«Hör zu, wenn er ein bißchen größer ist, wenn er von neun

bis drei in der Schule hockt, dann kannst du dir ja vielleicht einen Teilzeitjob suchen.»

«Vielen Dank für die gütige Erlaubnis.»

«Joanna, was soll das alles? Woher kommt das?»

«Von zwei Jahren Langeweile.»

«Aber wie schaffen es denn die anderen Mütter alle?»

«Alle schaffen es nicht. Manche arbeiten.»

«Also, dann...»

«Was dann?»

«Laß mich nachdenken.»

«Bitte.»

«Komisch – und ich habe gerade in letzter Zeit manchmal gedacht, ob wir nicht noch ein Kind haben sollten.»

«Wie interessant.»

«Es heißt immer, wenn man zu lange wartet, wird es immer schwerer.»

«So?»

«Ich meine...»

«Hör zu, Ted, ich möchte kein zweites Kind.»

«Es ist nur, weil du so gut mit ihm zurechtkommst ... Wir kommen alle so gut klar.»

«Mir wird schon bei dem Gedanken übel, das alles noch mal durchmachen zu müssen. O Gott! Nein! Das Füttern und die vollen Windeln! Und das alles noch mal von vorn!»

«Es könnte viel Spaß machen. Wir würden einen Kindersitz an deinem Fahrrad anbringen lassen und durch die Stadt sausen.»

«Warum mietest du nicht eins, Ted?»

Sie meinte eindeutig ein Kind – nicht ein Fahrrad mit Kindersitz. Sie lief zu ihrer neuen Freundin Amy. Die Worte brachen aus ihr hervor – sie könne sich nicht damit abfinden, sie langweile sich so schrecklich, und sie sei ganz durcheinander. Aber bei Amy war sie an der falschen Adresse. Amy liebte Kinder, sie freute sich jetzt schon darauf, eines Tages wieder vor Schulkindern zu stehen, wenn ihre eigenen Kinder groß genug waren. Was Teds These unterstützte. «Langeweile ist immer etwas, was man sich selbst antut», sagte Amy spitz. Joanna kam sich vor, als hätte sie eine Fünf in Betragen bekommen. Und dann ließ ihre selbstgerechte Freundin Amy eine Bombe platzen. Auch sie habe etwas auf dem Herzen, sagte sie, etwas worüber sie noch mit keinem Menschen mehr habe reden können. «Ich habe ein Verhältnis», sagte sie. Der Mann war verheiratet. Ein Psychiater. Joanna kannte «Verhältnisse» mit Verheirateten bisher nur aus anderer Perspektive, aus ihrer Zeit als Single. Amy war die erste Frau, die sie kannte, die zugab, daß sie, obwohl sie verheiratet war, ein Verhältnis hatte und noch dazu mit einem Psychiater!

«Dürfen die das denn?» fragte Joanna, bemüht, sich ihre Verlegenheit nicht anmerken zu lassen.

Sie verabschiedeten sich mit Umarmungen und Küssen: zwei Seelenschwestern, jetzt, da sie ihre großen Geheimnisse ausgetauscht hatten. Nur daß Joanna sich nicht ganz sicher war, ob sie bei dem Tausch bekommen hatte, was sie brauchte. Ein Verhältnis? Das war keine Lösung, dachte sie. Es würde nur andere Komplikationen mit sich bringen. Obwohl der Gedanke, einen Babysitter zu nehmen, damit sie ein Verhältnis haben konnte, sie leicht amüsierte.

Ted hätte gesagt, daß er mit der Frauenbewegung sympathisiere. Er gab sich Mühe, «seinen Teil beizutragen», wie er es nannte. Zum Beispiel rief er Joanna an, ehe er nach Hause kam, und fragte sie, ob sie noch etwas brauchte. Trotzdem: sie mußte den Haushalt führen. Er half ihr mit Billy, badete ihn und nahm ihn ihr am Wochenende ein paar Stunden ab. Trotzdem: sie hatte die Verantwortung für ihn, kümmerte sich um seine Kleidung, seine Ernährung, seine Gesundheit, seine Entwicklung – sie setzte ihn aufs Töpfchen, sie hob ihn aus dem Bettchen, sie legte ihn schlafen. Er war der Daddy, aber sie war die Mutter. Er wollte helfen. Er fand, er habe die Pflicht zu helfen. Aber er tat eben auch nicht mehr als zu helfen. Es änderte nichts daran, daß sie für Billy zuständig, verantwortlich war.

Eine Zeitlang hatten alle Kinder in Billys Alter auf dem Spielplatz die gleiche Schubkarre vor sich hergeschoben, dann waren sie alle auf dem gleichen Spielzeugmotorrad rumgefahren, und jetzt, mit drei Jahren, kamen sie alle in den Kindergarten. Ted fragte sich laut, wie er es geschafft hatte, ein erwachsener Mann zu werden, ohne für 1400 Dollar im Jahr einen Kindergarten zu besuchen, und ob das nicht verdammt viel Geld dafür sei, daß ein dreijähriger Knirps vielleicht ein paar Bilder male? Joanna, die wußte, daß sie, wenn Billy in den Kindergarten ging, jeden Tag ein paar Stunden für sich haben würde, sagte nur, alle Kinder gingen in den Kindergarten, und wenn Billy nicht hingehen dürfe, sei er benachteiligt und werde seine offenkundigen verbalen Fertigkeiten einbüßen und den Rückstand nie wieder aufholen. Ted stellte einen Scheck über 1400 Dollar aus.

Aber auch der Umstand, daß Billy nun in den Pussycat-Kindergarten ging, machte Joanna das Leben nicht viel leichter. Manchmal zog Ted ihn morgens an und brachte ihn hin. Aber um zwölf Uhr war Billy wieder zu Hause und mußte versorgt und beschäftigt werden – endlose Stunden, wie ihr schien. Alle Dreijährigen sind so, sagten die Mütter übereinstimmend, was jedoch kein Trost für Joanna war, wenn sie sich damit auseinandersetzen mußte, daß er sein Erdnußbrot zu Vierecken und nicht zu Dreiecken geschnitten haben wollte, oder daß er seine Milch nicht aus dem Glas mit dem Elefanten, sondern aus dem Becher mit dem Clown trinken wollte, oder daß er das Malpapier nicht benutzen konnte, weil es zerknittert war, oder daß seine Frikadelle eine zu harte Kruste hatte oder daß Randy, ein Junge aus dem Kindergarten, ein gelbes Fahrrad mit einer Klingel und nicht mit einer Hupe hatte oder daß zehn Minuten und zwanzig Dollar, nachdem die Putzfrau gegangen war, der Fußboden von verschüttetem Apfelsaft klebte. Und wenn Ted darüber murrte, daß alles soviel koste, und sagte, die Geschäfte gingen zur Zeit nicht gut, er müsse sich auf eine Gehaltskürzung gefaßt machen, dann konnte er immerhin anschließend in sein Büro gehen, wo man über Anzeigenpreise und Leseranalysen sprach und sich nicht wie sie mit Erdnußbutter aufhalten mußte: «Oh, Billy, entschuldige, ich dachte du hättest Skippy gesagt, jetzt hab ich aus Versehen Jiffy mitgebracht . . . Nein, verdammt, kein Eis zum Frühstück!» Er war so süß, so niedlich anzusehen, aber das half ihr nicht.

«Ich komme! Ich komme schon. Ich war doch nur im Badezimmer! Kannst du dir den Lastwagen denn nicht selbst holen, um Himmels willen?»

«Mommy, schrei mich nicht so an.»

«Hör auf zu weinen, verdammt!» brüllte sie.

Und Billy weinte noch mehr, und sie nahm ihn auf den Arm und tröstete ihn.

Aber sie hatte niemanden, der sie tröstete.

4

Sie war das Schneewittchen bei der Schulaufführung, aber ein Schneewittchen mit Ausschlag. Sie ging aus dem Schönheitswettbewerb beim Oberstufenball als Zweite hervor – mit Ausschlag. Und auch bei ihrer ersten Verabredung mit Philip, einem Studenten von der Harvard University, bekam sie prompt Ausschlag. Ihre Eltern waren immer da, um ihr die Kaschmirpullover und Talisman-Armbänder zu kaufen, die sie brauchte, um bei den Teenager-Olympiaden konkurrenzfähig zu bleiben –, und sie zahlten ihr in ihren ersten New Yorker Jahren auch einen Zuschuß zu ihrer Miete. Sie schickten ihr einfach Schecks. Bei ihrem dritten Verhältnis mit einem verheirateten Mann fragte sie sich eines Tages, ob es ihr Schicksal sei, mit verheirateten Männern befreundet zu sein, und bekam Ausschlag. Sie sprach mit ihrer Mutter, und ihre Mutter fand, sie klinge nicht gut, und schickte ihr einen Scheck über 25 Dollar: «Kauf dir etwas Hübsches», schrieb sie. Unter Druck bekam Joanna Ausschlag, und sie war von Jugend auf mit Zinkpräparaten bepinselt worden.

Als sie Maschineschreiben und Steno lernte, fühlte sie gleich am ersten Tag das schreckliche Jucken unter der Haut. Die Pusteln kamen, als wäre sie überall von Mücken gestochen worden. Sie verschwanden nach ein paar Tagen, doch lebte sie ständig in der Angst, sie könnten wiederkommen. Sie mied nach Möglichkeit jeden Stress. Sie sorgte für Ordnung auf ihrem Schreibtisch und ließ nicht gern Arbeit liegen, damit sie nicht hinterher das Liegengebliebene unter Druck aufarbeiten mußte. Sie war mit ihrem Beruf als Sekretärin zufrieden, aber sie wollte eine gute Sekretärin sein. Keine Karrierefrau wie die Cheftexterin, die ständig in Fahrt und angespannt war und viel zuviel aß, oder wie die Akquisiteurin mit dem zuckenden Blick – nein, sie war zufrieden. Sie wollte keinen Ausschlag bekommen.

«Was ist denn das?» fragte Ted. Sie war nackt, und sie wollten gerade miteinander ins Bett, was nicht mehr sehr häufig vorkam – vielleicht einmal in der Woche. Ein Dreijähriger beanspruchte einen schon sehr. Und sie waren beide oft so müde...

«Nichts. Wahrscheinlich hab ich zuviel Obst gegessen.»

Tennis erwies sich als das beste Gegengift. Nach ein paar Stunden auf dem Court war der Ausschlag fort. Nach ein paar Wochen dachte sie nur noch an ihr Verhältnis mit den Herren Wilson und Dunlop. Ihre Eltern hatten sie zum Tennisunterricht geschickt, als sie die Highschool besuchte, so wie sie ihr vorher Klavier- und Stepptanzunterricht hatten geben lassen. Auf dem College spielte sie regelmäßig Tennis und überraschte ihre Freunde damit, daß sie den Ball über das Netz brachte. In New York spielte sie nicht mehr sehr oft – aber noch gelegentlich, wenn sie übers Wochenende hinausfuhr, jedenfalls ehe sie Ted kennenlernte. Mit Ted spielte sie überhaupt nicht. Ted fuhr Rad und ging manchmal zu einem Schulhof in der Nähe, um mit den Jungen aus der Nachbarschaft Basketball zu spielen. Wenn er dann keuchend zurückkam und wieder Blut geleckt hatte, schwärmte er oft von seiner großen Zeit in der Bronx. Amy sagte, sie spiele ein bißchen Tennis, und so begann Joanna im Central Park wieder zu spielen. Zuerst spielten sie einmal in der Woche, morgens, wenn Billy im Kindergarten war, dann zweimal, und dann schrieb Joanna sich für einen dritten Tag in der Woche bei einem Trainer ein. Sie war beschwingt, wenn sie gut spielte, und deprimiert, wenn ihr nichts gelang. Hinterher wiederholte sie ihre Schläge in Gedanken, wo sie auch gerade war, und vorm Einschlafen galten ihre letzten Gedanken den Situationen, in denen sie besonders gut oder schlecht gespielt hatte. Sie fing an, sich die Tennisturniere im Fernsehen anzuschauen. Sie spielte selber immer besser und war Amy schließlich weit überlegen. Das Tennisspielen brachte sie durch den Frühling.

Ted war gebeten worden, eine zehnprozentige Gehaltskürzung zu akzeptieren und sich mit einer Woche Urlaub zu begnügen: die Firma machte eine Finanzkrise durch. Joanna erklärte mit Nachdruck, wenn sie in der brütenden Sommerhitze jeden Tag mit Billy auf einen leeren Spielplatz gehen müsse, drehe sie durch. Ted zeigte sich verständnisvoll, und sie beschlossen, das nötige Geld abzuzweigen, um Billy in eine Sommergruppe des Kindergartens zu schicken. Im August wollten sie dann eine Woche ans Meer fahren. Joanna mußte dafür auf den Luxus von Trainerstunden verzichten. Aber sie spielte weiterhin regelmäßig, und da Billy morgens fort war, konnte sie jeden Tag mit Amy und zwei anderen Müttern Doppel spielen. Sie war gebräunt und sah sehr schick aus in ihren weißen Shorts, mit einem hübschen Tuch um den Kopf, den Tennissocken und der Racket-Tasche von Adidas. Auf den ersten Blick sah sie jedenfalls so aus, als müßte sie bei allem, was sie unternahm, gewinnen.

Männer forderten sie auf, mit ihnen zu spielen – Leute, die bereit waren, beim Tennis eine Klasse abzusteigen, um gesellschaftlich mit dem hübschen Mädchen, das recht ordentlich spielte, aufzusteigen. Sie malte sich flotte Spiele mit dem gutaussehenden Luis oder Eric oder Cal aus und stellte sich vor, wie sie dann anschließend, noch glänzend vom Schweiß, miteinander schliefen und über Tennis plauderten.

Die Ferienwoche im August kam ihr endlos vor. Ted wollte über seine Arbeit sprechen, über die Firma, ob er den Job wenigstens noch bis Jahresende haben würde. Es war eine schwere Zeit für ihn, sie verstand das durchaus, aber für sie war es auch nicht leicht. Warum sprachen sie gar nicht mehr über sie, und wie konnte man sich intelligent über die banalen Dinge des Alltags unterhalten? Aber die Anhäufung solcher Kleinigkeiten, mit denen sie fertig werden mußte, erdrückte und erstickte sie. Ted hätte diese Probleme für geringfügig gehalten.

Sie hatten ein billiges Apartment mit Kochnische in Hampton Bay gemietet, einem bürgerlichen Seebad: in dem Prospekt sah es verheißungsvoll aus, aber in Wirklichkeit gab es zu viele Kutter, Fischer und Moskitos. Billy konnte sich nicht auf die fremde Umgebung und die älteren Kinder einstellen; er lief ständig wie ein Hündchen um Joanna herum.

«Geh spielen, Billy! Hast du denn nichts zu spielen?»

«Ich kann mich nicht entscheiden.»

Entscheiden. Sie wunderte sich – benutzten Dreijährige das Wort entscheiden? Er war so gescheit, so niedlich – und eine solche Nervensäge.

«Dann geh schwimmen.»

«Jesus, Joanna, wie soll er denn schwimmen?»

«Dann schwimm du mit ihm. Ich muß mich ausruhen. Oder darf ich mich nicht ausruhen?»

Und so marschierten ihre Männer los, um im Schwimmbecken zu planschen, und sie schwor sich, nie wieder um ihretwillen in die Ferien zu fahren, nie wieder in eine Gegend zu fahren, wo man nicht Tennis spielen konnte.

Ted machte einen Tennisplatz ausfindig. Ein Club am Ort gab in der Woche Stundentickets an Nichtmitglieder ab, und sogar eine Babysitterin war auf dem Gelände. Hatte Joanna nicht gesagt, sie wollte in den Ferien mit ihm spielen? Sie hatte ihren Schläger mitgebracht, er konnte sich im Club einen leihen. In der Stadt hatte er sich anderen Leuten gegenüber als

«Tenniswitwer» bezeichnet, aber jetzt waren sie in den Ferien, da konnte sie doch eine Stunde Tennis für ihn erübrigen, oder?

Die Stunde kam ihr fast so lang vor wie die Woche. Ted hatte nur ein paarmal im Leben gespielt. Er hüpfte wie ein wildgewordener Tanzbär auf dem Platz herum. Sie spielten neben einem gemischten Doppel älterer Spieler. Teds Bälle sausten ständig auf das andere Feld, er vergaß immer wieder, daß er nicht hinter den Leuten vorbeigehen durfte, um sie wiederzuholen, und gab ihnen ihre Bälle zu langsam zurück. Billy entwischte seiner jugendlichen Aufpasserin irgendwie und spähte mit seinen großen dunklen Augen durch den Zaun hinter ihr. Weinerlich bat er um Apfelsaft, aber es gab nur Seven-Up. «Ich mag kein Seven-Up», jammerte er. Sie jagte ihn zu der Babysitterin zurück. Ted schlug einen Ball über den Zaun, spielte mit einem Ball vom Nebenfeld weiter. Sie fühlte sich gedemütigt. Er war ein Schulhoftrampel, ein grober Klotz. Als er abends im Bett an ihr zupfte, machte sie mechanisch mit und wartete nur darauf, daß er fertig wurde.

Am nächsten Tag, dem letzten, endlich, ließ sie Ted und Billy am Schwimmbecken zurück und schlenderte zum Strand hinunter. Sie setzte sich auf einen Anleger und starrte in das ölige Wasser. Ob sie überhaupt merkten, daß sie fort war? Ob es ihnen etwas ausmachte? Ihr machte es nichts aus. Sie konnte stundenlang hier sitzen, ohne sie zu vermissen. Wenn sie wieder in der Stadt waren, würde sie als erstes Amy anrufen. Gleich am Montagmorgen würden sie spielen – sie hatte eine ganze Woche verloren. Und Ted hatte sie mit seiner Clownsnummer bestimmt zurückgeworfen. Es war sehr heiß. Ich glaube, das waren die schlimmsten Ferien, die ich je gehabt habe. Oder sogar die schlimmste Zeit, die ich je gehabt habe. An dem Anleger konnte man Ruderboote mieten. Sie suchte sich ein trockenes Boot aus und stieß ab. Nach ein paar Ruderschlägen legte sie die Ruder auf den Rand und ließ das Boot treiben. Motorboote kamen vorbei. Ihr Boot schaukelte auf den Wellen. Sie ruderte, damit die Flut sie nicht an Land trieb. Dann zog sie die Ruder wieder ein. Welches war die beste Zeit gewesen? Die Jahre auf der Highschool? Als Vicki Cole rot anlief, weil Marty Russell sich mit ihr verabredete statt mit Vicki. Damals wußte sie, daß sie gut aussah. Wo mochten sie jetzt sein? Ob Vicki vielleicht gerade irgendwo in einem Ruderboot saß und dachte, was wohl aus ihr, Joanna, geworden war? Dann das College. Auch das war keine schlechte Zeit gewesen. Und dann das erste Jahr in New York! Wie aufregend. Danach war es auf und ab gegangen, aber alles, selbst das Unangenehme, war immer noch besser gewesen als das hier. Es war so schrecklich langweilig, und wenn es einmal nicht langweilig war, dann nur, weil sie unter Druck stand und sich mit Billy zankte, und selbst das Zanken wurde allmählich langweilig, und Ted war langweilig, und die Ferien, die eine Abwechslung sein sollten, waren sterbenslangweilig. Sie könnte sich einfach über den Bootsrand ins Wasser fallen lassen. Immer noch besser, als den Kopf in den Backofen zu stecken! Das war nichts für einen heißen Tag wie heute. Ihre Eltern würden furchtbar weinen, sie würden sich an den Kosten für das Begräbnis beteiligen und für eine Trauerfeier erster Klasse sorgen. Billy würde davon erlöst, daß sie ihn anschrie. Und Ted würde mit der Situation fabelhaft fertig werden. Er würde binnen zwei Jahren wieder heiraten – eine dicke Kuh aus der Bronx, die ihn im Bett glücklich machen und ihn von vorn und hinten bekochen würde, bis er so kugelrund wie sein Vater war.

Als sie zum Anleger zurückruderte, sah sie ihre beiden Männer am Wasser stehen. Sie hatten einen Bindfaden an eine Milchflasche mit kleinen Brotstücken darin gebunden und fingen mit der Flasche kleine Fische. Sie hatten nicht gemerkt, daß sie weggegangen war.

«Übrigens, ich war heute bei J. Walter.»

«Tatsächlich?»

«Ich wollte mit ein paar Leuten dort reden, mich ein bißchen umhören.»

«Und?»

«Da ist nicht viel los.»

«Natürlich nicht. Schlechte Zeiten. Wenn du bedenkst, daß sie sogar mir das Gehalt gekürzt haben...»

«Aber sie haben gesagt, sie würden an mich denken.»

«Joanna!»

«Ich wollte mich ja nur mal umhören. Tu nicht so, als ob ich dir ein Messer in den Rücken gestoßen hätte.»

«Hör zu. Du möchtest darüber reden, dann laß uns auch darüber reden. Was hast du zuletzt verdient? Hundertfünfundsiebzig in der Woche? Also: angenommen, du kriegst wieder soviel, was bringst du dann mit nach Hause? Sagen wir hundertdreißig. Und was kostet eine Haushälterin?»

«Hundert.»

«Wenn wir Glück haben. Bleiben dreißig. Und dein Mittagessen kostet ungefähr zwölf Dollar in der Woche, die U-Bahn fünf, und für Kleinigkeiten mußt du drei Dollar rechnen – macht zwanzig. Dein Job würde uns also ein Plus von zehn Dollar in der Woche bringen, wenn wir Glück haben. Davon aber müßten all die Sachen bezahlt werden, die du brauchst, damit du überhaupt arbeiten *kannst*. Mit anderen Worten: ein Pullover oder ein Rock im Monat, und wir sind in den roten Zahlen!»

«Es ist nicht das Geld.»

«Doch. Wir können es uns nicht leisten, daß du arbeitest.»

«Ich brauche irgend etwas.»

«Und Billy braucht sein Zuhause, seine Geborgenheit. Verdammt, Joanna, ein paar Jahre noch, dann haben wir's geschafft. Willst du, daß er neurotisch wird?»

In vielen anderen Dingen war Ted mindestens genauso flexibel wie die anderen Ehemänner aus ihrem Freundeskreis. Er ging mit Billy in den Park, er machte öfter das Essen – Schnellgerichte, meist nach Rezepten aus seiner Junggesellenzeit. Er machte weit mehr im Haushalt mit als sein Vater damals in der Bronx oder die anderen Männer älterer Generation. Aber wenn es um Joannas Wunsch ging, wieder zu arbeiten, war er starr und stockkonservativ.

Sie brachte das Thema hin und wieder zur Sprache – er blieb bei seinem Standpunkt.

«Hör zu, warum lösen wir das Problem nicht ein für allemal und legen uns noch ein Kind zu?»

«Ich gehe jetzt schlafen. Du kannst ja schon mal ohne mich anfangen.»

Sie machte den Haushalt, sie kaufte ein, sie kochte, sie brachte Billy hierhin und nahm ihn dorthin mit. Und sie spielte Tennis. So verging die Zeit – langsam, aber sie verging. Sie war inzwischen zweiunddreißig Jahre alt. Sie hatte einen kleinen Sohn, der bald vier wurde. Am glücklichsten war sie mit ihm, wenn er abends friedlich einschlief und sie sich nicht mehr über so idiotische Dinge wie Erdnußbutter mit ihm streiten mußte.

Sie stieß auf Zeitschriftenartikel, durch die sie sich bestätigt sah. Nein, sie war keine abartige Mutter. Anderen Frauen, wenigstens einigen, ging es genauso wie ihr. Es war nicht leicht, «nur» Mutter zu sein, zu Hause zu bleiben. Es war langweilig, und sie hatte ein Recht darauf, zornig zu sein, sie stand damit nicht allein. Frauen wie sie und Thelma und Amy, die auf Spielplätzen herumhockten, bis es fünf und Zeit für die Lammkoteletts war, und darauf warteten, daß ihre Kinder heranwuchsen – sie waren die Provinzler in New York.

Ted wußte, daß Joanna unruhig war. Er meinte ihr helfen zu können, indem er im Haushalt half. Er redete mit anderen Männern, mit Marv, dem Mediaberater von *Newsweek*, der ihm anvertraute, seine eigene Ehe sei auch brüchig, er kenne keine Ehe, wo das nicht so sei.

Sie wollten in einen Vorort ziehen, um noch einmal von vorn anzufangen. Jim O'Connor, der Werbeleiter seiner Firma, seit fünfundzwanzig Jahren verheiratet, offenbarte ihm *die* Lösung am Trinkwasserspender: «Frauen sind Frauen», sagte er, ein Guru mit mittäglicher Scotch-Fahne. Ted hatte nicht oft Streit mit Joanna – es war eher eine anhaltende, schleichende Kälte. Sie war oft schlecht gelaunt, zu müde für Sex, aber das war er auch. Und anderen schien es nicht besser zu gehen. Er traf sich mit Charlie, dem Zahnarzt, zum Mittagessen. Es war das erste Mal, daß sie allein miteinander sprachen und nicht über Kinder. «Joanna und ich . . . es ist so . . .» Charlie nickte wissend. Zahnärzte – gediegene Bürger. Er verriet Ted *seine* Lösung. Er schlief seit zwei Jahren mit seiner Arzthelferin, und zwar der Einfachheit halber auf dem Behandlungsstuhl – provisorische «Füllungen» sozusagen.

Ted war troz allem davon überzeugt, daß ihre Ehe so gut war wie jede andere. Vielleicht war es seine Schuld, daß sie in letzter Zeit so distanziert gewesen war. Er hatte praktisch nur noch die Arbeit im Kopf gehabt, war selbst abwesend gewesen. Joanna war immer noch so schön. Wir sollten ein zweites Baby haben, das würde uns einander wieder näher bringen, wie damals, als Billy geboren wurde, dachte er. Wir sollten nicht länger warten. Ted und Joanna und Billy und noch ein kleines niedliches Wesen. Sie würden eine richtige Familie sein und mit ihren Rädern durch die Stadt fahren – ein Bild für eine Anzeige! Die ersten Jahre waren schwierig, aber dann wurde es leichter, und sie hatten ja alles schon einmal durchgemacht, das würde ihnen zugute kommen. Und wenn sie diese Krise meisterten, würden sie in ein paar Jahren das Schwierigste überstanden haben und eine wunderbare Familie sein, seine schöne Frau, seine niedlichen Kinder. Und auf diese Weise, um es vollkommen zu machen, um sich ein vollendetes kleines Universum zu erschaffen, mit ihm selbst im Mittelpunkt als Ehemann und Vater, sein Reich – wegen der alten, verdrängten Befürchtungen, nicht attraktiv zu sein, wegen der vielen Male, da seine Eltern sein Verhalten mißbilligt hatten, wegen all der Jahre, die er sich abgerackert hatte, um sich eine Position zu schaffen –, würde er etwas Besonderes haben, sein wunderbares kleines Imperium, das er sich in seiner Selbsttäuschung mit Sand aus einem Sandkasten erbauen wollte.

«Auf dem Tisch soll eine Charlie-Brown-Tischdecke liegen.»

«Ja, Billy.»

«Ich möchte solche Mützen haben wie Kim hatte. Alle sollen eine Clownsmütze aufhaben. Und ich setze eine Königsmütze auf.»

«Okay.»

«Schreib es auf, damit du es nicht vergißt, Mommy.»

«Ich schreibe schon. Charlie-Brown-Tischdecke, Mützen.»

«Ich setze eine Königsmütze auf.»

«Ich hab's aufgeschrieben. Siehst du das *K*? Das bedeutet Krone. Es heißt Krone, nicht Königsmütze.»

«Kriege ich eine Torte?»

«Natürlich kriegst du eine Torte. Die steht schon auf der Liste.»

«Wo ist das T?»

«Hier, siehst du es nicht?»

«Kann ich eine Torte mit Mickymaus haben?»

«Ich weiß nicht, ob man bei Baskin-Robbins eine Torte mit Mickymaus kaufen kann.»

«Bitte, Mommy. Ich mag Mickymaus so gern. Sie ist mein Lieblingstier.»

«Ich will sehen, ob sie uns bei Baskin-Robbins eine Mikkymaus-Torte machen können. Sonst versuche ich es bei Carvel. Und wenn die es auch nicht können, mußt du dich mit einer Donald Duck-Torte zufrieden geben.»

«Es kann auch Donald Duck sein. Nur, Mickymaus ist mein Lieblingstier.»

«Das hast du schon einmal gesagt.»

«Ich werde schon vier Jahre alt, Mommy. Jetzt bin ich ein großer Junge, nicht?»

Zehn Vierjährige sollten zu seiner Party kommen. Sie waren im Kindergarten in derselben Gruppe und hatten alle ungefähr zur gleichen Zeit Geburtstag. Billy ging zu ihren Geburtstagsfeiern, sie kamen zu seiner. Joanna und Billy planten zusammen den Speisezettel. Seine Party sollte «phantastisch» sein, sagte er. Das bedeutete: Pizza, Limonade und Eistorte. Sie spürten Mickymaus in einer Carvel-Filiale in der Nähe auf, und Joanna bekam die kleinen Körbe für die kleinen Bonbons – in ihrer Agentur hatte sie einmal eine vornehme Dinnerparty für hundert leitende Angestellte mit Ehefrauen im Rainbow Room arrangiert. Sie klapperte die Geschäfte nach Party-Überraschungen ab. Sie kaufte für Billy das Große-

Jungen-Geschenk von Mommy und Daddy, einen Kasten Bauelemente zum Zusammenstecken; sie fand Charlie-Brown-Pappteller und die entsprechende Tischdecke. Und an einem Sonntag im April – Ted hielt sich schon bereit, um den Schmutz aufzuwischen, fielen die zehn Zwerge ein und verwüsteten die Wohnung. Die kleine Mimi Aronson, die allergisch gegen Schokolade war und nichts davon gesagt hatte, wurde von den bunten Smarties sofort fleckig, und Joanna Kramer bekam wieder ihren Ausschlag.

«Ted, mußt du ausgerechnet jetzt mit dem Kipplaster spielen? Wir sind beim Saubermachen.»

«Ich habe ihn mir nur angeschaut. Sei nicht so nervös und schrei nicht so laut.»

«Es ist elf. Ich möchte endlich ins Bett.»

«Geh nur. Ich mache allein weiter.»

«Nein, bitte nicht. Ich mag nicht, wie du saubermachst.»

«Wie gut, daß ich keine Putzfrau bin.»

«Du brauchst ja auch keine zu sein. Du hast ja mich.»

«Joanna, denk doch auch mal an das Schöne. Es war eine wunderschöne Geburtstagsparty.»

«Kein Wunder – schließlich habe ich mich dafür auch ganz schön abgeschuftet.»

«Sieh mal...»

«Oder denkst du, ich hätte ein Tischleindeckdich und die schönen Körbchen und die verflixte Charlie-Brown-Tischdecke und die dazu passenden Teller wären von selbst angeflogen gekommen? Diese verdammte Party hat mich drei Tage gekostet.»

«Billy war richtig glücklich.»

«Ich weiß. Er hat seine Mickymaus-Torte bekommen.»

«Joanna...»

«Ich gebe tolle Kinderparties. Ja, das ist mein Job: tolle Kinderparties ausrichten.»

«Laß uns schlafen gehen.»

«Klar. Und der ganze Saustall hier kann bis morgen früh warten. Ich bin ja da, um wieder Ordnung zu schaffen.»

Sie legten sich schlafen. Wortlos. In der Nacht stand Joanna auf und ging in Billys Zimmer, wo er mit seinen «Leuten» – wie er sie nannte – schlief: einem Teddybär, einem Hund und einer Stoffpuppe. Auf dem Fußboden, neben seinem Bett, lagen die Geburtstagsgeschenke, die Dominosteine, das Kegelspiel und der Tonka-Kipplaster – der Lohn für den Sieg, vier Jahre alt zu sein. Sie wollte ihn wecken und sagen: Billy, Billy, sei nicht vier, sei wieder ein Jahr alt, wir fangen noch einmal von vorn an, und dann spiele ich mit dir, und wir lachen, und ich schreie dich auch nicht mehr soviel an, und wir zanken uns nicht mehr so oft, und ich werde dich in die Arme nehmen und küssen und dich ganz doll liebhaben. Dein zweites Lebensjahr wird nicht mehr so schrecklich sein, wie es war, ich werde dir eine liebe Mommy sein, und das dritte wird wunderbar sein, und das vierte auch, und wenn du vier bist, wirst du mein kleiner Mann sein und auf der Straße meine Hand halten, und dann reden wir über alles, und ich werde keine vollkommene Mutter sein, das kann ich nicht, aber ich werde nicht böse und gemein sein, Billy, ich verspreche es dir, und ich werde mich mehr um dich kümmern und dich sehr liebhaben, und wir werden lustig sein – ich werde mir ehrlich Mühe geben... Wenn wir doch noch mal von vorn anfangen könnten, Billy!

Sie ging in die Küche, damit sie ihn mit ihrem Weinen nicht aufweckte.

Sie begann eine Strichliste zu führen, um sich zu prüfen. Jedesmal wenn sie wütend auf ihn war oder sich über ihn ärgerte, was ganz unvermeidlich war, wenn man einen Vierjährigen durch den Tag bugsieren mußte, sah sie darin einen weiteren Beweis dafür, daß sie schlecht war, daß sie schlecht für ihn und daß folglich er schlecht für sie war. Sie begann eine Strichliste über Ted zu führen. Jedesmal wenn er etwas tat, was häßlich oder stillos war, wenn er zum Beispiel ein Hemd auf einem Stuhl liegenließ, sah sie darin einen weiteren Beweis dafür, daß er Bronxmanieren hatte. Wenn er über seine Arbeit redete, redete er zuviel, der Sexist. Wieviel er ihr auch abzunehmen und zu helfen glaubte, am Ende hing doch nach wie vor alles an ihr – und was den Haushalt betraf, brauchte sie keine Liste zu führen: sie besorgte die Erdnußbutter und machte alles andere, und allmählich empfand sie jede Pflicht, jeden Einkauf, jede neue Rolle Toilettenpapier als eine persönliche Beleidigung. Und die Dinnerparties! Schon wieder stand eine bevor, diesmal bei ihnen, und *sie* mußte sich um alles kümmern, mußte planen, einkaufen, vorbereiten, kochen – Ted servierte die Getränke, großartig, und Billy wachte mitten in der Nacht auf und wollte Saft haben, und Ted schlief weiter, schlief durch, alles ruhte auf ihren Schultern, immer der Druck, der schreckliche Druck, den Tag zu schaffen, einen nach dem andern zu schaffen, und diesmal ging der Ausschlag nicht von selbst wieder weg, da sie nachts wach lag und sich kratzte, bis sie blutete.

Und da hinein kam Ted mit seiner großen Vision. Seltsam, wie wenig begeistert er beim erstenmal gewesen sei, sagte er. Er wußte, wie schwierig es war, Mutter zu sein. Er würde ihr in Zukunft noch mehr abnehmen. Es war nicht so wunderbar für sie beide gewesen, wie es hätte sein sollen, aber ein zweites Baby könnte sie einander wieder näherbringen.

«Weißt du noch, damals, als Billy geboren wurde und ich dich in den Armen hielt und dir Mut machte?»

«Du warst dabei?»

«Aber ja! Ich hielt dich fest, und du hast gepreßt.»

«Wirklich? Ich kann mich gar nicht mehr daran erinnern, daß du da gewesen bist.»

Es warf ihn nicht um.

«Joanna, wir können so gut umgehen mit Babies.»

«Ja, du bist ein guter Vater, Ted.»

Sie war überzeugt davon. Er *war* Billy ein guter Vater. Aber was redete er da? Noch ein Kind? Wie konnte er daran denken? Da war wieder der Druck. Und das Jucken.

Zuerst hatte sie vor, ihm nur einen Zettel hinzulegen. Dann konnte sie vorher Ordnung in ihre Gedanken bringen. Sie überlegte sogar, ob sie den Zettel mit der Hand oder mit der Maschine schreiben sollte. Mit der Maschine würde er deutlicher sein, aber nicht so persönlich. Dann erwog sie, ihnen einen kurzen Brief ohne Absender zu schicken, wenn sie bereits fortgegangen war. Aber sie war ihm ein bißchen mehr schuldig, fand sie, ein Gespräch zumindest, schon aus Höflichkeit, eine Aussprache.

Billy war mit seinen «Leuten» zu Bett gegangen. Sie und Ted wollten gerade den Tisch abräumen. Es hatte Hamburger gegeben, die dreißigsten Hamburger des Jahres.

«Ted, ich verlasse dich.»

«*Was?*»

«Ich ersticke hier.»

«*Was* tust du?»

«Du hörst doch – ich verlasse dich.»

«Ich verstehe nicht.»

«Ja, ich merke. Ich fange noch mal von vorn an. Ted, ich verlasse dich. Begreifst du es jetzt?»

«Soll das ein Witz sein?»

«Ha-ha.»

«Joanna?»

«Unsere Ehe ist zu Ende.»

«Das glaube ich nicht.»

«Warum fängst du nicht wenigstens an, es zu glauben?»

«Wir haben doch gerade davon geredet, ob wir noch ein Kind haben wollen.»

«*Du* hast davon geredet.»

«Joanna, wir hatten ein paar Probleme. Aber alle Leute haben Probleme.»

«Die anderen gehen mich nichts an.»

«Wir zanken uns nicht einmal sehr oft.»

«Wir haben nichts gemeinsam. Nichts – außer Rechnungen, Dinnerparties und ein bißchen Bett.»

«Ich komme da nicht mit.»

«Das brauchst du ja auch nicht.»

«Was soll das heißen? Zum Teufel, was habe ich falsch gemacht?»

«Eine Frau muß ein Mensch sein dürfen.»

«Einverstanden. Also?»

«Ich ersticke hier. Ich muß fort.»

«Das ist verrückt. Das akzeptiere ich nicht.»

«Nein?»

«Ich lasse dich nicht gehen.»

«So, wirklich? In fünf Minuten bin ich fort, ob du es akzeptierst oder nicht.»

«Das kannst du doch nicht machen, Joanna. Einfach so...»

«Warum nicht?»

«Du mußt doch wenigstens vorher irgendeinen Versuch machen. Wir sollten mit irgendwem reden, zu jemandem gehen.»

«Ich weiß Bescheid mit Psychiatern. Die meisten sind Spießer und wollen die Institution der Ehe retten, weil sie selbst verheiratet sind.»

«Was redest du da?»

«Das hast du doch gehört. Ich muß hier raus. Ich gehe.»

«Joanna . . .»

«Die Feministinnen würden mir applaudieren.»

«Welche Feministinnen? Ich sehe keine Feministinnen.»

«Ich gehe, Ted.»

«Zum Teufel, Joanna, wohin willst du denn überhaupt?»

«Ich weiß es nicht.»

«Du weißt es nicht?»

«Es spielt auch gar keine Rolle.»

«Was?»

«Genau. Begreifst du's jetzt?»

«Joanna, ich habe schon manchmal gehört, daß so etwas anderen Leuten passiert. Ich glaube aber nicht, daß es uns passiert. Nicht so. Du kannst mir so etwas nicht einfach auf diese Weise beibringen und dann gehen.»

«Was ändert es an der Sache. Es ist doch egal, wie ich es dir beibringe? Zuerst wollte ich dir nur einen Zettel hinterlassen. Vielleicht wäre es besser gewesen.»

«Was denkst du eigentlich? Du kannst doch nicht Schluß mit mir machen, als wären wir noch auf dem College. Wir sind verheiratet!»

«Ich liebe dich nicht, Ted. Ich hasse mein Leben hier. Ich

hasse es, hier zu leben. Ich bin unter solchem Druck, daß ich meine, mein Kopf müßte jeden Moment explodieren.»

«Joanna...»

«Ich bleibe keinen Tag länger hier, keine Minute länger.»

«Ich erkundige mich nach jemandem. Nach einem Eheberater, irgend jemandem. Wir sollten diese Geschichte rational anpacken.»

«Du hörst mir nicht zu, Ted. Du hast mir nie zugehört. Ich gehe. Ich bin schon fort.»

«Hör zu, ich denke manchmal, ich beschäftige mich zuviel mit meinem Job. Ich habe zu sehr meine Arbeit im Kopf. Es tut mir leid.»

«Ted, das ist es nicht. Das erklärt nichts. Was ich meine, hat nichts mit deiner Arbeit zu tun – es geht um mich. Ich kann nicht so leben. Ich muß einen Schlußstrich ziehen. Ich brauche einen neuen Platz für mich.»

«Was sollen wir also machen? Ich meine, was hast du vor? Soll ich ausziehen? Hast du einen anderen? Zieht er ein?»

«Du verstehst überhaupt nichts.»

«Ich meine nur, du hast dir das alles ja ausgedacht. Was sollen wir also tun, verdammt noch mal?»

«Ich nehme meine Sachen – es ist schon alles gepackt – und zweitausend Dollar von unserem gemeinsamen Sparkonto, und dann gehe ich.»

«Du gehst also... Und Billy? Sollen wir ihn wecken? Sind seine Sachen auch schon gepackt?»

Zum erstenmal wurde sie unsicher.

«Nein... ich... ich möchte Billy nicht haben. Ich nehme ihn nicht mit. Er ist ohne mich besser dran.»

«Jesus, Joanna! Joanna!»

Sie brachte kein Wort mehr heraus. Sie ging ins Schlafzimmer, nahm ihren Koffer und ihren Tennisschläger, ging auf die Tür zu, öffnete sie und ging hinaus. Ted stand da und starrte. Er war völlig durcheinander. Er glaubte allen Ernstes, in einer Stunde würde sie wieder zurück sein.

5

Als er kurz vor fünf Uhr früh endlich einschlief, wußte er, daß kein Schlüssel sich im Schloß drehen, daß Joanna nicht anrufen würde, um sich zu entschuldigen, um zu sagen: «Ich bin gleich wieder da, ich liebe dich.» Um Viertel nach sieben hörte er Stimmen in der Wohnung. Joanna? Nein. Batman und Robin. Billys Batman-und-Robin-Wecker rasselte mit den Tonbandstimmen des dynamischen Duos los: «Los, Batman, wir werden wieder gebraucht.» – «Richtig, Robin, wir müssen unsere Freunde wecken.» Wozu? Womit sollte er anfangen? Joanna hatte ihm dies alles hinterlassen, und jetzt mußte er mit Billy reden. Was sollte er ihm sagen?

«Wo ist Mommy?»

Er konnte es nicht um eine halbe Minute hinausschieben.

«Hör zu, Mommy und Daddy hatten heute nacht einen Streit...» Stimmte das überhaupt, fragte er sich. Hatten sie sich wirklich gestritten? «Und Mommy hat beschlossen, daß sie eine Weile fortgehen will, bis sie nicht mehr so wütend ist. Du weißt doch, manchmal ist man so wütend, daß man die Tür hinter sich zuschlägt und allein sein will.»

«Ich war wütend, als Mommy mir keinen Keks geben wollte.»

«Ja.»

«Und ich hab die Tür zugeschlagen und hab sie nicht reingelassen.»

«Siehst du, genauso ist es jetzt: Mommy ist wütend auf Daddy und möchte eine Zeitlang allein sein.»

«Oh.»

«Also werde ich dich heute zum Kindergarten bringen.»

«Oh. Wann kommt Mommy zurück?»

«Ich weiß noch nicht genau.»

«Holt sie mich vom Kindergarten ab?»

Sie hatten erst eine Minute des Tages hinter sich gebracht, und schon wurde es kompliziert.

«Ich hole dich ab. Oder Thelma kommt.»

Er half Billy beim Anziehen, machte ihm Frühstück und brachte ihn zum Kindergarten. Die Pussycats hatten Zirkustag – Billy würde vor der Welt seiner Eltern geschützt und glücklich sein, denn immerhin war er zum Löwenbändiger ernannt worden. Ted wußte nicht recht, was tun. Sollte er am Telefon warten oder ins Büro gehen, sollte er die Polizei einschalten? Sollte er für den Nachmittag einen Babysitter für Billy besorgen? Meine Frau hat mich verlassen. Es kam ihm so unwirklich vor.

Notlügen waren ihm schon immer schwergefallen. Er hatte sich noch nie im Büro krank gemeldet, um ein verlängertes Wochenende herauszuschinden. Es war nicht recht zu lügen, fand er, man mußte sich Mühe geben, gut zu sein. Und selbst jetzt, da er wußte, daß er heute gar nicht fähig sein würde, zu arbeiten, wollte er nicht lügen. Aber man kann nicht im Büro anrufen und so selbstverständlich, als melde man sich grippekrank, verkünden: «Ich komme heute nicht. Meine Frau hat mich eben verlassen.» Er rief seine Sekretärin an: «Sagen Sie Jim, es geht mir nicht gut.» Das stimmte. «Was ist denn los?» fragte sie. «Ich weiß nicht genau.» Auch das stimmte irgendwie. Er konnte seine Sekretärin einfach nicht anlügen und behaupten, er sei krank – und doch konnte er sich bis zu einem gewissen Grade selbst anlügen, wie er es getan hatte, indem er sich vormachte, mit seiner Ehe sei alles in Ordnung.

Er rief Thelma, seine Nachbarin an. Er bat sie, Billy vom Kindergarten abzuholen und ihn dazubehalten und mit Kim spielen zu lassen, ihrer Tochter. «Klar», sagte sie, «aber was ist denn los?» Er sagte, er würde es ihr später erklären. Billy würde zum Abendbrot dort bleiben. Jetzt hatte er bis abends um sieben Zeit, auf Joanna zu warten, damit sie einander verzeihen konnten.

In so einer Lage, sagte er sich, sollte man einen guten Freund anrufen. Hallo, du, ich muß mit dir reden. Mir ist etwas ganz Beschissenes passiert. Du wirst es nicht glauben, aber... Er wußte nicht, wen er anrufen sollte. Er wurde sich plötzlich bewußt, wie sehr er sich in der Ehe isoliert hatte. Er hatte keine Freunde. Er hatte Dinnerparty-Freundschaften.

Aber er hatte keinen einzigen richtigen Freund. Da war Charlie, der Zahnarzt, der ihm bei ihrem letzten Gespräch nicht einmal richtig zugehört, sondern nur auf eine Gelegenheit gewartet hatte, ihm mit geheimem Stolz zu berichten, wie er es auf seinem Behandlungsstuhl trieb. Marv, der Mediaberater von *Newsweek*, war auch kein richtiger Freund. Dan sah er nur bei Football-Spielen. Die tiefschürfendsten Gespräche, die sie führten, drehten sich um die Stärken und Schwächen der Stürmer der New York Giants. Larry sah er seit den Tagen auf Fire Island kaum noch. Larry ging immer noch mit seinem «Girlmobil» auf die Pirsch. Er hatte sich einen neuen Wagen gekauft und natürlich wieder einen Kombi gewählt, um Frauen über die Weekendgrenzen hinweg in die Stadt zu kutschieren. Ralph, Teds Bruder, war auch nie ein guter Kumpel. Ralph lebte in Chicago, und wenn er in New York zu tun hatte, kam er jedesmal einen Abend zu Besuch. Sonst hatten sie das ganze Jahr über keinen Kontakt und telefonierten nur kurz vor den Geburtstagen ihrer Eltern, damit sie nicht das gleiche Geschenk kauften – Ralph, der große Bruder, der in der Spirituosenbranche viel Geld verdiente und nicht da war. Früher hatte er, Ted, Kumpel in der Nachbarschaft gehabt, und ebenso später auf dem College – dort hatte er Larry und Dan kennengelernt und in seiner Junggesellenzeit Leute aus den verschiedensten Berufen, die eine Zeitlang Freunde gewesen und dann wieder aus seinem Gesichtskreis verschwunden waren. Dann war er in eine Enklave ähnlich situierter Ehepaare gezogen, aber es gab keinen einzigen Mann, mit dem er regelmäßig sprach.

Da er es jemandem erzählen mußte, rief er Larry an. Er erreichte ihn in der Immobilienfirma, wo Larry arbeitete.

«Ted, Kleiner, wie geht es dir?»

«Nicht sehr gut. Joanna hat mich verlassen. Gestern. Einfach so. Mich und unseren kleinen Jungen.»

«Aber warum, Mann?»

«Ich weiß es nicht hundertprozentig.»

«Und was willst du jetzt machen?»

«Keine Ahnung.»

«Wo ist sie?»

«Ich weiß es nicht.»

«Sie ist einfach abgehauen?»

«Es kam sehr plötzlich.»

«Gibt es einen anderen?»

«Ich glaube nicht. Die Feministinnen werden ihr applaudieren.»

«Wie bitte?»

«Das hat sie gesagt.»

«Sie hat dich mit dem Kind sitzenlassen? Was willst du tun?»

«Ich weiß es nicht.»

«Was kann ich für dich tun? Soll ich mal rüberkommen?»

«Ich rufe dich wieder an. Vielen Dank, Larry.»

Es war nicht sehr befriedigend, aber er hatte sich jedenfalls mal ein bißchen von der Seele geredet. Die psychische und physische Erschöpfung verhalf ihm zu ein paar Stunden Schlaf, aus dem er jedoch jäh hochschreckte; wie jemand, der stechende Kopfschmerzen durch Schlafen zu vertreiben versucht, und sie sind wieder da, sobald er die Augen öffnet, so öffnete er die Augen und stellte fest, daß sich nichts geändert hatte: Joanna hatte ihn und Billy verlassen.

Wenn er es jedenfalls bis Freitag und bis zum Wochenende schaffte – vielleicht würde sie dann wieder da sein oder doch wenigstens anrufen. Nachdem Thelma Billy heil abgeliefert hatte, brachte er ihn fürsorglich zu Bett und las ihm mehrere Geschichten vor. Joannas Name fiel nicht an diesem Abend.

Er bat Thelma, sich auch am Freitag um Billy zu kümmern, und da er das Gefühl hatte, daß er ihr allmählich eine Erklärung schuldete, sagte er auf seine übliche vorsichtige Art, er und Joanna hätten «Krach» gehabt. Joanna wolle «ein paar Tage für sich allein sein». «Ich verstehe», sagte Thelma. Er rief in der Firma an, wiederholte sein Sprüchlein, es ginge ihm nicht gut, und notierte sich, wer für ihn angerufen hatte – kein Wort von Joanna. Er wartete auf den Briefträger, der jedoch nur Rechnungen brachte. Er wartete am Telefon, und als es klingelte, sprang er auf – um zu hören, daß Teleprompter ihm

Kabelfernsehen verkaufen wollte, das er bereits hatte, und daß Larry ihm etwas verkaufen wollte, das er nicht brauchte.

«Wie kommst du zurecht, mein Junge?»

«So einigermaßen.»

«Ich kenne da eine tolle Frau, der habe ich die Sache erzählt. Sie hat wahnsinniges Mitleid und würde dich gern trösten. Warum besorgst du dir nicht für heute abend einen Babysitter . . .»

«Nein, ich muß zu Hause bleiben.»

«Dann bringe ich sie zu dir. Wir trinken etwas, und wenn es soweit ist, gibst du mir einen Wink wie in alten Zeiten.»

«Lieber nicht, Larry, aber trotzdem: vielen Dank.»

«Es macht ihr Spaß, arme Seelen zu erretten. Sie ist ein Bumsengel.»

«Ich rufe dich an, Larry.»

Nach einem Tag war Ted bereits Gesprächsstoff in der Singles-Szene.

Am Abend verfolgten Ted und Billy die Abenteuer des Elefanten Babar in New York, in Washington und auf einem anderen Planeten. Ob Joanna dort irgendwo war? Von Babars Reisen erschöpft, machte Ted das Licht aus. Eine halbe Stunde später, als er dachte, Billy schliefe schon, hörte er ihn in seinem Zimmer rufen.

«Daddy, wann kommt meine Mommy wieder?»

Warum müssen Kinder immer so verdammt direkt sein, fragte er sich.

«Ich weiß es nicht, Billy. Wir lassen uns irgend etwas einfallen.»

«Was, Daddy?»

«Wir werden sehen. Schlaf jetzt. Morgen ist Sonnabend. Wir fahren mit dem Rad zum Zoo und machen uns einen schönen Tag. Wie findest du das?»

«Kriege ich eine Pizza?»

«Ja, du kriegst eine Pizza.»

«Gut.»

Der Junge schlief zufrieden ein. Sie fuhren zum Zoo, und Billy hatte einen großen Tag: es gelang ihm, seinem Vater schon um elf Uhr vormittags die Pizza abzuluchsen. Er fuhr mit dem Ponywagen, mit dem Karussell, sie gingen auf einen Spielplatz, er kletterte, gewann einen neuen Freund. Dann nahm Ted ihn zum Abendessen mit in ein chinesisches Restaurant. Er schwitzte Blut und Wasser: er mußte die Sache in den Griff bekommen, mußte Entscheidungen treffen. Er konnte höchstens noch einen Tag so weitermachen, dann war Montag und er mußte ins Büro – es sei denn, er nahm ein paar Tage Urlaub, um Zeit zu gewinnen. Es konnte ja sein, daß Joanna kam oder wenigstens anrief.

Am Sonntagmorgen um acht kam ein Eilbrief. Er war an Billy gerichtet, ohne Absender. Dem Poststempel nach war er in Denver, Colorado, aufgegeben worden.

«Er ist von deiner Mommy, für dich.»

«Lies ihn mir vor, Daddy.»

Der Brief war mit der Hand geschrieben. Ted las ihn langsam vor, damit Billy alles in sich aufnehmen konnte, und er selber auch.

Mein lieber, kleiner Billy!

Deine Mommy ist fortgegangen. Manchmal gehen Väter von zu Hause fort, und die Mütter sorgen für ihre kleinen Jungen. Aber manchmal geht auch die Mutter fort, und Du hast ja Deinen Vater, der für Dich sorgt. Ich bin fortgegangen, weil ich etwas finden muß, was ich tun kann und tun möchte. Jeder Mensch muß das, und so auch ich. Ich bin deine Mutter, das ist klar, aber es gibt noch andere Dinge, und ich konnte nicht anders handeln. Ich hatte keine Gelegenheit, es Dir zu sagen, und deshalb schreibe ich Dir jetzt, damit Du es von mir erfährst. Ich werde natürlich immer Deine Mommy bleiben, und ich werde Dir Spielsachen schicken und Dir zum Geburtstag schreiben. Nur bin ich nicht mehr zu Hause. Aber im Herzen werde ich Deine Mommy bleiben. Und ich werde Dir Küsse schicken, die Du bekommst, wenn Du schläfst. Jetzt muß ich fort und der Mensch sein, der ich sein muß. Hör gut auf Deinen Daddy. Er wird wie Dein kluger Teddy sein. Alles Liebe, Mommy.

Ted dachte einen Augenblick an den Schmerz, den ihr das Schreiben des Briefs bereitet haben mußte – wenn er an den Schmerz dachte, den ihm das Lesen bereitete. Billy nahm den Brief und hielt ihn in den Händen. Dann legte er ihn in die Schublade, in der er seine besonders schönen Münzen und seine Geburtstagskarten aufbewahrte.

«Mommy ist fortgegangen?»

«Ja, Billy.»

«Für immer, Daddy?»

Zum Teufel mit dir, Joanna! Zum Teufel mit dir!

«Es sieht so aus, Billy.»

«Wird sie mir Spielsachen schicken?»

«Ja, ganz bestimmt.»

«Ich mag Spielsachen.»

Es war offiziell. Jetzt war sie für beide fortgegangen.

Als er Billy am Montag im Kindergarten ablieferte, nahm er die Kindergärtnerin beiseite und sagte: «Mrs. Kramer und ich haben uns getrennt.» Er sorge von nun an für Billy, und sie möchte bitte ein Auge auf ihn haben, für den Fall, daß irgend etwas mit ihm sei. Die Kindergärtnerin sagte, es tue ihr sehr leid, und sie versprach ihm, sich um Billy zu kümmern – er könne gleich heute morgen der Keksjunge sein.

Ted wäre an diesem Tag sehr viel lieber Keksjunge als Brotverdiener gewesen. Er mußte alles tun, um seinen Job zu behalten, ganz besonders jetzt. Wenn es zutraf, wie er annahm, daß seine Aktien in der Firma gestiegen waren, als er Familienvater geworden war, fielen sie dann jetzt, wo er ein Hahnrei war? Nein, ein Hahnrei war ein betrogener Ehemann. Das war er nicht. Was war er eigentlich?

«Sie armes Schwein», sagte der Werbeleiter zu ihm. «Einfach abgehauen?» fragte Jim O'Connor.

«Ja.»

«Hat sie Sie in flagranti ertappt?»

«Nein.»

«Hatte *sie* einen anderen?»

«Ich glaube nicht.»

«Sie sitzen in der Tinte, Ted.»
«Ich hätte gern eine Woche Urlaub. Damit ich alles organisieren kann.»
«Aber sicher.»
«Ich will natürlich alles tun, daß diese Sache meine Leistung nicht beeinträchtigt.»
«Ted, um die Wahrheit zu sagen, Sie leisten sehr viel. Mehr als die Firma. Wir müssen die Gehälter womöglich noch einmal kürzen.»
Ted erstarrte. Fielen seine Aktien so schnell?
«Aber in Anbetracht Ihrer Situation werden wir Sie verschonen. Verstehen Sie? Ihr Gehalt wird nicht gekürzt – das bedeutet praktisch eine Gehaltserhöhung.»
«Schade nur, daß die Bank darauf nichts gibt.»
«Was wollen Sie mit dem Jungen machen?»
«Wie meinen Sie?»
«Wollen Sie ihn behalten?»
«Er ist mein Sohn.»
«Hat er keine Großeltern? Das wird eine harte Sache für Sie.»
Ted war gar nicht auf den Gedanken gekommen, daß er etwas anderes tun könnte, als Billy zu behalten. Aber O'Connor war ein kluger Mann. Er warf eine Frage auf. Ted überlegte, ob O'Connor etwas wußte, was er nicht wußte.
«Ich dachte, ich mache das Beste daraus.»
«Wenn Sie es so wollen.»
Wollte er es so? Er beschloß, über O'Connors Frage nachzudenken. Wollte er Billy behalten? Es gab vielleicht andere Lösungen – eine Möglichkeit, Joanna zu zwingen, daß sie Billy nahm. Er würde sie zuerst finden müssen. Und selbst wenn er sie fand, warum sollte sie dann plötzlich ihre Meinung ändern? Sie haßte das Leben, das sie mit ihm geführt hatte. Sie erstickte, hatte sie gesagt. Ted konnte sich nicht vorstellen, daß sie all den angeblichen Druck, vor dem sie geflohen war, plötzlich nur deshalb akzeptieren würde, weil er sie in irgendeinem Holiday Inn mit einem Tennis-Profi aufspürte – er sah sie manchmal wie auf der Bühne vor sich. Nein, ich muß Jo-

anna vergessen. Du hast dir wirklich eine einmalige Überraschung ausgedacht, meine Liebe.

Und die anderen Möglichkeiten? Er konnte einen Vierjährigen doch nicht auf ein Internat schicken! Die Großeltern? Ted hatte den Eindruck, daß seine eigenen Eltern sich im Lauf der Jahre damit verausgabt hatten, für Ralphs zwei Kinder die Großeltern zu spielen. Er ärgerte sich darüber, wie wenig Interesse sie bei ihren gelegentlichen Besuchen in New York für Billy gezeigt hatten. Sein Vater ging gewöhnlich ins Schlafzimmer, um fernzusehen, wenn Billy in Teds Augen gerade etwas Großartiges tat, indem er zum Beispiel lächelte. Und seine Mutter betonte dauernd, wie wundervoll Ralph als Baby gewesen sei und wie wundervoll Ralphs Kinder als Babys gewesen seien. Wenn seine Eltern sich nicht einmal ein New Yorker Wochenende lang für Billy interessieren konnten, dann würden sie sich auch in der Regenzeit in Florida nur mit begrenzter Aufmerksamkeit mit ihm befassen, dachte er. Seine Schwiegereltern dagegen waren pathologisch besorgt. «Laß ihn nicht da stehen, er fällt aus dem Fenster.» – «Mutter, wir haben doch Schutzgitter.» – «Er hat bestimmt Fieber, er fühlt sich so heiß an.» – «Nein, Harriet, draußen ist es so warm, wir haben zweiunddreißig Grad im Schatten!» Er konnte ihnen Billy anvertrauen und hoffen, daß der Junge es überstehen würde. Bei ihnen würde Billy bestimmt nicht aus dem Fenster fallen. Aber ob sie Billy überhaupt noch haben wollten? Waren sie überhaupt noch seine Schwiegereltern? Lauter Sackgassen. Keiner von ihnen sollte Billy haben. Er war sein Kind. Er gehörte zu ihm, das kleine Winzling. Ted würde sein Bestes tun. Das war es, was er wollte.

Er holte Billy vom Kindergarten ab und ging mit ihm nach Haus. Thelma rief an: er könne zu ihr kommen. Die Kinder spielten gern zusammen. Es sei keine Zumutung. Sie wollte wissen, ob er etwas von Joanna gehört hatte. Er schuldete den Leuten eine Erklärung, dachte er. Also sagte er Thelma, Joanna komme nicht zurück. Sie verzichte auf Billy. Thelma rang nach Luft. Er hörte es am Telefon, ein geradezu greifbares Nach-Luft-Ringen.

«Großer Gott!»

«Es ist nicht das Ende der Welt», sagte er, mehr um sich selbst zu ermuntern. «Es ist ein neuer Anfang.»

«Großer Gott!»

«Thelma, wir reden so, als spielten wir in einer Fernsehserie mit. So etwas kann passieren», sagte er, obwohl er sich nicht vorstellen konnte, daß es jemandem von den Leuten passierte, die er je gekannt hatte.

Das Telefon läutete den Rest des Tages über ununterbrochen. Er hatte sich eine Standarderklärung zurechtgelegt: Joanna hatte offenbar aus einer Situation heraus müssen, die sie als unerträglich empfand. Sie wollte sich nicht von außen raten lassen – das war alles. Man bot ihm Babysitter, Mahlzeiten, alles mögliche an. Bringt sie zurück, dachte er, ihr braucht sie nur zurückzubringen.

Während Billy in Thelmas Wohnung spielte, inspizierte Ted die Kleidungsstücke des Jungen, sein Spielzeug, seine Medikamente und versuchte, sich mit seinen Bedürfnissen vertraut zu machen. Joanna hatte sich immer um all diese Details gekümmert.

Am nächsten Tag erhielt Ted einen kurzen Brief, wieder ohne Absender, diesmal mit dem Poststempel von Lake Tahoe, Nevada.

«Lieber Ted, es gibt eine Menge juristischen Kram zu erledigen. Ich lasse meinen Anwalt die Papiere für die Scheidung schicken. Schicke dir außerdem die Dokumente, die du für das Sorgerecht brauchst. Joanna.»

Es war der scheußlichste Brief, fand er, den er je bekommen hatte.

6

Ehe er seine oder ihre Eltern oder sonst irgend jemanden informierte, rief er Mr. Gonzales an, der plötzlich der Mensch war, den er am dringlichsten erreichen mußte. Mr. Gonzales war der für ihn zuständige Kundenberater bei American Express. Joanna hatte 2000 Dollar von ihrem gemeinsamen Sparkonto abgehoben, genau den Betrag, den ihre Eltern ihnen zur Hochzeit geschenkt hatten. Ted nahm an, sie habe geglaubt, das Geld gehöre ihr. Sie hatten beide American Express-Kreditkarten, aber Ted wurde als der Kontoinhaber geführt. Er mußte alle Schulden, die sie machte, bezahlen. Sie konnte sich irgendwo amüsieren, in alle möglichen Städte fliegen, an Swimmingpools Rechnungen für Gin-Tonics unterschreiben, Gigolos mit aufs Zimmer nehmen – er würde bezahlen müssen. Jetzt weiß ich, was ein moderner Hahnrei ist, dachte er. Er rief Mr. Gonzales an, ließ die alten Karten für ungültig erklären und ließ sich eine neue Karte ausstellen.

Mrs. Colby vermittelte laut Anzeigen in der *New York Times* und einer Eintragung im Branchenverzeichnis «Haushaltshilfen für Anspruchsvolle». Als Werbemann wußte Ted das Wort «Anspruchsvolle» richtig einzuschätzen; es hieß: «Wir sind teurer.» Aber Mrs. Colby pries wenigstens nicht gleichzeitig Fensterputzer und Fußbodenreiniger an, wie es einige der anderen taten. Ted legte Wert auf eine Agentur, die zuverlässige Leute vermittelte, Leute, die diese Arbeit taten, um davon zu leben. Anfangs war er sich nicht genau darüber im klaren, was er eigentlich wollte. Er beschäftigte sich mit Kategorien, an die er früher nicht im Traum gedacht hätte – sollte es eine sein, die besser putzte als kochte, oder eine, die besser mit dem Kind umgehen als putzen konnte? Seine Freunde erklärten: Du wirst nie eine finden, die alles gut macht, was mit seiner Vorstellung von einer Mary Poppins kollidierte, die sein Leben wieder ins Lot bringen sollte. Den Gedanken, Billy in einer Kindertagesstätte unterzubringen, hatte er verworfen. Die Kindertagesstätten in der Stadt waren ein Skandal, zu wenig Geld, zu schlecht ausgestattet – und bei seinem Einkommen hätte er ohnehin Schwierigkeiten gehabt, Billy dort unterzubringen. Er wollte einfach, daß Billys Leben einigermaßen normal weiterging. Er suchte Mrs. Colby in ihrem Büro in der Madison Avenue auf. An den Wänden hingen Dankschreiben von Kunden, von UNO-Delegierten bis hin zu einem Bezirkspräsidenten von Brooklyn. Die Einrichtung war im Stil eines viktorianischen Teesalons gehalten, und hinter einem Schreibtisch saß Mrs. Colby, eine gepflegte Dame in den Sechzigern, mit britischem Akzent.

«So, Mr. Kramer, was suchten Sie doch gleich, eine Tageshilfe, oder soll sie auch bei Ihnen schlafen?»

«Eine Tageshilfe, denke ich.»

Ted hatte sich überlegt, daß eine Haushälterin, die auch in der Wohnung schlief, mindestens 125 Dollar in der Woche kosten würde, was über sein Budget hinausging. Eine College-Studentin würde für Unterbringung und Verpflegung vielleicht auf Billy aufpassen und auch leichte Hausarbeiten verrichten, aber ihr erzieherischer Einfluß würde nicht stark genug sein. Ted wollte eine Ersatzmutter. Erschwinglich und vernünftiger würde eine Frau aus der 90-bis-100-Dollar-in-der-Woche-Kategorie sein, die von neun bis sechs Uhr kam und gutes Englisch sprach. Thelma, seine Nachbarin, hatte ihn darauf hingewiesen. «So eine Frau wird dauernd mit Billy zusammen sein», hatte sie gesagt. «Du willst doch sicher nicht, daß er mit einem ausländischen Akzent aufwächst.» Das hatte Ted zunächst amüsiert, dann aber nicht mehr. Es ging darum, daß sie Billy nicht zu fremd vorkam.

«Jemand, der ein gutes Englisch spricht, Mrs. Colby.»

«Oh, gutes Englisch. Jetzt sind Sie aber schon mehr bei hundertfünf pro Woche statt bei neunzig bis hundert.»

«Nur für einen guten Akzent?»

«Für eine gute Kraft, Mr. Kramer. Wir vermitteln hier nicht irgendwen.»

«Also gut, bis hundertfünf.» Er merkte, daß dies eine Verhandlung gewesen war und daß er verloren hatte.

«Jetzt muß ich einiges über Ihre persönliche Situation wissen. Es handelt sich also um Sie und Ihren kleinen vierjährigen Sohn, sagten Sie, und Sie sind in der Werbung tätig?»

«Ja.»

«Und Mrs. Kramer?»

«Ist auf und davon, Mrs. Colby.» Eine ganz neue Art, es auszudrücken.

«Ich verstehe. Solche Fälle haben wir letzthin häufiger.»

«Wirklich?»

«Ja.»

Sie müssen es wissen, Lady, dachte er. In diesem kleinen Büro sitzt man am Puls der Stadt.

«Meist haben wir natürlich noch die Mütter ohne Mann. Bei den Vätern ohne Frau sind es die normalen Sterbefälle, die Schlaganfälle, die Autounfälle, die merkwürdigen Unfälle – wenn sie auf der Treppe und im Badezimmer ausrutschen und stürzen oder auf irgendeine Art ertrinken –»

Er glaubte bei dieser Aufzählung tragischer Todesarten ein Zwinkern in ihren Augen zu entdecken.

«. . . die Herzanfälle, die . . .»

«Ich verstehe.»

«Aber wir hatten auch schon ein paar . . . ‹auf und davon›, wie Sie es ausdrückten. Ich erinnere mich besonders an einen Fall, der vor kurzem über meinen Schreibtisch ging, eine Frau von achtunddreißig, zwei Kinder – Mädchen, zehn und sieben –, hinterließ keine Nachricht, nichts. Nahm einfach die Oberhemden ihres Mannes aus dem Schrank und verrichtete ihr Geschäft darauf.»

«Mrs. Colby . . .»

«Sie kam in eine Nervenklinik, so daß ich diesen Fall nicht unbedingt als Auf und Davon klassifizieren würde. Sondern eher als geistig-seelische Störung.»

«Könnten wir jetzt bitte über Haushälterinnen sprechen?»

«Ich habe drei erstklassige Kräfte. In der Hundertfünfzehn-pro-Woche-Kategorie.»

«Sie sagten, mehr bei hundertfünf.»

«Ich schaue schnell mal in der Kartei nach. Ah, ja, hundertzehn.»

«Haben Sie schon einmal daran gedacht, Anzeigenraum zu verkaufen, Mrs. Colby?»

«Wie bitte?»

«Schicken Sie mir die Frauen, und dann reden wir über den Preis. Nach neun Uhr abends, bei mir zu Hause. Und ich wäre dankbar, wenn Sie diesen Fall bald erledigen könnten.»

«Sehr gut, Mr. Kramer. Ich rufe Sie im Laufe des Tages an.»

Thelma und Charlie kamen vorbei. Thelma brachte ein fertiges Roastbeef mit. Sie war eine schlanke, attraktive Frau Anfang Dreißig, glänzend in Form mit Unterstützung einer Kombination von amerikanischen Kosmetika, getöntem Haar, Kontaktlinsen, die sie blinzeln ließen, den modernsten Stoffen, der neuesten Schlankheitsdiät. Ein oder zwei Klassen billiger alles, und sie wäre nichts anderes als eine Frau von durchschnittlichem Aussehen gewesen, wie sie es war, wenn sie müde wurde und ihre Falten zum Vorschein kamen. Sie war dabei, Probleme aufzudröseln. Joannas Fortgehen hatte sie zutiefst beunruhigt und mit ihren eigenen Eheproblemen konfrontiert. Das war auch der Grund dafür, daß sie wieder zu ihrem Psychotherapeuten ging.

«Ich möchte wirklich wissen, warum sie es getan hat», sagte sie.

«Vielleicht war es nur ein Kurzschluß», meinte Charlie vorsichtig, in dem Bemühen, nicht an seine eigenen wunden Punkte zu rühren.

«Es läßt sich nicht leugnen, daß ich einen Zahnarzt geheiratet habe und keinen Psychiater», sagte sie in scharfem Ton, und Ted vermied es, ihnen in die Augen zu sehen, wegen der Dinge, die er über Charlie wußte.

«Sie wollte wieder arbeiten, und ich habe gesagt, wir könnten es uns nicht leisten. Jetzt muß ich eine Haushälterin zahlen, ohne das Geld zu haben, das sie verdient hätte, wenn sie geblieben wäre.»

«Das ist wirklich lustig», sagte Charlie. «Wie es auch kommt, zahlen mußt du in jedem Fall.» Er lachte zu laut über etwas, das für die beiden anderen gar nicht lustig war.

«Hör auf, Charlie!» schrie Thelma ihn an, und Ted erkannte, daß seine mißliche Situation Anlaß für ihre Auseinandersetzungen geworden war. «Siehst du denn nicht, daß er leidet?» sagte sie, ihr eigenes Leid kaschierend. Sie weiß es, dachte Ted. Alle wissen, daß Charlie fremdgeht.

«Aber warum ist sie einfach fortgegangen? Habt ihr denn nicht miteinander kommuniziert?» fragte Thelma in einem Ton, der ein Tadel für beide anwesenden Männer war.

«Ich glaube, nicht sehr.»

«Ich möchte dir nicht weh tun, Ted. Faß es also bitte nicht falsch auf. Aber ich finde, irgendwie ist sie sehr mutig.»

«Thelma, red doch kein dummes Zeug.»

«Du hältst deinen dreckigen Mund, Charlie! Ich meine, man braucht irgendwie Mut dazu, um etwas so Antisoziales zu tun. Und deshalb habe ich irgendwie Respekt vor ihr.»

«Thelma, ich finde nicht, daß sie mutig war. Es ist nicht mutig, einfach davonzulaufen!» Der Zorn, den er hatte unterdrücken wollen, brach sich Bahn. «Und dieser feministische Quatsch! Joanna war so wenig Feministin wie . . . Charlie.»

«Halt mich da bitte heraus, Ted.»

«Was zum Teufel macht es schon aus, warum sie gegangen ist? Sie ist fort! Für dich ist der Grund wichtiger als für mich, Thelma.»

«Wirklich, Ted?»

«Das verdammte Spiel ist vorbei. Du bist wie die Ansager, die in ihrer Zelle sitzen und das Geschehen zusammenfassen. Was wäre denn, wenn wir miteinander kommuniziert hätten? Das Spiel ist vorbei. Sie ist fort!»

«Und wenn sie zurückkommt, wirst du nie erfahren, warum sie gegangen ist.»

«Sie kommt nicht zurück.»

Er griff nach Joannes Brief, den er auf einem Tisch liegengelassen hatte. Wenn Sie Stoff zum Klatschen wollten, sollten sie ihn haben. Sie sollten sehen, wie widerwärtig es war. Er schob Thelma den Brief hin. Sie las ihn schnell, voller Unbehagen angesichts der Szene, zu der sich der Besuch entwickelt hatte. Ted nahm ihn wieder an sich und gab ihn Charlie.

«Hübsch, nicht wahr? Ist das eine Heldin? Sie ist nichts als eine lausige Versagerin. Und sie ist fort, das ist alles, fort.»

Er nahm den Brief, zerknüllte ihn zu einer Kugel und kickte ihn in den Flur.

«Ted», sagte Thelma, «vielleicht wäre es gut, wenn du zu jemandem gingest – auch wenn Joanna es nicht wollte. Du könntest mit meinem Psychiater reden.»

«Wozu brauche ich einen Psychiater, wenn ich doch meine guten Freunde habe?»

«Hör mal, Ted, du brauchst nicht gemein zu werden», sagte Charlie. «Sicher, du bist erregt, das sehe ich, aber...»

«Genau. Und jetzt möchte ich gern allein sein. Vielen Dank für das Roastbeef und das hilfreiche Gespräch.»

«Selbst-Bewußtheit ist nichts Schlimmes, Ted», sagte Thelma.

Sie verabschiedeten sich steif. Thelma und Ted hauchten sich einen Kuß auf die Wange. Er wollte nicht mehr Selbst-Bewußtheit, als er schon hatte, ihm reichten seine eigenen Erklärungen für Joannas Verhalten. Er brauchte keine Theorien von Freunden. Sie sollten ihre eigenen Ehen kitten, ohne seine unter die Lupe zu nehmen. Er wollte nichts als eine Haushälterin und einen normalen Tagesablauf, etwas Geregeltes, jemanden, der zu Hause für Billy da war, und sobald er das erreichte, würde Joanna für ihn gestorben sein.

Mrs. Colby vereinbarte ein Vorstellungsgespräch für eine Miss Evans. Sie war eine winzige alte Frau, bemerkenswert vital, denn sie redete ununterbrochen über ihre diätetischen Bedürfnisse, Frischkäse von Breakstone, bloß nicht von Friendship, Joghurt von Dannon, bloß nicht von Sealtest, ungesalzenes Brot aus dem Reformhaus, nicht dieses Brot, in das sie Zucker hineintaten. Als sie Ted bat, ihr die Wohnung zu zeigen, und zuerst ins Badezimmer wollte – sie mußte nicht hin, betonte sie, sie wollte es sich nur anschauen –, noch bevor sie die Bitte äußerte, einen Blick auf den schlafenden Billy zu werfen, kam Ted zu dem Schluß, daß sie nicht zueinander paßten.

Er schrieb an eine Mrs. Roberts, die ein Stellengesuch in der *Times* aufgegeben hatte. Sie annoncierte: «Gute Köchin. Gut mit Kindern.» Sie kam, eine gewaltige Puertoricanerin, die einen Agenten haben mußte, der sie vertrat, da ihre Annonce so gut klang und sie einen englischen Namen hatte, eben Roberts, während ihr Englisch kaum verständlich war.

«Ich arbeite bei viele spanische Difomaten.»

«Aha», sagte er, um höflich zu sein.

«Viele spanische Mähnäger.»

Es wurde immer besser.

«Ich habe einen kleinen Jungen.»

«Und Ihre Frau?»

«Abgehauen», sagte er.

«Verrückt», sagte sie.

Und sie zwickte ihn herzhaft in die Wange. Es war ein richtiges Zwicken. Er wußte nicht, ob es ein aufmunterndes oder ein sexuelles Zwicken war, aber es tat weh.

«Haben Sie schon einmal mit Kindern gearbeitet?»

«Ich habe sechs Babys. Puerto Rico. Bronx. Jüngstes Baby zweiundzwanzig. Er Inschenör.»

Wenn er Mrs. Roberts einstellte, würde Billy mit fünf Spanisch sprechen.

«Sie sähr nett.»

«Wie bitte?»

«Sie sähr netter Mänsch.»

Entweder machte sie hier einen unpassenden Annäherungsversuch, oder ihr Agent hatte ihr die erotische Taktik empfohlen. Wie auch immer, weitere Fragen ergaben, daß Mrs. Roberts nicht einmal sofort frei war. Zuerst wollte sie «Färien» in Puerto Rico machen, wo ihr Mann gerade bei einem «Difomaten» arbeitete. Als sie sich verabschiedete, hatte Ted kombiniert, daß Difomat ein Diplomat war, Mähnäger ein Manager, Inschenör ein Inschenör und Mrs. Roberts ein sähr netter Mänsch – aber eine Mary Poppins hatte er nicht gefunden.

Er setzte sich mit anderen Stellenvermittlungen in Verbindung, verfolgte die Zeitungsannoncen und trieb einige «Tageshilfen» auf, eine attraktive Dame aus Jamaika mit trällernder Stimme, von der er sich gern Gute-Nacht-Geschichten hätte vorlesen lassen, um von anderen Dingen ganz zu schweigen, aber sie war nur den Sommer über frei; eine strenge Dame, die mit einer gestärkten weißen Tracht und mit gestärktem Gesicht zur Vorstellung erschien, eine ehemalige englische Nanny, die erklärte, mehrere Generationen von Kindern hätten sie Nanny genannt, aber nun wolle sie nicht mehr voll arbeiten, ob sie zweieinhalb Tage in der Woche bei ihm arbeiten könne, und schließlich eine irische Dame mit starkem Akzent, die das Gespräch von sich aus beendete, indem sie Ted vorwarf, er hätte seine Frau nicht gehen lassen dürfen, sie hätte eindeutig nicht gewußt, was sie tat. Mrs. Colby rief an und sagte, sie werde es sich zur Lebensaufgabe machen, binnen weniger Stunden das richtige für Ted zu finden, da sie persönlichen Anteil an seinem Fall nehme, wegen des unglücklichen «Dahingehens» seiner Frau, das sie offenbar irgendwie mit ihren Autounfällen und den verschiedenen Fällen von Ertrinken verwechselt hatte.

Mrs. Colby schickte ihm vier Frauen, darunter eine, die in der 125-Dollar-Kategorie rangierte, wie die betreffende Lady ihm unverzüglich mitteilte, und ob er eine Köchin habe? Ferner eine, die ein bißchen geistesabwesend wirkte, sonst aber keinen schlechten Eindruck machte, nur daß sie vergessen hatte, daß sie ab August schon eine andere Stelle angenommen hatte. Dann eine mollige Frau, die dauernd kicherte und so wirkte, als käme sie in Frage – bis sie noch einmal anrief, um zu sagen, sie müsse auch in der Wohnung schlafen, um mehr Geld zu verdienen. Und schließlich eine Schwedin, Mrs. Larson, die die Wohnung für ihren Geschmack zu schmutzig fand, was Ted aus der Fassung brachte, da er sorgfältig gefegt und staubgewischt hatte, damit keine Schwedin die Wohnung für ihren Geschmack zu schmutzig finden könne.

Er dachte daran, selber zu inserieren, unterließ es dann aber, um sich nicht sämtlichen Verrückten der Stadt preiszugeben. Statt dessen heftete er einen Zettel an das «Schwarze Brett» des Viertels, eine Wand im Supermarkt auf der anderen Seite der Straße. «Haushälterin gesucht. Arbeitszeit von 9 bis 18 Uhr. Nette Familie.» Das hatte er inzwischen oft genug gehört: «Ich arbeite nur bei netten Familien.» Er bekam einen Anruf von einer Mrs. Etta Willewska, die ihm sagte, sie wohne ganz in der Nähe und habe längere Zeit nicht mehr als Haushälterin gearbeitet, sei aber interessiert. Sie war eine kleine, rundliche Polin mit einem pausbäckigen Gesicht, die sich für das Gespräch offenbar ihr bestes Kleid angezogen hatte, ein feierliches schwarzes Gewand. Sie sprach mit einem leichten Akzent; sie und ihr Mann seien seit dreißig Jahren Bürger der Vereinigten Staaten, sagte sie stolz. Sie hatten einen verheirateten Sohn. Sie war viele Jahre Haushälterin gewesen und hatte dann meist in Großwäschereien gearbeitet. Ihr Mann arbeitete in einer Fabrik in Long Island City. Sie stellte sich vor, es müßte schön sein, wieder bei einer netten Familie zu arbeiten. Dann stellte sie Ted eine Frage. Es war etwas, das zu fragen allen anderen nicht in den Sinn gekommen war.

«Wie ist der Junge?»

Ted stutzte. Er konnte nur allgemein darauf antworten – er war noch nie gezwungen gewesen, Billys Persönlichkeit zu beschreiben.

«Er ist sehr nett. Manchmal ein bißchen schüchtern. Er spielt gern. Er spricht gut.» Er wußte nicht, was er sonst noch sagen sollte.

«Könnte ich ihn kurz sehen?» fragte sie.

Sie blickten durch die halb geöffnete Tür und betrachteten Billy, der dort inmitten seiner «Leute» lag und schlief.

«Ein hübscher Junge», flüsterte sie.

Das Licht aus dem Flur fiel auf sein Gesicht, und er wachte plötzlich auf.

«Schon gut, mein Kleiner. Ich bin's. Das ist Mrs. Willewska.»

«Mrs. Willewska», sagte Billy schlaftrunken.

«Schlaf jetzt wieder.»

Als sie ins Wohnzimmer gingen, sagte sie: «Er ist sehr gescheit. Er hat meinen Namen richtig ausgesprochen. Die meisten Leute können das nicht.»

Was für eine Last es sein muß, dachte Ted, einen Namen zu haben, den viele Leute nicht richtig aussprechen können.

«Ich weiß nicht, ob er gescheit ist. Bei einem Vierjährigen ist das schwer zu sagen. Ich denke, er ist es.»

«Sie sind ein sehr glücklicher Mann, Mr. Kramer.»

Er hatte sich in den letzten Tagen nicht so gesehen.

Sie unterhielten sich noch über die Aufgaben, die mit dem Job verbunden waren, und er bot ihr 110 Dollar in der Woche an. Er wollte ihr wenigstens das geben, was Mrs. Colby verlangt hätte. Dann fragte er sie, ob sie ein paar Stunden kommen könne, um sich zu akklimatisieren und ob sie gleich am Montag anfangen könne. Sie sagte, sie würde gern bei ihm arbeiten und sich gern um William kümmern. Ehe sie fortging, erkundigte sie sich noch, was er, Ted, am liebsten esse, wenn er abends nach Hause komme. Er hatte gar nicht daran gedacht, daß das im Preis mit einbegriffen war.

So hatte er jetzt eine Haushälterin mit einem Puttengesicht, die das Abendessen kochen und sich um Billy kümmern würde. Verlaß dich auf dein Gefühl, hatte Thelma ihm geraten, als er über das Problem, eine Haushälterin einzustellen, mit ihr gesprochen hatte. Er hatte das Gefühl, die richtige gefunden zu haben. Er rief Mrs. Colby an und teilte ihr mit, daß er jemanden gefunden habe. In ihre Karteikarten vertieft, erwiderte sie, sie hoffe, daß es seiner Frau inzwischen bessergehe.

Nun konnte er all die anderen Anrufe erledigen. Er hatte klar Schiff gemacht. Er konnte zu seinen Eltern sagen: Meine Frau hat mich verlassen, nein, Moment, keine Aufregung, wir haben eine sehr gute Haushälterin, es ist alles geregelt, ich habe für alles gesorgt. Er konnte zu seinen ehemaligen Schwiegereltern sagen: Habt ihr eine Ahnung, wo Joanna ist? Ihr wißt ja, sie hat mich verlassen. Wir haben eine Haushälterin, eine tüchtige Frau. Er konnte sagen: Ich brauche eure Hilfe nicht, macht euch keine Umstände. Ich behalte ihn. Wir kommen gut zurecht. Ich möchte es so haben.

Er ging in Billys Zimmer und trat an sein Bett. Wie war Billy? Konnte man das bei einem Vierjährigen wissen? Und wie würde er sich entwickeln? Was würde aus ihrem Leben werden?

Wir schaffen es schon, Billy. Wir haben jetzt Mrs. Willewska. Und wir haben uns.

Der Junge bewegte sich im Schlaf, tief eingetaucht in seine Kinderträume. Er bewegte die Lippen, murmelte Worte, die nicht zu verstehen waren. Es war geheimnisvoll, irgendwie faszinierend, aber Ted brachte es nicht fertig, ihn noch länger zu beobachten, ihn in seiner eigenen kleinen Welt zu belauschen. Er kam sich vor wie ein Eindringling. Keine Sorge, mein Kleiner. Wir kommen schon zurecht. Er gab ihm einen Kuß und ging rückwärts zur Tür. Billy träumte immer noch. Er sagte etwas von «Snoopy».

7

Eine hysterische Reaktion. «Was soll das heißen, sie hat dich und das Kind einfach verlassen? Was soll das heißen?» kreischte seine Mutter. Und wiederholte die Frage, als sei die Wiederholung nötig, um es zu fassen. «Einfach verlassen? Dich und das Kind? Ahhh!» Hysterisches Gebrüll wie in seiner Kindheit. «Was soll das heißen, du bist dabei erwischt worden, wie du dich ins RKO-Fordham geschmuggelt hast? Was soll das heißen, du bist jetzt im Büro des Geschäftsführers?» Der Geschäftsführer des Kinos kannte die Familie. Teds Vater hatte damals eine kleine Schnellgaststätte in der Fordham Road, und der Geschäftsführer rief im Lokal an statt bei der Polizei. Er und Johnny Martin wollten sich durch den Seitenausgang ins Kino schleichen, wenn Jimmy Perretti die Tür von innen öffnete, und lauerten im Schatten des großen Gebäudes wie Sonderkommandos in *Angriff bei Morgengrauen* – um dann prompt vom Platzanweiser erwischt zu werden, mit den besten Aussichten, wie überführte Verbrecher in *Zelle 180* zu landen. «Was soll das heißen, mein Sohn ist kriminell? Ahhh!» – «Ich wußte gar nicht, was für ein hartgesottener Bursche du bist, mein Kleiner», sagte sein Bruder, nachdem der Geschäftsführer den verstockten Verbrecher gegen ein Truthahnschnitzel freigegeben hatte.

In der Zeit, ehe Billy geboren wurde, waren Ted und Joanna nach Fort Lauderdale geflogen, um die neue Eigentumswohnung von Dora und Harold Kramer zu sehen, eine Wohnung mit Gartenanteil in der Nähe eines Swimmingpools. Während Harold vor dem Fernseher saß, zeigte Dora ihnen das Grundstück. «Das ist mein jüngerer Sohn Ted und seine Frau», sagte sie. Söhne wurden am Swimmingpool mit ihrem Beruf vorgestellt, Töchter und Schwiegertöchter mit dem Beruf ihrer Ehemänner. «Ted ist im Verkauf», sagte sie, aber sie erwähnte nie, daß er Anzeigenraum verkaufte, da sie immer noch nicht richtig wußte, was das war. Bestimmt hätte sie es einfacher gefunden, wenn er ein gutverdienender Spirituosengroßhändler gewesen wäre wie sein Bruder: «Das ist mein älterer Sohn Ralph, er ist Spirituosengroßhändler.» Oder wenn er Arzt gewesen wäre wie der Sohn der Simons'.

«Was habt ihr denn nur gemacht?»

«Wir haben uns auseinandergelebt.»

«So etwas habe ich noch nie gehört.»

«Es ist sehr modern.»

«So etwas müßte verboten sein!»

«Ted?» Sein Vater hatte sich von der Sportübertragung im Fernsehen losgerissen, nachdem er sich nicht mehr darüber hinwegtäuschen konnte, daß diese Sache wichtig genug war, um selber ans Telefon zu kommen.

«Wie geht es dir, Dad?»

«Du hast zugelassen, daß deine Frau dich verläßt?»

«Es war keine demokratisch getroffene Entscheidung.»

«Und sie hat das Kind verlassen. Ahhh!»

Er brüllte. Es mußte eine unerträgliche Schmach für ihn sein. Ted hatte seinen Vater bisher noch nie so brüllen hören. Er kannte das nur von seiner Mutter.

«Ich habe alles geregelt.»

«Geregelt?» kreischte seine Mutter. «Wie kannst du alles geregelt haben?»

«Mom, hör zu...»

«Deine Frau ist dir weggelaufen...»

«Ich habe eine Haushälterin genommen, eine unheimlich tüchtige Frau. Sie hat ihren eigenen Sohn großgezogen, sie hat andere Kinder versorgt.»

«Ist sie Amerikanerin?» fragte sie schnell.

«Äh, nein... Polin!»

«Gut. Die sind wenigstens fleißig. Ahhh, aber was hilft das schon? Es ist eine Tragödie, eine Schande.»

«Sie ist sehr nett. Sie kommt jeden Tag und macht alles.»

«Eine Schande. Diese Person. Sie ist ein Flittchen. Ein Flittchen!»

«Mom, Joanna mag vieles sein, und manches weiß auch ich nicht von ihr. Aber ein Flittchen...» sagte er und versuchte ein Lachen zu unterdrücken. «Warum soll sie deshalb ein Flittchen sein?»

«Ein Flittchen», sagte sie entschieden.

«Eine Schlampe», fügte sein Vater mit Nachdruck hinzu.

Er hatte versucht, Klarheit zu schaffen. Es war nicht klar genug. Als er den Hörer auflegte, mußte er immer noch darüber lächeln, wie sie es fertigbrachten, aus Joanna ein Flittchen und eine Schlampe zu machen.

Sie sagte William zu ihm; er sagte Mrs. Willewska zu ihr. Ted sagte Mrs. Willewska zu ihr; sie sagte Mr. Kramer zu ihm – die förmliche Anrede gefiel Ted, es war, als ob sie eine alte Familie wie die Kennedys wären, an Personal gewöhnt. Sie war eine gütige, verständige Frau und konnte sehr gut mit Kindern umgehen. Für Billy war es immer noch ein unvorstellbarer Gedanke, daß seine Mommy für immer fortgegangen war. Ihn beschäftigten deshalb mehr die täglichen Kleinigkeiten, wer bringt mich zum Kindergarten, wer holt mich ab, wer macht mir Mittagessen, wann darf ich fernsehen, wer macht mir Abendbrot, wer tut das, was Mommy getan hat? Das waren greifbare Dinge, und die Möglichkeit, daß er nicht mehr fest mit ihnen rechnen konnte, machte ihm angst. Die Abwesenheit seiner Mutter bedeutete nicht, daß seine Welt zerbrochen war. Er hatte Angst, daß niemand da war, der ihm sein Brot mit Erdnußbutter gab. In den Tagen, in denen er die Haushälterin suchte, waren das Teds Sorgen gewesen, die er mit nervösen Fragen verbalisierte, wann fängt der Kindergarten an, wann hört er auf, mit wem hast du dich verabredet, was möchtest du essen – wer tut was, wer steht wo? Als Etta Willewska kam, hörte das Unvorstellbare zwar nicht auf, unvorstellbar zu sein. Aber alles andere war geklärt. Mrs. Willewska kümmerte sich darum. Schon nach wenigen Tagen sagte Billy: «Daddy, Mrs. Willewska hat gesagt, ich kriege keinen Keks mehr, weil ich schon einen gegessen hab.» Als Ted die beiden eines Morgens zum Kindergarten begleitete, wollte er bei Rot über die Straße gehen und wurde sofort zurechtgewiesen: «Die Ampel ist rot, Daddy.»

«Wir gehen nur bei Grün über die Straße, Mr. Kramer. So lernt er es.»

«Sehr gut.» Nehmen sie *mich* bei der Hand, Mrs. Willewska, und bringen Sie mich heil rüber.

Sie brachte Stabilität in seinen und Billys Alltag. Im Grunde konnten sie es beide noch nicht fassen. Aber die täglichen Kleinigkeiten, die Erdnußbutterbrote, das grüne und rote Ampellicht waren keine Sorgen mehr, darum kümmerte sich Mrs. Willewska.

Die Leute, mit denen er beruflich zu tun hatte, informierte er: «Meine Frau hatte keine Lust mehr, Ehefrau und Mutter zu spielen.» Und meistens fügte er hinzu: «Aber mit dieser fabelhaften Haushälterin kommen wir über die Runden.» Den zweiten Satz sagte er so schnell, daß den anderen keine Zeit blieb, nach Einzelheiten zu fragen.

Nachdem er mehrere Tage wieder wie üblich ins Büro gegangen war und zu Hause alles normal zu laufen begann, beschloß er, Joannas Eltern anzurufen, da er noch nichts von ihnen gehört hatte. Vielleicht wußten sie, wo Joanna war. Sie wußten es nicht. Joanna hatte es Ted überlassen, ihnen die Sache zu erzählen.

«Ihr wißt nichts?»

«Was sollen wir denn wissen?»

«Joanna hat uns verlassen, Harriet. Sie ist fort. Sie hat Billy und mich verlassen, sie ist weggegangen, um sich selbst zu finden.» Du bist eine ganz Schlaue. Du hast auch das wirklich mir überlassen? Eine lange Pause am anderen Ende der Leitung. «Ich hatte gehofft, sie würde es euch selbst erzählen.»

«Sie hat ihren Sohn verlassen? Ihren kleinen Jungen?»

«Und ihren Mann. Mich hat sie auch verlassen.»

«Was hast du ihr angetan?»

«Nichts, Harriet. Ich habe sie nicht gebeten zu gehen.»

«Ich glaube, ich kriege einen Herzanfall.»

«Nimm's nicht so schwer, Harriet. Wo ist Sam?»

«Hinten.»

«Geh bitte, hol ihn. Ich bleibe am Apparat.»

«Ich kriege einen Herzanfall.»

Er nahm an, daß jemand, der noch ankündigen konnte, er bekäme einen Herzanfall, keinen bekommen würde.

«Hallo?»

«Sam, was macht Harriet?»

«Sie sitzt im Sessel.»

«Hat sie es dir gesagt?»

«Wie kannst du es wagen, uns mit so einer Sache am Telefon zu kommen!»

«Hätte ich es vielleicht schreiben sollen?»

«Joanna hat ihr Kind verlassen?»

«Ja, sie...»

«Ihren eigenen niedlichen kleinen Jungen?»

«Sie sagte, sie müsse es tun, um ihrer selbst willen.»

«Ich kriege einen Herzanfall.»

«Warte, Sam...»

«Ich kriege einen Herzanfall. Harriet, sprich du mit ihm. Ich habe einen Herzanfall.»

«Sam, du hast keinen Herzanfall, wenn du es sagen kannst.» Er wußte das aus Erfahrung.

«Ted, ich bin's, Harriet. Sam sitzt im Sessel.»

«Geht es ihm gut?»

«Wir können jetzt nicht mit dir reden. Du hast uns einen schweren Schlag versetzt. Du hast wirklich Nerven.» Und damit legte sie auf.

In der Woche war Ted gewöhnlich gegen sechs zu Hause. Dann aßen er und Billy zusammen Abendbrot, dann badete er Billy, dann spielten sie eine Weile und er las ihm eine Geschichte vor, und gegen halb acht ging Billy zu Bett. Die Wochenenden, wenn Etta nicht kam, waren lange Zeiträume ohne irgendeine Unterbrechung, und aus dem Bedürfnis heraus, die Zeit auszufüllen, damit Billy auch ja zufrieden und beschäftigt war, veranstaltete Ted große Besichtigungsprogramme. An diesem Morgen wollten sie ins Naturgeschichtliche Museum. Da klingelte es, und Joannas Eltern standen vor der Tür. Sie traten schnell ein und sausten durch die Wohnung wie das Bombenentschärfungskommando nach einem heißen Tip. Sie rissen Türen auf, entdeckten einen kleinen Jungen vor dem Fernseher und erschreckten ihn mit einer Lawine von Küssen und Umarmungen und Bilderbüchern. Sie durchsuchten die ganze Wohnung, dann verkündete Harriet das Ergebnis: «Sie ist nicht da.»

Sam schlich noch einmal durch die Zimmer, als hoffte er, einen wichtigen Hinweis zu finden. Er schaute zu Billy hinein, der sich nicht von der Stelle gerührt hatte – die Electric Company war mit *Spider-Man* gekommen, der über alle Großeltern siegte, auch über Großeltern aus Boston. Sam machte wegen Billy kopfschüttelnd «Ts, ts» und ließ sich schwer auf das Sofa fallen.

Sie waren ein gutaussehendes Paar. Harriet war zierlich, eine jugendliche Fünfzigerin, dunkle Augen, während das Haar langsam ergraute. Er hatte ein sympathisches, zerfurchtes Gesicht und war ein kräftig und gesund aussehender Mann mit weißem Haar. Ted hatte ganz vergessen, wie gut sie aussahen. Klar, Joanna war ihre Tochter, und Billy hatte ihr Blut in den Adern. Es wäre ein Irrtum gewesen, anzunehmen, sie machten sich nichts aus dem Jungen.

«Was hast du uns zur Erklärung zu sagen?» fragte Joannas Vater geschraubt und mit erhobener Stimme, als hätte er den Satz während der ganzen Fahrt von Boston her geprobt.

Ted berichtete, wie Joanna gegangen war. Er versuchte nichts auszulassen, sie genau zu zitieren – würdest du das gleich für mich tun? –, und sie hörten mit zusammengekniffenen Augen zu, als gäben sie sich Mühe, jemandem zu folgen, der eine andere Sprache sprach.

«Sie hat nie Schwierigkeiten gemacht», sagte ihre Mutter.

«Aber jetzt tut sie es», erwiderte Ted, seinen Standpunkt vertretend.

Sie verstanden ihn nicht. Sie hatten ihm ein schönes Mädchen anvertraut, und was hatte er aus ihr gemacht? Sie begannen in Erinnerungen an Joannas frühe Triumphe zu schwelgen, an die Zeit vor Ted, und schienen zu vergessen, daß er dort saß. Sie erinnerten sich, wie gut sie ausgesehen hatte damals, als... Dann traten lange Pausen ein. Billy rief aus Teds Schlafzimmer, wo der Fernsehapparat stand, und fragte, ob er *Sesame Street* sehen dürfe. Der Kleine, der Kleine. Sie sprangen auf und liefen in das Zimmer, vergewisserten sich, daß *er* noch da war, und herzten und küßten ihn immer wieder, während er ratlos aufblickte, ganz verwirrt, daß diese Leute dauernd reinplatzten, während er fernsah, um ihn zu herzen und zu küssen. Sie gingen durch die Wohnung, prüften alle Schutzgitter vor den Fenstern. Wie wollte Ted es schaffen! Er besaß doch gar nicht die Voraussetzungen, um allein für ein Kind zu sorgen. Wer war diese Haushälterin? Ob er von der Krankenschwester gehört habe, die das Kind entführt und umgebracht hatte? Warum sah Billy so viel fern? Was aß er? Wer würde auf seine Kleidung achtgeben? Er versuchte, ihre Fragen zu beantworten. Sie hörten ihm nicht einmal zu. Immer wieder inspizierten sie die Wohnung. Lollys? Du kaufst

Lollys? fragte der Apotheker. Weißt du nicht, daß Zucker schlecht ist für die Gesundheit, daß Lollys schlecht sind für seine Zähne? Reg dich nicht auf, sagte sich Ted, sie leben in Boston. Sie wollten Mrs. Willewska, die ihren freien Tag hatte, unter die Lupe nehmen. Er lehnte ab. Sie wollten mit Billy in den Zoo. Er sagte, das sei in Ordnung, aber sie sollten bitte nicht wegen Joanna «Ts, ts» machen, solange sie mit Billy zusammen seien. Das bringe ihn nur durcheinander. Jetzt fiel ihnen Joanna wieder ein.

«Bei uns hat sie es immer gut gehabt. Ich weiß nicht, wie sie es bei dir gehabt hat», sagte Harriet spitz.

«Gut, daß du das sagst», antwortete Ted. «Vielleicht wurde sie als Kind zu sehr verzogen, und sobald es Schwierigkeiten gab, hat sie wie ein verzogenes Kind reagiert.»

«Red nicht so von meiner Tochter!» schrie Sam.

«Psst. Das Kind!» warnte Harriet.

Noch mehr Küsse und Umarmungen für den bedrängten Billy, und Ted schickte sie zum Zoo und ging in das Kino um die Ecke, wo er einen Western sah, der den Vorzug hatte, nicht das geringste mit ihm zu tun zu haben. Sie kamen am späten Nachmittag heim, Billy hatte sich mit einem Lolly alles klebrig gemacht, und sein Hemd wies Pizzaflecken auf. Sie wollten noch einen Tag in New York bleiben, um mit ihrem Enkel zusammen zu sein, zogen jedoch ein Motelzimmer dem Sofa vor, das Ted ihnen anbot, weil er höflich sein wollte.

Harriet und Sam standen am nächsten Morgen um acht vor der Tür, bereit, viermal rund um die Stadt zu laufen. Billy wollte wieder in den Zoo, und fort waren sie, um die Tiere zu wecken. Sie kamen am frühen Nachmittag zurück.

«Wir müssen uns jetzt beeilen», sagte Harriet zu ihrem Enkel.

Beeil dich zur Schule, beeil dich nach Haus, wenn du nicht aufpaßt, ist es schnell aus. Ein Kinderspiel, das Joanna oft mit Billy gespielt hatte. Es fiel Ted plötzlich wieder ein. Sie hatte ihre Sachen mitgenommen – und hatte Erinnerungen, Echos zurückgelassen.

«Also, falls Joanna sich bei euch meldet», sagte er zu ihnen, «bestellt ihr bitte –» er wußte nicht, was er ihr ausrichten lassen sollte – «bestellt ihr, daß wir gut zurechtkommen.»

«Tut ihr das?» fragte Harriet. «Glaubst du wirklich, daß ihr gut zurechtkommt?»

Die Ermittlungskommission verließ ohne Händedruck für Ted das Haus. Joannas Eltern hatten ihren Schluß gezogen. Sie hatten Ted für schuldig befunden, ihre Tochter zugrunde gerichtet zu haben.

In den folgenden Wochen, als es den Leuten langsam klarwurde, daß Joanna Kramer ihren Mann und ihr Kind tatsächlich verlassen hatte, begannen sie in die Sache hineinzulesen, was sie brauchten, um damit leben zu können. Larry sah es als eine Gelegenheit, Ted mit anderen Frauen zusammenzubringen. Ted sagte ihm, er sei jetzt nicht an Kontakten interessiert, er sei mit seinen Gedanken woanders. «Wer redet von deinen Gedanken?» sagte Larry. Wenn er seinen Freund Ted dazu bringen konnte, es so zu machen wie er und keine Gelegenheit auszulassen, war es gerechtfertigt, daß man keine Gelegenheit ausließ. Dann war es nicht so neurotisch, wie einige seiner Freundinnen gesagt hatten.

Teds Eltern standen am anderen Ende des sozialen Spektrums. Für sie war es wichtig, daß Ted wieder heiratete. Ihnen lag weniger daran, daß er mit Frauen zusammenkam.

«Wir sind ja noch nicht einmal geschieden.»

«Worauf wartest du also noch?» sagte seine Mutter.

Es war an der Zeit, die juristischen Formalitäten zu erledigen. Ted hatte seinen Freund Dan, den Anwalt, um Rat gefragt, und der hatte ihm einen angesehenen Anwalt genannt, der auf Scheidungen spezialisiert war. Eine Blitzscheidung und eine Blitzheirat, einerlei mit welcher Frau, würden seinen Ruf in Miami weitgehend retten und den Ruf seiner Eltern auch. «Eine Scheidung, das würde jeder verstehen», sagte seine Mutter zu ihm. «Ich erzähle überall, daß du schon geschieden bist.»

«Ich glaube nicht, daß das im Staat New York anerkannt wird.»

«So komisch ist das gar nicht. Ich muß dauernd irgendwelche Ausreden erfinden. Ich muß sagen, der Junge lebt vorübergehend bei dir, während das Flittchen ein Verhältnis hat.»

Er telefonierte mit seinem Bruder, aber es lag mehr als die äußere Entfernung zwischen ihnen. Ralph bot Geld an, Ted lehnte dankend ab. Nachdem er das einzige angeboten hatte, was ihm einfiel, gab er seiner Frau Sandy den Hörer, die sagte, sie habe Joanna sowieso nie gemocht. Sie hätte Billy gern eine Zeitlang genommen, wenn ihre Kinder nicht so viel älter gewesen wären. Nach diesen Höflichkeiten verabschiedeten sie sich alle und sprachen monatelang nicht mehr miteinander.

Thelma sah in Joanna einen Racheengel für kaputte Ehen. Sie kam auf eine Tasse Kaffee vorbei und erzählte Ted, Joannas Fortgehen habe «gewisse Dinge» an die Oberfläche gebracht.

«Charlie hat mir gesagt, daß er ein Verhältnis hat. Er bat mich um Verzeihung, und ich habe ihm verziehen. Ich lasse mich jetzt auch scheiden.»

Charlie kam am nächsten Abend vorbei.

«Thelma gibt mich frei, sie sagt, ich könne meine Zahnarzthelferin heiraten. Wer hat denn gesagt, daß ich meine Zahnarzthelferin heiraten will?» Als er schließlich ging, nach etlichen Drinks nicht mehr ganz sicher auf den Beinen, sagte er: «Ohne dich wäre ich noch ein glücklich verheirateter Mann.»

Joannas Eltern bewältigten die Situation, indem sie regelmäßig Pakete mit Spielzeug schickten: sie versuchten, den Verlust ihrer Tochter mit Geschenken für ihren Enkel zu kompensieren und durch Ferngespräche mit einem Kind, dem Ferngespräche nicht imponierten.

«Billy, ich bin's – Oma!»

«Und Opa! Ich bin auch da, Billy.»

«Oh, hallo.»

«Wie geht es dir, Billy? Was machst du gerade?»

«Nichts.»

«Nichts? Aber, aber, ein großer Junge wie du muß doch etwas machen.»

«Ich spiele.»

«Sehr gut. Hast du gehört, Sam? Er spielt. Was spielst du denn?»

«Fisch.»

«Fisch. Das ist aber mal schön – Fisch. Was ist Fisch? Wie geht denn das?»

«Fisch ist, wenn ich auf meinem Bett liege und meinen Penis aus meiner Pyjamahose rausgucken lasse wie einen Fisch.»

«Oh.»

Wie war Billy? Er war ein begeisterungsfähiger Junge. Er konnte in aller Unschuld sagen: «Was für ein schöner Tag, Daddy.» Und tat es auch von Zeit zu Zeit. Bei den kämpferischen Spielen, die Kinder miteinander spielen, war er jedoch nicht sehr aggressiv, und Ted fragte sich, ob das ein Charakterzug sei, den Billy von ihm hatte. War Billy nicht aggressiv genug, wie sein Vater?

Die Phantasie des Jungen setzte ihn in Erstaunen. Geschichten von fliegenden Kaninchen, von Oscar dem Nörgler, der mit der U-Bahn nach Paris fuhr, von Stöcken, die Raketen wurden, von Steinen, die sich in Motoren verwandelten. Billy besaß eine so lebhafte Einbildungskraft, daß Ted den Kinderarzt fragte, ob er sich Sorgen deswegen machen müsse. Der Arzt sagte, er solle sich im Gegenteil darüber freuen. Von der Angst befreit, freute er sich darüber, genau wie über ihre langen Gespräche. Über Gott und die Welt.

«Daddy, was hast du gemacht, als du noch ein kleiner Junge warst?»

«Ich habe gespielt, wie du.»

«Hast du *Sesame Street* gesehen?»

«Damals gab es noch keine *Sesame Street*. Damals gab es noch kein Fernsehen.»

Er versuchte es zu begreifen.

«Ihr habt zu Hause kein Fernsehen gehabt?»

«Das Fernsehen war noch nicht erfunden. Es hatte noch niemand den Einfall gehabt, Fernsehen zu machen.»

Etwas so Selbstverständliches wie das Fernsehen hatte nicht existiert... Billy versuchte, es zu verstehen.

«Hat es Apfelsaft gegeben?»

«Ja, Apfelsaft haben wir auch getrunken.»

Wie ist es, Billy, wenn man vier ist und versucht, die Welt in den Griff zu bekommen, fragte sich Ted.

Sie kamen aus einem Burger King – ein besonderes Freitagabendvergnügen für Billy.

«Gab es schon Burger King, als du noch ein kleiner Junge warst?»

«Nein, Billy.»

«Und was gab es sonst noch nicht?»

«Hm, es gab auch noch keine McDonald's. Und keine Astronauten. Und kein Eis, das man zu Hause aufbewahren konnte. Die Kühlschränke waren zu klein.» Und es gab auch keine Mommies, die ihre Männer und ihre kleinen Jungen sitzenließen, fügte er im stillen hinzu.

Die Kanzlei Shaunessy und Phillips war von Dan, dem Anwalt und Fan der New Yorker Giants, empfohlen worden, der ihn auch darauf hingewiesen hatte, daß John Shaunessy ebenfalls ein Fan der Giants war. In der ersten Viertelstunde redete Shaunessy, ein großgewachsener, vornehm aussehender Mann in den Fünfzigern, über die Mannschaftspolitik der Giants in den letzten Jahren, wahrscheinlich um eine Beziehung zu seinem künftigen Klienten herzustellen. Dann kamen sie zu Ted.

«Ich würde sagen, es ist ein einfacher Fall.»

«Nichts ist einfach. Ich könnte Ihnen zwanzig Fälle aufzählen, die ganz ‹einfach› aussahen, wie Sie sagen – und dann kam die Bombe.»

«Bitte nicht. Hat Dan Sie eingeweiht?»

«Ihre Frau ist ausgeflogen. Sie hat einige Papiere geschickt, und sie ist bereit, alles zu unterschreiben.»

«Sagen Sie mir, wie es jetzt weitergeht. Wie lange dauert es? Was kostet es?»

«Okay. Als erstes müssen Sie wissen, daß wir uns mit beiden Seiten auskennen. Wir haben Männer als Klienten, und wir haben Frauen. Wir haben alles schon einmal mitgemacht. Das Zweite ist, daß eine Scheidung eine heikle Sache sein kann. Auf den ersten Blick würde ich sagen, Sie wohnen hier, *Sie* reichen die Scheidung hier ein. Vergessen Sie, was sie macht. Sie haben zwei Möglichkeiten – böswilliges Verlassen. Das dauert ungefähr ein Jahr. Zu lange. Oder seelische Grausamkeit und unmenschliche Behandlung. Das dürfte ein paar Monate dauern.»

«Seelische Grausamkeit und unmenschliche...»

«Sie gehen zu einem Arzt. Er wird sagen, daß Sie innerlich verkrampft sind. Sie sind doch innerlich verkrampft, nicht wahr?»

«Nun...»

«Sie sind innerlich verkrampft. Und was den letzten Teil Ihrer Frage betrifft: zweitausend Dollar.»

«Au.»

«Ich bin zufällig ein alter Profi, wie man so sagt. Ich unterrichte am St. John's College. Ich publiziere. Ich bin nicht billig. Manche Leute berechnen weniger, manche mehr. Es lohnt sich, Vergleiche zu ziehen, und ich würde sagen, Sie sollten es tun.»

«Ich glaube ehrlich gesagt nicht, daß ich die Nerven dazu habe. Okay, was soll's. Machen wir es.»

«Schön. Eins sollten Sie noch wissen, Ted. Sie brauchen einen guten Anwalt. Das Ende einer Ehe muß juristisch sauber und entschieden sein. Wir haben es immerhin mit Ihrem Leben zu tun.»

Was die Person des Anwalts betraf, war er zuversichtlich. Aber 2000 Dollar... Joanna hatte ihm den Schwarzen Peter mitsamt der Rechnung zugeschoben.

Billys Kindergarten veranstaltete im Sommer ein billiges Spielprogramm an den Werktagsvormittagen, und Ted meldete ihn bei seiner Kindergärtnerin an. Die Frau hatte sich in der Zeit der ersten Umstellung sehr um Billy gekümmert, und sie sagte zu Ted, sie habe den Eindruck, der Junge komme sehr gut damit zurecht. «Kinder sind sehr viel flexibler, als man denkt», erklärte sie. Ted hatte die Besichtigungsprogramme am Wochenende reduziert. Er fand es nicht mehr nötig, Billy von morgens bis abends etwas zu bieten. Ein Spielplatz im Park, nur ein paar Häuserblocks von ihnen entfernt, bot ein Klettergerüst, das Billy Spaß machte, ein Planschbecken mit Fontäne, einen Blick auf die Schiffe auf dem East River und einen fahrbaren Kiosk draußen vor dem Tor, wo man alle Bedürfnisse nach Dosenlimo, Eiscreme und italienischem Eis befriedigen konnte. Ted saß allein auf einer Bank und las Zeitschriften. Billy kam dann und wann zu ihm, etwa um zu fragen, ob er schaukeln oder sich ein Eis kaufen dürfe. Ted versuchte ihn zu ermutigen, mit anderen Kindern und nicht nur mit seinem Daddy zu spielen, doch früher oder später spielten sie unweigerlich zusammen, und dann war Ted mit Abstand der größte im Baumhaus oder auf der Wippe. Oder er beteiligte sich freiwillig an einem der Spiele, die Billy erfand.

«Laß uns Affen spielen.»

«Wie geht das?»

«Du bist der Affendaddy, und ich bin das Affenbaby, und wir klettern auf dem Spielplatz überall rauf.»

«Nicht überall.»

«Aber auf den Abhang.»

«Okay. Ich klettere den Abhang rauf.»

«Und du mußt quieken wie ein Affe.»

«Dein Daddy quiekt nicht wie ein Affe.»

«Und du mußt auf der Erde krabbeln.»

«Warum kann ich kein Affe auf zwei Beinen sein?»

«Das ist kein richtiger Affe.»

Die Verhandlungen hatten einen heiklen Punkt erreicht.

«Also los», sagte Ted. «Du quiekst und krabbelst, und ich kratze mich ein bißchen.»

«Das ist gut. Der Affendaddy kratzt sich.»

Und sie kletterten irgendwo in Afrika einen Hang hinauf und waren Affen oder, was Ted betraf, gemäßigte Affen.

An einem heißen Julisonntag waren sie mit einem Picknickkorb zum Spielplatz gegangen, und Billy hatte den größten Teil des Nachmittags bei der kleinen Fontäne verbracht. Ted hatte ihn einige Male dort besucht, mit aufgekrempelten Hosenbeinen und ohne Schuhe und Strümpfe, wie ein paar andere Väter es auch getan hatten. Er saß am Rand des Spielplatzes und las, während Billy herumtobte, sich mit Wasser bespritzte, hüpfte und sprang, außer sich vor Freude, den ganzen Tag in der Badehose verbringen zu können. «Sei mein Wassermann», sagte Ted, und Billy füllte einen Plastikbecher mit Wasser, brachte ihn her und goß ihn über Teds vornübergebeugten Kopf, worüber er furchtbar kichern mußte. Sie blieben lange auf dem Spielplatz, und als die Hitze nachließ und die Schatten länger wurden, war der Park besonders schön. Ted fühlte sich rundum wohl, Billy kicherte immer noch und tanzte und tobte herum. Sie genossen es beide. «Kinder sind sehr viel flexibler, als man denkt.» Erwachsene vielleicht auch, dachte er. Er blickte auf und merkte, daß Billy auf einmal nicht mehr da war. Er war weder an der Fontäne noch im Sandkasten, weder auf dem Klettergerüst noch auf der Schaukel. Ted ging mit schnellen Schritten über den Spielplatz. Billy war nicht da. «Billy!» schrie er. «Billy!» Er lief zum Eingang des Spielplatzes, wo das Trinkwasserbecken war, aber dort war er auch nicht. «Billy! Billy!» Und dann sah er ihn von weitem. Billy hatte den Spielplatz verlassen und lief einen Parkweg entlang. Ted rannte hinter ihm her, rief, aber Billy drehte sich nicht um. Er lief weiter in seinem aufgeregt hopsenden Gang. Ted rannte schneller und hatte sich ihm bis auf einige Meter genähert, als er den Jungen laut rufen hörte: «Mommy! Mommy!» Eine dunkelhaarige Frau ging vor ihm auf dem Weg spazieren. Billy holte sie ein und zupfte an ihrem Rock. Die Frau drehte sich um und sah zu ihm hinab, nur eine Frau, die im Park spazierenging.

«Ich dachte, du bist meine Mommy», sagte Billy.

8

Larry sagte, es sei *die* Gelegenheit des Jahres, ein voller Anteil an einem Gruppen-Sommerhaus auf Fire Island, ein Notverkauf, das Mädchen habe einen Nervenzusammenbruch gehabt.

«Wegen des Hauses?» fragte Ted.

«Keine Ahnung. Es ist am Unabhängigkeitstag passiert. Sie hat keinen Menschen kennengelernt, und als das Wochenende vorbei war, konnte sie nicht mehr von ihrem Stuhl aufstehen.»

Ted hatte Bedenken, den psychischen Zustand eines anderen Menschen auszunutzen und sich an einem Haus zu beteiligen, dessen Bewohner Nervenzusammenbrüche bekamen. Auf Larrys Drängen beschloß er, die Verwalterin anzurufen, eine Innenarchitektin, mit der Larry gerade befreundet war. Sie hatte einen zehnjährigen Sohn.

«Wir sind alle Eltern ohne Partner», erklärte sie Ted am Telefon. Es war ihm unangenehm, wie beiläufig sie das sagte. Er gehörte einer Kategorie an. «Wir wollen keine Singles im Haus haben», fuhr sie fort. «Sie wären ideal. Und Sie sind ein Mann. Wir brauchen noch einen Mann.»

Am Freitag brachte Etta Billy um halb sechs zum Informationsschalter der Long Island Railroad. Der Bahnhof war voller Menschen, die um jeden Preis aus der Stadt hinaus wollten, mit dem nächsten Zug, in die Vororte, ans Meer. Und Ted hastete mit den anderen durch die Halle. Als er Etta und Billy sah, wie sie an der Information auf ihn warteten, war der Anblick so verblüffend, daß er im Laufen innehielt und einfach stehenblieb. Billy, dieser Mensch, der einen so großen Platz in seinem Leben einnahm, der eine so dominierende Person für ihn war, wirkte hier, auf dem überfüllten Bahnhof, inmitten der richtigen Welt, so unglaublich winzig! Er hielt Ettas Hand, ein sehr kleiner Junge.

«Hallo!» rief Billy, und das Kind kam auf ihn zugelaufen und umarmte ihn, als hätte es ihn seit Wochen nicht gesehen, staunend über das Wunder, daß sein Daddy aus diesem Durcheinander leibhaftig zum Vorschein gekommen war.

Ted hatte Ocean Beach auf Fire Island immer zu überlaufen und schäbig gefunden. Nun, durch Billys Augen gesehen, mit Eisständen, einem Drugstore, wo man Spielzeug kaufen konnte, und einem Pizzastand – «Du hast mir gar nicht gesagt, daß es hier Pizza gibt!» – war Ocean Beach plötzlich Cannes.

Er fand das Haus. Es war einer der vielen mehr oder weniger gleichen Bungalows mit durch Fliegengitter geschützten Veranden. Bei diesem hing ein rosa Schild mit der Aufschrift CHEZ GLORIA über der Tür. Gloria selbst kam an die Tür, eine vollbusige Frau Ende Dreißig mit abgeschnittenen Jeans. Nach der allgemeinen Mode der T-Shirts mit klugen Sprüchen trug sie eines, das in Schlagzeilen-Lettern verkündete: «Big Tits.» «Sie müssen Ted sein», dröhnte sie mit lauter Stimme, und Billy versuchte, sich in dem Tunnel zwischen Teds Beinen zu verstecken. Sie machte ihn mit den anderen «Hausgenossen» bekannt: Ellen, eine freiberuflich arbeitende Redakteurin mit ihrer elfjährigen Tochter, ein Psychiater, Bob, mit seinem sechzehnjährigen Sohn, der den Sommer über bei ihm war, und eine sechsundvierzigjährige Reformhausbesitzerin, Martha, mit ihrer neunzehnjährigen Tochter. Es gab ein gemeinsames Wohn- und Eßzimmer und fünf Schlafzimmer. Die Elternteile ohne Partner mußten also mit ihrem Sprößling im selben Zimmer schlafen.

Nach der Hausordnung, die über dem Ausguß hing, trug jeder Elternteil bei Tisch die volle Verantwortung für sein Kind. Die Hausgenossen bereiteten abwechselnd die Mahlzeiten zu, aber wenn ein Kind nicht richtig aß oder bei Tisch ungezogen war, durfte nur der verantwortliche Vater beziehungsweise die verantwortliche Mutter eingreifen. Die Erwachsenen liefen hin und her und hielten heiße Maiskolben unter kaltes Wasser oder wärmten kalte Maiskolben auf. Ellen, die Redakteurin, die über 1,80 groß und Ende Dreißig war, beobachtete die anderen, um zu sehen, wie ihr Hähnchen ankam. Der Psychiater, ein ernster Mann Ende Vierzig mit hängenden Schultern, hatte den anderen wenig zu sagen. Sein Sohn, ein ernstes Kind mit hängenden Schultern, das auch wie Ende Vierzig wirkte, hatte ebenfalls wenig zu sagen. Die Reformhausdame hatte augenscheinlich die Qualität ihrer eigenen Waren entdeckt – sie wog bei einer Größe von 1,55 rund 85 Kilo. Ihre blonde Tochter war ein paar Zentimeter größer und ein paar Kilo schwerer. Zum Nachtisch aßen sie einen ganzen Marmorkuchen.

Nach dem Abendessen kam Larry vorbei. Die beiden Freunde hatten sich in den letzten Jahren nicht viel gesehen, und als er Larry hier in der Umgebung von Fire Island betrachtete, wo sie einst gemeinsam Jagd auf Mädchen gemacht hatten, und feststellte, wie die üppige Lockenpracht seines Freundes dünner und sein Bauch dicker wurde, sah er an Larry, daß seine eigene Jugend endgültig dahin war.

«Große Party heute abend. Tolle Bienen.» Das hatte sich nicht geändert.

«Ich muß bei Billy bleiben.»

«Nimm Billy mit. Wir werden ihn verkuppeln.»

«Fabelhaft, Larry.»

«Sicher. Wir sind hier auf Fire Island, mein Junge.» Und er ging mit Gloria, die ihr «Big Tits»-T-Shirt, das beim Abendessen schmutzig geworden war, gegen ein sauberes «Big-Tits»-T-Shirt getauscht hatte.

Ted und Billy verbrachten herrliche Tage am Strand, Ted stand sogar einige Volleyball-Spiele durch, während Billy in der Nähe Strandburgen baute. Larry rief am Sonntagnachmittag von Ocean Bay Park aus an. Er wollte sich mit Ted um sechs auf dem Festland treffen und ihn und Billy nach Hause fahren, zuverlässig wie in alten Zeiten.

«Noch eine Kleinigkeit. Sag Gloria nichts von mir. Wir haben Schluß gemacht.»

«Larry, wie konntet ihr Schluß machen? Ihr seid doch nicht einmal zusammen gegangen.»

«Doch, eine Woche lang. Aber wie steht's mit *dir*, mein Junge? Hast du etwas kennengelernt?»

«Ich habe es gar nicht versucht.»

«Dann tu's! Geh los und reiß etwas auf!»

Vier Monate waren vergangen, seit Joanna ihn verlassen hatte. Er hatte niemanden aufgerissen. Er hatte in den sechs Jahren, die er Joanna kannte, nie eine andere Frau aufgerissen.

«Es ist schon so lange her», sagte Ted. «Ich weiß nicht einmal, welche Tricks man heutzutage anwendet.»

Gloria läutete mit einer Tischglocke, um alle Parteien zu versammeln. Sie entschuldigte sich bei Ted, es wirkte so militärisch, aber sie läutete trotzdem energisch. «Es hilft, das Haus zusammenzuhalten», sagte sie. So kamen sie beim Sonntagabendläuten zur Vollversammlung und zur Abrechnung zusammen – Gesamtausgaben für das Haus, geteilt durch Parteien, abzüglich etwaiger Vorschüsse. Das war ein Aspekt des Gruppenhaus-Lebens, den er vergessen hatte – das Aufteilen der Kosten. Die Frage war jetzt, ob Ted weiter mitmachen wollte. Sein Anteil würde 200 Dollar betragen, weit unter dem Marktpreis, wie Larry ihm erklärt hatte.

«Ich weiß nicht genau», sagte er, und die anderen starrten ihn an, als lehnte er sie womöglich persönlich ab. «Ich würde vorher gern mit dem Rest meiner Partei sprechen.»

Billy spielte draußen Verstecken mit einem neuen Freund, der im Nachbarhaus wohnte. Ted sagte ihm, es sei Zeit zum Heimfahren, und er wollte gerade hinzufügen, sie müßten sich entscheiden, ob sie öfter hierherkommen wollten, als Billy in Tränen ausbrach. Er wollte seinen Freund, sein Haus, seine Insel nicht verlassen. Ted zahlte die 200 Dollar. Damit war er offizieller Hausgenosse, Partei und Elternteil ohne Partner im Haus Chez Gloria.

Ocean Beach wimmelte am Wochenende von Menschen, die die Bars und die privaten Partys unsicher machten. Die Leute in Teds Haus blieben gewöhnlich daheim. Das machte es ihm leichter. Er konnte mit den anderen im Wohnzimmer sitzen und reden oder lesen, ohne den Druck, sich der Singles-Szene draußen zu stellen.

«Ich bin in der Woche immer so verkrampft», sagte Martha. «Ich sehne mich danach, einfach zu relaxen.»

Aber Ted spürte eine Spannung in dem Haus, die zugenommen hatte, seit dem ersten Wochenende, das er dort verbracht hatte, denn Martha, Ellen und Gloria unternahmen Streifzüge in die Nacht und kamen früh zurück, ohne jemanden kennengelernt zu haben. George, der Psychiater, verließ nur selten seinen Sessel. Billy hatte es, was Kontakte betraf, von allen Hausbewohnern am besten getroffen: er hatte einen fünfjährigen Freund gefunden, der Joey hieß und im Nachbarhaus wohnte, und sie spielten auf den Terrassen oder sausten mit einer Schar anderer Kinder auf kleinen roten Motorrädern die Gehwege entlang.

Am dritten Wochenende auf der Insel saß Ted am Samstagabend allein mit George im Wohnzimmer. Beide hatten ein Buch in der Hand. Er fühlte sich verpflichtet, etwas zu George zu sagen. Sie sprachen selten miteinander.

«Interessant?» fragte Ted. Ein uninteressanter Anfang.

«Ja.»

George las weiter.

«Worum geht es?» Frage ich das wirklich? Er hätte am liebsten jedes Wort zurückgenommen.

«Senilität», antwortete George. Und damit war die Unterhaltung beendet.

Eine halbe Stunde später klappte Ted sein Buch zu, das von Ozeanographie handelte, und sagte gute Nacht.

«Ihre Frau hat Sie verlassen?» fragte George ihn plötzlich überraschend.

«Ja. Vor ein paar Monaten.»

«Aha.»

George schien darüber nachzudenken. Ted wartete. Der Mann war immerhin Psychiater!

«Ich denke –» George sprach langsam, er wählte seine Worte mit Bedacht – «Sie sollten mehr ausgehen.»

«Ich sollte mehr ausgehen? George, das hätte ich mir auch von meiner Mutter sagen lassen können.»

Er konnte es nicht länger verdrängen. Es war schon die zweite Augustwoche. Billy spielte bei seinem Freund und war zum

Abendessen eingeladen worden. Ted hatte mindestens zwei Stunden für sich, und eine Straße weiter war eine offene Cocktail-Party für alle Nachbarn und Freunde. Er schenkte sich einen Drink ein und zog mit dem Glas in der Hand los. Unterwegs, während das Eis in seinem Glas klirrte und vor und hinter ihm Leute mit Gläsern in der Hand gingen, war plötzlich alles wieder gegenwärtig. Er würde sie draußen auf der Terrasse erblicken, das hübscheste Mädchen auf der Party, und er würde es so einrichten, daß er ihren Namen und ihre Telefonnummer bekam, und sie würden sich in der Stadt treffen, und sie würden zusammen gehen, und sie würden heiraten, und... Joanna, Joanna, wo bist du? Seine Augen wurden feucht, aber er unterdrückte die Tränen: er gönnte sie ihr nicht.

Larry war da, eine neue vollbusige Entdeckung im Arm. Er winkte Ted zu sich, und Ted bahnte sich einen Weg durch die Menge, wobei er die Anwesenden im Vorbeigehen rasch musterte – es war wie ein alter Reflex.

«Da bist du ja, alter Junge. Ted, das ist Barbara. Und ihre Freundinnen, Rhoda und Cynthia.»

Larrys Mädchen war hübsch, stark geschminkt, ein bißchen aufdringlich. Sie waren alle Anfang Dreißig. Rhoda war klein und pummelig und hatte unreine Haut. Früher hätte Ted sie einfach ignoriert. Jetzt bemitleidete er sie wegen ihres Aussehens. Sie war genauso zur Fleischbeschau hier wie er. Cynthia war eine Spur attraktiver, eine zerbrechlich wirkende Frau, hellbrünett und schlank, fast schmächtig.

«Ted macht gerade sein Comeback.»

«So kann man es auch ausdrücken.»

«Ich will euch etwas sagen, Kinder, aber behaltet es für euch. Er war einmal einer der besten Hechte der Branche.»

Sie lachten ein bißchen schrill. Als Ted nicht lachte, verstummte Cynthia unvermittelt.

«Was machen Sie, Ted?» fragte Cynthia.

«Ich verkaufe Anzeigenraum.»

Er sah, daß sie keine Ahnung hatte, was es war.

«Wenn Sie Anzeigen in einer Zeitschrift sehen, hat vorher

irgend jemand den Platz für diese Anzeigen an die Leute verkauft, die werben wollen. Ich bin Vertreter solcher Zeitschriften. Und ich verhandle mit den Werbeagenturen, damit sie Anzeigenraum für ihre Klienten kaufen.»

«Klingt interessant.»

«Was machen Sie?»

«Ich bin Anwaltssekretärin.»

«Sehr gut.»

Barbara hatte Larry zum Abendessen in ihrem Haus eingeladen, und nun lud Cynthia Ted ein. Er ging nach Hause und fragte Martha, ob es ihr etwas ausmachen würde, Billy ins Bett zu bringen. Sie war sofort einverstanden. Er sagte Billy Bescheid und machte sich auf den Weg zu der Dinner-Party. In dem Haus wohnte noch eine vierte Frau, die einen Mann in den Dreißigern zum Essen eingeladen hatte. Barbaras Mutter war an diesem Wochenende mit herübergekommen und versuchte, jünger zu wirken als ihre Tochter. Sie hatte zwei bullige Männer eingeladen, die sie am Anleger aufgegabelt hatte, wo sie ein Motorboot liegen hatten. Die Bootsmänner, beide in Unterhemden, hatten ihr eigenes Bier in einer Styroporbox mitgebracht.

«Ich glaube nicht, daß diese Party was für die Frauenseite in *Times* hergibt», flüsterte Ted Larry zu.

«Warte, bis du siehst, was es zu essen gibt. Ich wette, gegrillte Eier.»

Barbara erschien überraschenderweise mit Steaks. Alles applaudierte. Die Bootsmänner brieten das Fleisch. Ted und Larry machten Salat. Bier und Schnaps flossen in Strömen. Einer der Bootsmänner erwies sich als Football-Fan, und man redete beim Essen über Sport. Barbaras Mutter hatte einen Pekannuß-Kuchen gebacken, der weitere Beifallsstürme auslöste. Sie redeten alle über Essen und darüber, wie großartig sie alle waren, und daß sie gemeinsam ein großes Haus mieten sollten. Cynthia war die stillste, als fürchtete sie, wenn sie zuviel sagte, würde sie ihren Gast abstoßen und er würde gehen. Sie fragte Ted noch weiter nach seiner Arbeit, und er fragte nach ihrer. Jemand legte eine Platte auf und drehte auf volle Lautstärke, und Ted sah sich auf einer jener lärmenden Partys, die er oft von seinem Zimmer aus gehört hatte, wenn er versuchte einzuschlafen. Er tanzte mit Cynthia, und sie preßte ihren schmächtigen Körper an ihn und rief seine erste natürlich inspirierte Erektion seit Monaten hervor.

Als es auf der Party immer lauter wurde, nahm er Cynthia bei der Hand, und sie schlenderten den Weg zum Meer entlang. Dort blieben sie eine Weile stehen, und er küßte sie. Sie öffnete den Mund, und sie preßten sich aneinander, er ließ seine Zunge in ihren Mund gleiten, und dann fuhr er mit den Händen über ihren Körper, unter das Kleid, in ihren Körper. Er zog sie vom Weg und legte sich mit ihr in die Dünen, wo niemand sie sehen konnte, und küßte und streichelte sie, während sie immer wieder sagte: «Oh, Ted». Und einen Augenblick lang konnte er nicht antworten, da er nicht mehr wußte, wie zum Teufel sie hieß, und er fing an, sie in den Dünen zu lecken, weil er dachte, für alles andere könne man verhaftet werden, und während er sie leckte, fiel ihm wieder ein, daß sie Cynthia hieß, und er brachte ein «Oh, Cynthia» zustande. Ein Streifenwagen patrouillierte am Strand, und seine Scheinwerfer beleuchteten die Stelle, wo sie lagen, und in der Dunkelheit war es, als lägen sie im Flutlicht, und sie sprangen auf und ordneten hastig ihre Kleidung. Sie gingen den dunklen Weg zurück und blieben alle paar Meter stehen, um sich zu küssen. Die Party bei ihr war noch in vollem Gang, und bei ihm im Haus brannte noch Licht, und da sie nicht wußten, wohin sie gehen oder was sie sonst tun sollten, spazierten sie weiter und küßten sich. Sie tat Ted leid, wie verzweifelt sie sich danach sehnte, ein bißchen geliebt zu werden, von der Terrasse, von der Party fortgeholt zu werden, und sei es von jemandem, der ihren Namen nicht behalten konnte. Sie lehnten sich im Dunkeln an einen Zaun, und er fuhr wieder mit den Fingern in ihren Körper – schäbiges Ocean Beach, er kam sich ebenso schäbig vor, wie dieses Kaff schäbig war.

In dem Haus, in dem er wohnte, brannte jetzt kein Licht mehr, und er nahm sie am Arm.»

«Ich hab ein Zimmer.»

«Und dein Sohn?»
«Er wird nicht aufwachen.»
Er schmuggelte sie ins Haus, in sein Zimmer, in das Bett neben Billy, der leise schnarchte, und er versuchte, mit ihr unter dem Laken zu bleiben, damit Billy, wenn er aufwachte, nur ein Laken sah und nicht einen fremden Menschen – hoffentlich hielt er das Laken nicht für ein Gespenst. Und er bewegte sich behutsam, damit das quietschende Bett nicht zu laut quietschte, und er küßte sie noch ein paarmal, anstandshalber, und dann drang er in sie ein. Er kam sehr schnell, fast in dem Augenblick, als er in ihr war.
«Tut mir leid», sagte er. «Es ist bei mir eine Ewigkeit her.»
«Es ist okay», sagte sie.
Und sie lagen da, aneinandergedrängt, in einem schmalen Bett, neben einem schnarchenden Kind, unter einem Laken versteckt. Ted wartete und versuchte es dann noch einmal, das Bett quietschte, Billy bewegte sich im Schlaf – und sie hatte für diese Nacht genug Inselliebe gehabt. «Du brauchst nicht mitzukommen», sagte sie und ordnete ihre Kleidung, die sie nicht ganz ausgezogen hatte. Er ordnete seine Sachen, die er auch nicht ganz ausgezogen hatte, und weil *man* eine Dame heimbrachte, brachte er sie schweigend nach Haus. Die Party bei ihr war immer noch in Gang. Er küßte sie. Mechanisch erwiderte sie den Kuß und ging ins Haus. Innerhalb von fünf Minuten lag er wieder im Bett, neben Billy.
Sie trafen sich am nächsten Tag auf dem Weg zum Strand, begrüßten sich und senkten die Augen – keine echte Beziehung, kaum ein flüchtiges Abenteuer. Cynthia, deren Namen er selbst dann vergaß, wenn er bei ihr war, symbolisierte jedoch mehr, als er wollte. Er war das erste Mal seit Joanna mit einer Frau zusammen gewesen. Das nächste Mal würde er es eleganter, liebevoller, besser machen – aber es würde mit einer anderen sein, nicht mit Joanna, nie wieder mit Joanna. Er hatte es nicht wahrhaben, nicht akzeptieren wollen, und jetzt hatte er den Sprung getan. Seine Frau hatte ihn verlassen, und wenn deine Frau dich verläßt, mußt du irgendwann mit anderen Frauen anfangen. Er gehörte wieder zur Singles-Szene.

Wenn er nun geglaubt hatte, er brauchte nur bei einer Party aufzukreuzen, um mit irgendeinem Mädchen im Bett zu landen, sollte er bei der Cocktailparty am nächsten Wochenende eines besseren belehrt werden. Keine war begeistert von ihm, auch nicht am darauffolgenden Wochenende, und nicht am Wochenende des Labor Day, als alle Leute sich abstrampelten, um Anschluß zu finden, und er in der Dämmerung mit einem Glas in der Hand am Weg stand und die Leute beobachtete, die zu den Parties gingen, und das eleganteste Wesen ansprach, das er seit Wochen gesehen hatte, ein hübsches Mädchen in einem weißen Kleid. Er machte ihr ein Kompliment, wie hübsch sie sei, und sie lächelte und schien nicht uninteressiert, aber sie war auf dem Weg zu einer Party, zu der er nicht gehen konnte. Er sah ihr nach und konnte ihr nicht nachlaufen, weil er zu Hause einen vierjährigen Jungen hatte, der sich im Wohnzimmer übergeben hatte und jetzt in seinem Zimmer lag, und sein Daddy konnte ihn nicht allein lassen, um Phantomfrauen in Weiß zu jagen. Er beobachtete die Leute, die auf dem Weg zu den letzten Parties dieses Sommers waren, und beneidete sie darum, daß sie selbständig waren und sich nur um sich selbst zu kümmern brauchten, während er nicht einmal den Weg entlangspazieren konnte.

«Wie geht es dir, mein Kleiner?»

«Ich bin krank, Daddy.»

«Ich weiß. Ich glaube, du hast bei Joey zuviel Popcorn gegessen.»

«Ich habe bei Joey zuviel Popcorn gegessen.»

«Versuch jetzt zu schlafen, Liebling. Morgen ist unser letzter Tag hier. Wir werden viel Spaß haben. Wir werden die größte Strandburg des Sommers bauen.»

«Ich will aber nicht nach Haus.»

«Bald ist Herbst. Du weißt doch, wie schön der Herbst in New York ist. Versuch jetzt zu schlafen.»

«Bleib hier, bis ich eingeschlafen bin, Daddy.»

«Okay, mein Kleiner.»

«Ich habe bei Joey zuviel Popcorn gegessen.»

Am letzten Tag konnte Ellen, die Redakteurin, die praktisch den ganzen Sommer keinen Menschen kennengelernt hatte, nicht mehr von ihrem Stuhl aufstehen. George, der Psychiater, machte seine Blitzanalyse und sagte, Ellen sei ein außerordentlich suggestibler Mensch, sie sei von dem Vorfall am Wochenende des Unabhängigkeitstags, als ihre ehemalige Mitbewohnerin ebenfalls nicht von ihrem Stuhl aufstehen konnte, negativ beeinflußt worden. Die Sache gehörte bald zu den Mythen von Fire Island und ging in die ungeschriebene Geschichte der Insel ein – als ein Rekord: die meisten Nervenzusammenbrüche in einem Gruppenhaus in einer Saison.

Es war ein schmutziges Spiel, in dem Ted da sein Comeback machte, und es hätte schon auf Fire Island zu Ende gewesen sein können, aber inzwischen wußte er, daß es eine sehr lange Saison werden würde.

9

Die Scheidung dauerte neun Minuten. Der Richter führte die Verhandlung in seinem Zimmer. John Shaunessy, der Anwalt und Football-Fan, ließ seine Mannschaft sofort aufs Tor stürmen: ein paar eidesstattliche Erklärungen, die von der Ehefrau nicht bestritten wurden, ein ärztliches Gutachten, in dem stand, daß Ted innerlich verkrampft gewesen war, Ted beantwortete eine Reihe gedruckter Fragen, er sagte, das Erlebnis habe ihn völlig aus der Fassung gebracht, und der Richter nahm offenbar kaum Anteil. Sie überfuhren den Gegner, der keine Mannschaft aufs Feld schickte. Ted wurde geschieden und erhielt das Sorgerecht wegen «seelischer Grausamkeit und unmenschlicher Behandlung, die ein weiteres Zusammenleben gefährlich oder unangebracht erscheinen lassen». Zehn Tage später kamen die vom Richter unterschriebenen

Papiere mit der Post, und Ted Kramer und Joanna Kramer waren rechtskräftig geschieden.

Ted fühlte sich zu einer Geste verpflichtet. Er führte Billy aus, in ein Burger King. Die Feier verlief gedämpft, da Billy nichts weiter zum Feiern bestellte als eine große Portion Pommes frites. Der Junge wußte ohnehin kaum, was eine Ehe war und woher die kleinen Kinder kamen, so daß Ted es vorgezogen hatte, ihm das Leben nicht mit Diskussionen über anhängige Gerichtsverfahren zu erschweren. Jetzt wollte er ihn gründlicher informieren.

«Billy, es gibt etwas, das man Scheidung nennt. Es ist, wenn zwei Menschen, die verheiratet waren, sich ent-heiraten.»

«Ich weiß. Seth hat sich scheiden lassen.»

«Seths Eltern haben sich scheiden lassen. Wie deine Mommy und dein Daddy. Deine Mommy und dein Daddy sind jetzt geschieden, Billy.»

«Hat Mommy nicht gesagt, sie würde mir Geschenke schicken?»

Ich spreche nicht für die Dame, Billy.

«Vielleicht tut sie es ja noch.»

«Kann ich noch mal Pommes frites haben?»

«Nein, du schlauer Bursche, du hast jetzt genug gehabt.»

Ted betrachtete ihn, als bewunderte er ein Gemälde, Billy als Burger King.

Es war sehr nett, aber ein mäßiger Imbiß mit seinem Sohn schien dem Ereignis, das 2000 Dollar kostete, nicht unbedingt angemessen. Ted fand, daß er sich etwas mehr schuldig war. Vom Restaurant aus rief er ein junges Mädchen an, das im selben Haus wohnte wie er und ihm angeboten hatte, dann und wann auf Billy aufzupassen. Er bat sie, um sechs Uhr abends zu kommen. Es gab keine Frau in seinem Leben, mit der er den Anlaß feiern konnte. In den zwei Monaten seit Fire Island hatte er alle seine Bekanntschaften, wenn man es so nennen konnte, vernachlässigt. Larry war ihm zu hektisch. Er wollte nicht allein in eine Bar gehen und einem Fremden seine Lebensgeschichte erzählen. Er rief Charlie, den Zahnarzt, an.

Charlie war mit seiner Zahnarzthelferin in ein Studio gezogen, aber sie hatten sich nach zwei Wochen Ausschließlichkeit getrennt. Charlie hatte Ted damals angerufen und gesagt, die Männer sollten zusammenhalten und sich öfter sehen. Als Ted fragte, ob sie sich heute abend treffen wollten, war Charlie sofort Feuer und Flamme. Sie trafen sich Ecke Second Avenue und 72. Straße, im Herzen der Singles-Bars. Sie hatten vor, von einer zur anderen zu ziehen. Ted trug Hose und Pullover und eine Kordjacke darüber. Charlie, ein beleibter Mann von fünfundvierzig, erschien in einem Blazer und einer karierten Hose in so grellen Farben, daß es an Op-art grenzte.

Zuerst gingen sie in ein Lokal, das Pals hieß, eine Bar, die von draußen ganz passabel aussah. Als sie eintraten, sahen sie nur Männer in Leder. Ein Cowboy mit schwellender Hose und harten Augen, der an der Tür stand, sagte: «Hi, Tigers», und sie flüchteten aus dem Corral. Als nächstes war Rio Rita dran, eine Bar mit einer lärmenden Musicbox und einem Gewimmel an der Theke wie bei einer Party auf Fire Island. College-Kinder, entschied Ted, und ein paar Drinks lang hörte er Charlie zu, wie er ihn von der Schuld an der Trennung von Thelma lossprach. Bei Hansel waren so viele stramme junge Burschen und Mädchen, daß Ted sich fragte, ob sie in ein europäisches Jugendfestival geraten seien. Hier erfuhr Ted, daß Thelma inzwischen mit einem Kollegen von Charlie ging, einem anderen Zahnarzt. Als sie Zapata erreichten, wurden die Gäste älter, aber Ted und Charlie waren immer noch weit und breit die ältesten. Hier sprach Charlie Ted von der Schuld an seiner Trennung von der Zahnarzthelferin los. Ted, der vom Wodka angeschlagen war, wußte nicht genau, ob er etwas damit zu tun gehabt hatte. Bei Glitter waren die Gäste so schick und das Lokal so voll, daß die beiden Neuen nicht an der Bar stehen durften. Folglich schwankten sie die Straße hinunter und landeten schließlich auf Barhockern im Home Again.

«Bis jetzt haben wir in den verschiedenen Bars sechzehnmal etwas Dummes zu Frauen gesagt», bemerkte Ted, der die Sinnlosigkeit, an einer Bar mehr als etwas Dummes zu sagen, eher einsah als Charlie, der wie eine Schallplatte mit einem Defekt bei «Hallo, Kleine, wie heißt *du* denn?» steckengeblieben war. Charlie probierte es bei einem hübschen jungen Mädchen in Pfadfinderuniform nach vorletztem Chic und sagte sein Verslein auf. Die Pfadfinderin ließ ihn stehen, um woanders ein Feuer zu entfachen.

Ted und Charlie lehnten sich in der Second Avenue an eine Hauswand und hatten endlich den Austausch, auf den sie den ganzen Abend zugesteuert waren, nur daß sie nun zu betrunken waren, um ihn wirklich zu haben. «Habe ich dir eigentlich schon einmal gesagt, wie leid mir die Sache mit Joanna getan hat?» sagte Charlie. Ted sagte: «Ich versuche, nicht an sie zu denken.» Charlie sagte: «Ich denke dauernd an Thelma.» Und er begann zu weinen. Ted half ihm beim Weitergehen und schlug mit der Klarheit eines Betrunkenen vor, einen Schlummertrunk im Emerald Isle zu nehmen, Korn mit Soda, 85 Cent das Glas. Charlie versuchte einzuschlafen, Ted zog ihn aus der Bar und brachte ihn nach Hause. Dann nahm er, so gut er konnte, Haltung an, damit seine neue Babysitterin ihn für einen perfekten Gentleman hielt, und betrat die Wohnung und dankte ihr für den schönen Abend.

Er hatte einige Leute aus seinem Bekanntenkreis über die Scheidung informiert. Er fand, er sollte Joanna auch informieren. Als sein Anwalt mit den juristischen Formalitäten begann, hatte Ted von Joannas Eltern eine Adresse bekommen, ein Postfach in La Jolla, Kalifornien. Er würde ihr Kopien der Papiere schicken. Die diplomatischen Beziehungen zwischen Ted und Joannas Eltern waren nicht besser geworden. Die beiden kamen wieder nach New York. Ihm hatten sie nicht viel zu sagen. «Frag ihn, um wieviel Uhr wir den Jungen nach Haus bringen sollen», sagte ihr Vater. Ted wollte wissen, ob sie etwas von Joanna gehört hatten. Ihre Mutter antwortete: «Wenn Joanna dir mitteilen will, was sie macht, ist sie alt genug, um es selbst zu tun.» Ted bemerkte, daß die Feindseligkeit zu einem Teil gegen Joanna gerichtet war, und folgerte daraus, daß sie womöglich selbst nicht wußten, was Joanna machte. Thelma, seine Expertin für Psychologie, die seit sieben Jahren eine Analyse durchmachte, sagte, Joanna lehne sich vielleicht auch gegen ihre Eltern auf, und vielleicht wüßten sie über ihr jetziges Leben gar nicht richtig Bescheid. Joanna hatte es ursprünglich Ted überlassen, sie zu informieren, sei also auch ihren Eltern fortgelaufen, nehme sie an.

«Du solltest lieber an deine eigene Psyche denken», sagte Thelma.

«Stimmt. Zum Teufel mit Joanna.»

«Das meine ich nicht. Ich finde wirklich, du solltest zu einem Therapeuten gehen. Dir ist etwas widerfahren. Möchtest du nicht den Grund wissen?»

«Frag Joanna.»

«Du gehörst dazu, Ted. Warum gehst du nicht zu meinem Arzt?»

«Ich will nicht. Dafür ist es zu spät.»

Er saß vor den Gerichtspapieren, entwarf in Gedanken Mitteilungen an Joanna. «Jetzt kannst du in Nevada oder New York heiraten, Baby.» Nein, zu kindisch. «Ich dachte, wenn ich dir diese Papiere schicke, könnte ich dir erzählen, wie es uns ergangen ist, besonders wie es Billy ergangen ist.» Nein, sie hatte nicht danach gefragt. Er beschloß, es ohne Brief in einen Umschlag zu stecken und für sich sprechen zu lassen. Sie hatten zu ihrer Zeit mit Blicken, Berührungen, Worten kommuniziert, und nun kommunizierten sie mit einem Scheidungsurteil.

Teds Eltern kamen zu einem lange versprochenen Besuch nach New York, zwei rundliche Gestalten, sonnengebräunt.

«Der Junge ist so mager», sagte seine Mutter.

«Er ist in Ordnung. Er hat schmale Knochen.»

«Ich weiß, woran es liegt, wenn ein Kind mager ist. Ich war nicht umsonst in der Gastronomie.»

Nachdem sie das Urteil gefällt hatte – «Diese Polin gibt ihm nicht das Richtige zu essen» (sie hatten Etta gleich bei ihrer Ankunft kennengelernt und sie mit arroganter, eiskalter Herzlichkeit begrüßt) –, beschloß Dora Kramer, ihr Großelternfestival zu veranstalten: sie füllte den Kühlschrank mit Braten und Hähnchen, die sie zubereitete und die Billy nicht essen wollte.

«Ich begreife seine Eßgewohnheiten nicht.»

«Versuch es mit Pizza.»

«Billy, magst du Omis Rinderbraten nicht?» fragte sie vorwurfsvoll.

«Nein, Oma. Er ist so schwer zu kauen.»

Ted hätte ihm am liebsten einen Kuß gegeben. Generationen hatten sich damit abgefunden, daß Dora Kramer alles viel zu lange briet und kochte, und erst William Kramer, sein Sohn, protestierte dagegen. Billy sagte gute Nacht, nachdem er nicht mit einem komplizierten Puzzle gespielt hatte, das seine Großeltern ihm mitgebracht hatten und das selbst einem Zehnjährigen Mühe gemacht hätte.

«Magst du das schöne Puzzlespiel nicht, das Oma dir gekauft hat?»

«Nein, Oma. Die Teile sind zu klein.»

Dann konnten die Großen frei reden, und Dora kam zu den Dingen, die ihr mehr am Herzen lagen.

«Sie ist nicht gerade eine große Putzfrau, diese Etta.»

«Ich bin zufrieden. Wir kommen gut zurecht.»

Sie lehnte es ab zu antworten. Ob sie nun von Boston herunter- oder von Florida heraufkamen, ob Schwiegereltern oder Eltern, in einem Punkt stimmten sie überein: sie fanden, daß er der Situation nicht gewachsen war. Er wollte ihr Urteil nicht akzeptieren.

«Billy ist ein wunderbares Kind, Mutter.»

«Er hat so einen abwesenden Blick.»

«Ich glaube, er ist sehr glücklich, wenn du die Umstände berücksichtigst.»

«Was meinst du, Harold?» fragte sie.

«Nun ja, er ist zu mager», sagte er.

Ehe sie abreisten, inspizierte Dora noch einmal die Wohnung.

«Du solltest hier langsam ein bißchen aufräumen, Ted.»

«Wieso? Was?»

«Es ist immer noch *ihre* Wohnung. Ich wundere mich, daß du nicht längst einiges von diesen Sachen hinausgeworfen hast.»

Die Wohnung war modern, wenn auch nicht sehr konsequent oder stilvoll eingerichtet: ein schwedisches Sofa, bedruckte indische Vorhänge im Wohnzimmer, ein alter Metzgertisch in der Eßecke – geschmackvoll, aber nicht ganz nach Teds Geschmack, über den er sich andererseits auch gar nicht ganz klar war. Zum größten Teil hatte Joanna die Sachen ausgesucht. Als sie gegangen war, dachte er einfach nie daran, etwas zu ändern.

«Und dieses Ding . . .» Es war ein großer schwarzer Keramikaschenbecher, ein Geschenk von Joannas Eltern. «Was machst du noch damit?»

«Vielen Dank, daß ihr gekommen seid», sagte er.

Als sie fort waren, hatte Ted Kopfschmerzen. Hatte seine Mutter mit der Wohnung ins Schwarze getroffen? War er so passiv, daß er sich einfach mit seiner Lage abfand, nichts änderte, was er ändern sollte? Hätte er die Wohnung, Joannas Wohnung, neu einrichten sollen? Hätte das nicht Billy durcheinander gebracht? Oder schützte er den Gedanken an Billy nur vor, um sich nicht einzugestehen, daß er ihn selbst durcheinander gebracht hätte? Er nahm den Aschenbecher, den niemand mochte, nicht einmal Joanna, und warf ihn in den Müllschacht. Stimmte bei ihm etwas nicht? Warum hatte er es nicht schon früher getan? Er war sich nicht sicher.

Nachdem Larry, der anscheinend so unkomplizierte Larry, ihm anvertraut hatte, daß er seit kurzer Zeit bei einem Psychoanalytiker sei, begann auch Ted an die Existenz dunkler Mächte «da draußen» oder «da drinnen» zu glauben.

«Ich fürchte, ich habe einen Casanova-Komplex, alter Junge. Ich bumse mit so vielen Frauen, weil ich Angst hab, daß ich in Wirklichkeit vielleicht schwul bin.»

«Soll das ein Witz sein?»

«Ich habe nicht gesagt, daß ich schwul bin. Ich habe nicht gesagt, daß ich einen Casanova-Komplex habe. Ich habe gesagt, ich fürchte, ich hätte einen, und daran arbeiten wir jetzt.»

«Das ist allerdings ziemlich kompliziert.»

«Ich weiß, verdammt. Aber es gefällt mir.»

Drei weitere Wochen vergingen, und das größte Ereignis in Teds privatem Herbstprogramm war eine Sonntagmorgenvorstellung im Kindertheater mit Billy. Selbst Charlie sammelte inzwischen Frauen: er gab Ted, der abends immer noch zu Hause saß und sich vom Büro Arbeit mitnahm, ein paar Telefonnummern. Zwei andere, nicht angerufene Nummern wanderten in eine Kartei. Und all die Leute, denen offenbar eine Therapie geholfen hatte? Er beschloß, Thelma anzurufen und sie um die Nummer ihres Arztes zu bitten.

Der Therapeut sagte, er könne gern zu einer Konsultation kommen, das Honorar betrage 40 Dollar. Ted sagte sich, wenn er dafür, daß Billy von einer Erkältung kuriert wurde, 55 Dollar ausgab, konnte er auch ruhig 40 Dollar für seine eigene psychische Gesundheit ausgeben. Und er ließ sich einen Termin geben. Dr. Martin Graham war in den Vierzigern. Er trug ein buntes italienisches Seidenhemd mit offenem Kragen.

«Sigmund Freud, wo bist du geblieben?» murmelte Ted.

«Wie bitte?»

«Ich habe einen bärtigen Mann in einem altmodischen Anzug erwartet.»

«Relaxen Sie, Mr. Kramer.»

Sie saßen sich am Tisch des Arztes gegenüber. Ted gab sich Mühe, gelassen zu wirken («Bei mir ist alles in Ordnung, Herr Doktor»), während er von seiner Ehe, Joannas Fahnenflucht und den Ereignissen der vergangenen Monate erzählte. Der Arzt hörte aufmerksam zu, stellte ein paar Fragen – wie er über diese und jene der beschriebenen Situationen denke –, machte sich aber keine Notizen. Habe ich denn nun gar nichts Bemerkenswertes gesagt?

«Okay. Also, Mr. Kramer, ein erstes Gespräch ist wirklich nur eine Exploration. Es wäre völlig falsch, und ich bin ganz dagegen, eine Blitzanalyse zu erwarten.»

«Wie zum Beispiel: Sie haben den und den Komplex», ergänzte Ted nervös.

«Ja, so ungefähr. Deshalb möchte ich Ihnen nur ein paar von meinen Eindrücken sagen. Vielleicht sind sie falsch, vielleicht sind sie richtig. Ich weiß es nicht.»

Ted stöhnte. Wenn es eine Wissenschaft ist, sollte es kein Ich-weiß-es-Nicht geben, dachte er.

«Sie scheinen viele Ihrer Gefühle unterdrückt zu haben. Wo ist zum Beispiel Ihr Zorn? Sie haben gesagt, daß Sie nicht ausgehen. Okay. Sind Sie jetzt zornig auf alle Frauen? Auf Ihre Mutter? Auf Ihren Vater? Was Sie über Ihre Kindheit erzählt haben, klingt nicht gerade wie *Die Waltons*.»

Ted lächelte, obwohl ihm gar nicht nach Lächeln zumute war.

«Möglicherweise – aber auch das ist nur ein Eindruck – haben Sie Ihre Gefühle schon in Ihrer Kindheit unterdrückt, und das hat sich dann irgendwie in Ihrer Ehe fortgesetzt und hemmt Sie nun.»

«Mit anderen Worten: ich brauche eine Therapie.»

«Wir behandeln alle möglichen Sachen, Mr. Kramer. Manche Leute kommen nicht zurecht im Leben. Manche haben ein spezifisches Problem, das alles andere überschattet, und wir geben ihnen Erste Hilfe. Manche Leute brauchen nur einen allgemeinen Beistand, damit sie begreifen, woher sie kommen.»

«Ich?»

«Ich will Ihnen nichts aufschwatzen. Die Entscheidung liegt bei Ihnen. Ich denke, eine Therapie könnte Ihnen helfen. Ich glaube nicht, daß Sie keine Probleme haben, Mr. Kramer.»

Er sagte Ted, er berechne 40 Dollar pro Stunde, und falls einer seiner Patienten wie geplant die Behandlung als abgeschlossen betrachte, könne er Ted nehmen. Zwei- oder dreimal die Woche wäre am besten, meinte der Arzt, einmal in der Woche sei das absolute Minimum. Er betrachte es nicht als Erste Hilfe, und Ted wisse sicher, daß eine Therapie oft Jahre dauere. Es war eine Menge Geld für Ted, das sah auch der Arzt ein, aber er könne, sagte er, keinen empfehlen, der weniger verlange. Es gab die Möglichkeit der Gruppentherapie – aber er glaubte nicht, daß sie wirklich etwas nützte, wenn sie nicht mit einer Einzeltherapie einherging. Es gab Kliniken, falls man ihn da überhaupt nahm, mit weniger erfahrenen Therapeuten, aber die schraubten ihre Honorarforderungen auch immer mehr höher. Ted mußte sich entscheiden, wieviel es ihm wert war, ein besseres Bild von sich zu haben und sich wohler in seiner Haut zu fühlen, wie der Arzt es ausdrückte.

«Ich komme aber ganz gut zurecht. Ich meine, meistens habe ich gar nichts auszusetzen an meinem Leben», erklärte Ted, der seinen «Bei mir ist alles in Ordnung, Herr Doktor»-Standpunkt immer noch nicht aufgegeben hatte.

«Erwarten Sie von mir, daß ich Ihnen eine Eins gebe, Mr. Kramer? Ganz gut zurechtkommen – das ist nicht sehr viel.»

Die Zeit war um, und sie gaben sich die Hand.

«Herr Doktor, darf ich Ihnen noch schnell ein paar Fragen stellen?»

«Wenn ich sie beantworten kann.»

«Was meinen Sie –» die Frage kam ihm kindisch vor, aber er stellte sie trotzdem – «was meinen Sie: Hätte ich die Wohnung neu einrichten sollen?»

Der Arzt lachte ihn nicht aus. Er nahm die Frage ernst.

«Fühlen Sie sich unwohl darin?»

«Nein.»

«Warum wollen Sie sie dann ändern?»

Er hatte noch eine Frage.

«Glauben Sie, ich sollte mehr ausgehen?» Er lachte, um das Problem herunterzuspielen.

«Möchten Sie denn mehr ausgehen?» fragte der Arzt, der auch diese Frage ernst nahm.

«Ja.»

«Dann gehen Sie mehr aus.»

Ted grübelte darüber nach, ob er sich auf eine Analyse einlassen sollte. Ihm gefiel dieser Mann, der sich so gar nicht mit Fachausdrücken aufplusterte. Vielleicht konnte er ihm helfen.

Aber er wußte nicht, wo er die 40 Dollar in der Woche hernehmen sollte. Selbst bei einem «Mengenpreis» von 30 Dollar in der Woche war die Sache finanziell nicht darzustellen. Die Kosten für die Haushälterin erlaubten keine weitere zusätzliche Belastung seiner Etats. Was immer da in seinem Innern rumoren mochte, es würde nicht sortiert werden, entschied er. Er würde sich damit zufriedengeben, einigermaßen zurechtzukommen. Er würde die Wohnung so lassen, wie sie war. Und er würde mehr ausgehen. Er würde bestimmt mehr ausgehen. Auf Anordnung des Arztes.

10

Ted Kramer stellte fest, daß die Szenerie sich seit seiner Junggesellenzeit erheblich geändert hatte. Für etliche Frauen war die Ehe eine «überholte» Institution, wie Tania, eine gut zwanzigjährige Tänzerin, ihm erklärte. Sie «machte» es auch mit Frauen, teilte sie ihm im Bett mit. «Ich hoffe, es stört dich nicht. Du bist ein netter Junge. Mit dir macht es auch Spaß.»

Viele Frauen waren geschieden. Manche gaben ihm in einer Uneigennützigkeit, die völlig neu für ihn war, die Telefonnummer von Freundinnen, die er anrufen sollte, wenn sich zeigte, daß von der großen Liebe keine Rede sein konnte. Wenn die Frau auch ein Kind hatte, konnte ein simpler Abend zum Wettlauf mit der Uhr werden. Der Zeiger tickte auf beiden Seiten. Er zahlte für einen Babysitter, sie zahlte für einen Babysitter. Bei zwei Dollar in der Stunde kostete es sie insgesamt vier Dollar in der Stunde, nur nebeneinander zu sitzen. Es mußte schnell etwas geschehen. Sie mußten sich entweder schnell mögen oder entscheiden, daß sie schnell miteinander ins Bett wollten. Und Bett bedeutete nicht nur Bett. Es bedeutete mehr Zeit auf der Uhr, mehr Geld für Babysitter, womöglich Taxis, womöglich Taxis für Babysitter. Wenn sie mitten in Manhattan waren und zu ihm fuhren, mußte er seinen Babysitter fortschicken und konnte die Frau nicht heimbringen, so daß sie ein Taxi nehmen mußte. Wenn er ihr anbot, das Taxi zu bezahlen, entstand das Problem, ob sie Geld von ihm nehmen sollte. Sie mußte sich darüber klarwerden, ob sie die Kosten für den Babysitter *und* für das Taxi auf sich nehmen wollte. An diesem Punkt fiel es beiden Parteien manchmal aus purer Erschöpfung schwer, das Spiel weiterzuspielen, da sie beide Eltern waren und morgens früher aufstehen mußten als die meisten anderen Leute.

Die «technischen Schwierigkeiten» konnte das Erlebnis in den Hintergrund drängen. So erging es Ted eines Abends, als er sich sagte, es ist schon halb elf, sechs Dollar für den Babysitter. Bleiben wir noch oder gehen wir ins Bett? Wenn wir ins Bett gehen, sollten wir in den nächsten fünf Minuten aufbrechen, sonst muß ich dem Babysitter eine volle Stunde mehr zahlen, und er war in dieser Woche knapp bei Kasse. So kam es, daß er mehr an die Uhr dachte als an sie, und mit Liebe hatte all das nichts mehr zu tun. An manchen Abenden vergaß er die Zeit, und die Wärme wurde dominierend, aber das kam nicht sehr oft vor.

Billy hatte nicht viel Verständnis für die Bedürfnisse seines Vaters nach Geselligkeit.

«Gehst du schon wieder aus, Daddy?»

«Ich habe genauso Freunde, wie du Freunde hast. Du siehst deine Freunde tagsüber, und ich sehe meine abends.»

«Ich werde dich vermissen.»

«Ich dich auch. Aber wir sehen uns ja morgen früh wieder.»

«Geh nicht aus, Daddy, bitte.»

«Ich muß.»

Im Kindergarten hatte Billy angefangen, anderen Kindern das Spielzeug fortzunehmen. Ted sprach mit dem Kinderarzt und mit der Kindergärtnerin, und sie meinten beide, es sei eine Reaktion auf Joannas Abwesenheit und könne vorübergehen oder auch nicht. Die Zeit, die Ted mit Billy verbrachte, verlief meist friedlich, außer wenn Teds Müdigkeit mit Billys klettenhaftem Zärtlichkeitsbedürfnis kollidierte und Ted ihn, obwohl er es kaum über sich brachte, von sich drängen mußte, weil er es physisch nicht mehr ertragen konnte.

Ted lernte bei einer Party eine Anwältin kennen. Phyllis kam aus Cleveland; sie war Ende Zwanzig und ein sehr ernsthafter Mensch. Ihre Kleidung – sie trug gern Tweedsachen – war immer ein paar Schritt hinter der Mode zurück. Sie war außerordentlich belesen und sie führten gute und interessante Gespräche miteinander. Sie trafen sich zum Essen in einem Restaurant, und an diesem Abend sah er nicht auf die Uhr. Sie beschlossen, zu ihm zu gehen, um noch «einen Kaffee zu trinken».

Spät in der Nacht, als sie sich zum Gehen fertig machte, trat sie hinaus in den Flur und wollte ins Bad. Aber Billy war auch ganz leise aus seinem Zimmer ins Bad gegangen und kam gerade wieder heraus. Beide hielten inne und starrten sich in der Dunkelheit an wie zwei erschrockene Rehe, sie splitternackt, er in seinem Giraffenpyjama mit seinen «Leuten» im Arm.

«Wer bist du?» fragte er.

«Phyllis. Ich bin eine Freundin von deinem Vater», sagte sie, da sie es ihm genau erklären wollte.

Er betrachtete sie aufmerksam, und sie versuchte ihre Blöße zu bedecken. Sie standen wie angewurzelt da. Er fuhr fort, sie im Dunkeln anzustarren. Offenbar beschäftigte ihn irgend etwas, das für ihn von großer Bedeutung war.

«Magst du gebratene Hähnchen?» fragte er.

«Ja», antwortete sie.

Tief befriedigt ging er in sein Zimmer und legte sich wieder schlafen.

«Ich habe eben deinen Sohn kennengelernt.»

«Oh?»

«Er wollte wissen, ob ich gebratene Hähnchen mag.»

Ted mußte lachen. «Und?»

«Ja, ich mag gebratene Hähnchen. Nur war es ein bißchen kompliziert.»

«Im Ernst?»

«Es ist nicht gerade eine alltägliche Situation», sagte sie ziemlich gebildet.

Phyllis blieb zwei Monate in seinem Leben. Sie hatte nichts übrig für harmlose Plaudereien, sie unterhielten sich über soziale Fragen, über die politische und kulturelle Entwicklung des Landes. Ted las viele Zeitschriften, er war über die neuesten Trends und Strömungen auf dem laufenden. So hatten sie zugleich eine intensive geistige Beziehung. Dann bot der Kongreßabgeordnete aus Cleveland ihr einen Posten in Washington an. Sie hielt die Position für vielversprechend und erklärte, ihrer beider Beziehung sei zu jung, um deswegen «eine wichtige Karriereentscheidung» zu versäumen, und Ted, der sich über seine Gefühle für sie nicht recht im klaren war, stimmte zu. «Und um ganz ehrlich zu sein», erklärte sie ihm, «fühle ich mich einer so schwierigen Sache wie dieser auch nicht gewachsen.» Sie sagten auf Wiedersehen, küßten sich zärtlich, versprachen, einander zu schreiben oder anzurufen, und keiner von ihnen tat es.

Ted tröstete sich damit, daß er es geschafft hatte, von dem Karussell der flüchtigen Abenteuer, auf dem er gesessen hatte, abzuspringen. Jemand war für mehrere Monate in seinem Leben gewesen. Aber Phyllis hatte ihn darauf hingewiesen, daß es für eine Frau problematisch sein konnte, «eine so schwierige Sache wie diese» anzufangen, mit einem geschiedenen Mann und einem kleinen Jungen.

Ted und Thelma wurden gute Freunde. Er hatte nicht viel Vertrauen zu seinen romantischen Zwischenspielen, und er dachte, wenn er versuchte, mit Thelma zu schlafen, würde er vielleicht eine Nacht gewinnen und eine Freundin verlieren. Sie verwarfen beide den Gedanken, sich auf einer anderen als der freundschaftlichen Basis zu engagieren, und waren füreinander da, um sich gegenseitig zu unterstützen, ein paar freie Stunden zu verschaffen. Wenn Ted sich Sorgen machte, daß er sich zu sehr auf Billy konzentrierte, was er seit einiger Zeit tat, erinnerte Thelma ihn daran, daß das doch ganz unvermeidlich sei – sie waren beide allein mit ihren Kindern, und Billy war eben ein Einzelkind. Als sie eines Tages als Gruppenfamilie auf den Spielplatz gingen, wurde es ganz besonders kompliziert. Die Kinder gerieten sich pausenlos in die Haare. «Ich mag Kim nicht. Sie sagt mir dauernd, was ich tun soll.» «Ich kann Billy nicht leiden. Er ist immer so frech zu mir.» Sie stritten sich wegen des Sandkastens, des Apfelsafts, der Motorräder, und Ted und Thelma verbrachten den Nachmittag als Friedensstifter. Ted ging mit dem schluchzenden Billy auf die andere Seite des Spielplatzes, um ihn zu beruhigen. Aus der anderen Richtung kam ein Vater mit seinem kleinen Jungen.

«Wenn Sie mit ihnen hinausgehen», schlug der Mann vor, «und ihnen an der letzten Bude ein Eis kaufen und warten, bis sie es dort gegessen haben, sind zwanzig Minuten herum.»

Ted begriff nicht, was der Mann sagen wollte.

«Zwanzig Minuten, mindestens. Versuchen Sie's.»

Der Mann war ein Sonntagsvater, der seinen Pflichtnachmittag absolvierte, oder seine Frau machte gerade Besorgungen und würde gleich zurückkommen.

«Ich hab ein bißchen mehr als zwanzig Minuten vor mir», sagte Ted.

Der Tag endete damit, daß Billy und Kim sich endlich zusammentaten, um ein drittes Kind mit Sand zu bewerfen. Die Mutter schrie Thelma an und nannte sie «ein Tier». Billy war so aufgedreht, daß ein heißes Bad und viele Geschichten nötig waren, damit er endlich zur Ruhe kam. Ted fragte sich, ob er sich aufgespielt hatte oder ob sein Temperament mit ihm durchgegangen war. Kim konnte sehr viel länger stillsitzen und zeichnen oder malen als Billy, der seine Aufmerksamkeit schneller anderen Dingen zuwandte. Lag es daran, daß Jungen anders waren als Mädchen, oder war Billy anders als Kim? Lag es daran, daß er hyperaktiv war? Stimmt bei ihm etwas nicht? Bin ich zu gluckenhaft? Mein Gott, ich liebe ihn. Was für ein beschissener Tag!

Zerbrochene Laster aus Plastik, lädierte hölzerne Männchen, herumliegende Seiten aus zerrissenen Malbüchern – Billys Zimmer war mit unbrauchbaren Dingen übersät, und Ted, der Sensenmann, schaffte Ordnung, bewacht von Billy, der um jeden Ölkreidestummel kämpfte.

«Wenn du zehn bist, wird dein Zimmer so aussehen, als hätten die Collier Brothers darin gewohnt.»

«Wer?»

«Zwei alte Männer, die ein Zimmer hatten, das genauso aussah wie deins.»

Er hatte es eigentlich tun wollen, wenn Billy nicht zu Hause war, aber Billy wäre noch Monate später außer sich gewesen, wenn er gemerkt hätte, daß ein kaputter Laster fehlte.

«Fort damit!» Ein Laster zum Aufziehen, der sich nicht mehr aufziehen ließ.

«Nein. Den mag ich so gern.»

Ted blickte sich prüfend im Zimmer um. Es sah immer noch so aus wie bei den Collier Brothers. Er beschloß, es anders zu versuchen. Er ging mit Billy in ein Haushaltswarengeschäft und kaufte mehrere durchsichtige Plastikschachteln. Schließlich kostete es 14 Dollar, um ein Kinderzimmer einigermaßen unter Kontrolle zu bringen.

«Jetzt versuche, alle Buntstifte in der Buntstiftschachtel und alle Spielzeugautos in der Autoschachtel aufzubewahren.»

«Daddy, wenn ich mit den Buntstiften male, ist die Schachtel leer. Wie soll ich dann wissen, was die Buntstiftschachtel ist?»

Sie waren bei der Dialektik der Buntstifte angelangt.

«Ich werde auf jede Schachtel ein Etikett kleben.»

«Ich kann aber nicht lesen.»

Ted mußte gegen seinen Willen lachen.»

«Warum lachst du?»

«Entschuldige. Du hast recht. Es ist nicht lustig. Eines Tages wirst du lesen können. Bis dahin klebe ich eines von den Dingen, die in die Schachtel gehören, außen an die Schachtel;

dann weißt du, was in welche Schachtel gehört. Hast du das verstanden?»

«Ja, sicher. Gute Idee.»

«Du bist der klügste Junge von der Welt, mein Kleiner.»

Während er auf dem Fußboden kniete und drei verschiedene Sätze von Buntstiften in die Buntstiftschachtel praktizierte, hatte er plötzlich eine Idee. Es war wie eine Offenbarung. Ein System: Schachteln!

Am nächsten Morgen wartete er mit seiner Idee vor der Tür von Jim O'Connors Büro.

Die Firma, bei der er arbeitete, veröffentlichte verschiedene Hobbyzeitschriften – Fotografie, Skilaufen, Boote, Tennis und Reisen. Ted war eingefallen, daß sie alle ihre Zeitschriften als Paket anbieten und den Kunden die Möglichkeit geben konnten, zu Spezialtarifen pauschal zu inserieren.

«Es ist nur logisch. Wir könnten weiterhin jede Zeitschrift einzeln anbieten, wie bisher. Aber zusätzlich würden wir das neue Paket haben.»

«Mit einem Namen.»

«Wir können es nennen, wie wir wollen. Das Freizeitpaket.»

«Ted, ich würde Ihnen ja gern sagen, daß es fabelhaft ist, aber das ist es nicht.»

«Ich dachte, das sei es.»

«Nein, es ist mehr – es ist perfekt. Perfekt. Was zum Teufel haben wir eigentlich bisher gemacht? Warum ist kein Mensch darauf gekommen? Perfekt, aber nicht fabelhaft.»

«Perfekt reicht mir.»

Er hatte Jim O'Connor noch nie so begeistert auf eine Idee reagieren sehen. Und mit dieser Begeisterung rannte O'Connor zur Marktforschung, die noch am selben Morgen mit ihren Statistiken anfing, und zur Promotion, die umgehend eine Werbekampagne für das Freizeitpaket entwickeln sollte. Innerhalb einer Woche bekam Ted eine Verkaufspräsentation, die er benutzen sollte, wenn er das neue Anzeigenpaket probeweise anbot, und innerhalb von zwei Wochen wurde in der

Fachpresse für das Freizeitpaket geworben. Eine Firma, die bisher mühsam über die Runden gekommen war, benutzte das neue Verkaufskonzept nun als Beweis für ihre neue Lebenskraft. Die Werbeagenturen reagierten positiv. Ted wurde von der Reisezeitschrift, für die er arbeitete, in eine andere Abteilung versetzt, wo er von nun an das neue Konzept verkaufte. Die Kunden versprachen ihm, neu zu disponieren, und bestellten in mehreren Fällen Paketanzeigen. Der Verleger und Besitzer der Firma, ein geschniegelter kleiner Mann namens Mo Fisher, der sich immer nur kurz mit Golfschlägern und 400-Dollar-Anzügen in den Verlagsräumen blicken ließ, sprach Ted im Flur an. Das letzte Mal hatten sie vor mehreren Jahren bei Teds Einstellung miteinander gesprochen. Damals hatte er gesagt: «Gut, daß wir Sie an Bord haben.» Und seither hatte er nie wieder das Wort an ihn gerichtet. «Gratuliere», sagte er jetzt und eilte weiter zum Golfplatz.

Im Spätherbst war es in New York wunderschön – kühles klares Wetter, man ging spazieren, die Bäume im Park waren herbstlich gefärbt. Sonnabends und sonntags machte Ted lange Radtouren mit Billy durch den Central Park zum Zoo und zu verschiedenen Spielplätzen. Billy war jetzt viereinhalb und trug keine Kindersachen mehr, sondern richtige Hosen für große kleine Jungen, Pullis mit Football-Nummern, einen Anorak und eine Skimütze. Ted fand, daß er mit seinen dunklen Kulleraugen und seiner kleinen Nase und seinen neuen Große-Jungen-Sachen das hübscheste Kind war, das er je gesehen hatte. In der Woche hatte Ted seine Erfolgserlebnisse bei der Arbeit, und am Wochenende verbrachte er mit Billy glückliche Herbsttage draußen im Freien. Die Stadt wurde Schauplatz der Liebe eines Vaters zu seinem kleinen Jungen.

Die neue Werbekampagne trug Früchte. Zu einer Zeit, da zwei der anderen Mediaberater erfuhren, sie würden Weihnachten die Kündigung erhalten, versprach man Ted eine Prämie von 1500 Dollar. Als er eine Agentur besuchte, die neu auf seiner Liste stand, lernte er eine Sekretärin kennen, einen knabenhaften Typ, die Jeans und ein Sweatshirt trug. Sie war zwanzig, und er war seit seinem zwanzigsten Lebensjahr nicht mehr mit einem so jungen Mädchen ausgegangen. Sie hatte ein Apartment in einem Haus ohne Fahrstuhl in Greenwich Village, und er wunderte sich ein wenig darüber, daß es noch Leute gab, die so wohnten. Sie ging mit unbekümmertem Charme und Sandalen durch sein Leben. Mit einem älteren Mann auszugehen, der ein Kind hatte, war für sie «unheimlich interessant». Die Erfahrung war «Spitze». Sie wollte es in New York «packen» und «in die Wirtschaft gehen». Und warum er etwas dagegen habe, Hasch zu rauchen?

«Ich kann nicht. Ich meine, früher habe ich es dann und wann getan. Aber jetzt geht es nicht.»

«Warum nicht?»

«Was passiert, wenn es mich irgendwie umhaut? Ich muß einen klaren Kopf behalten. Ich hab zu Hause ein Kind.»

«Okay.»

An einem regnerischen Sonntag kam sie unangemeldet mit ihrem Fahrrad mit Zehngangschaltung vorbei und hockte sich zu Billy auf den Fußboden und spielte eine Stunde lang mit ihm. Er hatte noch nie erlebt, daß jemand so schnell mit Billy warm geworden war. Mit ihren nassen Haaren und in dem Pulli, den er ihr gegeben hatte, wirkte sie noch jünger als sonst.

Nach ein paar Wochen kam er zu dem Schluß, daß sie nicht genug gemeinsam hatten. Von den Liedern Oscar Hammersteins bis zu David Bowie war ein langer Weg.

Er rief an, um es ihr zu sagen.

«Angie, ich bin einfach zu alt für dich.»

«*So* alt bist du doch nun auch wieder nicht.»

«Ich werde vierzig.»

«Vierzig. Wow!»

Ted bekam seine Prämie und bestellte zur Feier des Tages einen Tisch bei Jorgés. Er betrat das vornehme Restaurant mit Billy von der Buntstiftschachtel.

«Sind *Sie* die beiden für Kramer?» fragte der Maître herablassend.

«Ja.»

«Wir haben keinen Kinderstuhl.»

«Ich sitze nicht auf einem Kinderstuhl», protestierte Billy.

Der Maître führte sie zu einem wenig attraktiven Tisch in der Nähe der Küche und übergab sie dort einem ebenso herablassenden Kellner. Ted bestellte einen Wodka-Martini und für Billy ein Ginger Ale. Ein anderer Kellner kam mit einem gewaltigen gegrillten Hummer vorbei.

«Was ist das?» fragte Billy furchtsam.

«Hummer.»

«Das will ich nicht.»

«Brauchst du ja auch nicht zu bestellen.»

«Hummer aus dem Wasser?»

«Ja.»

«Und das ißt man?»

Es war ein heikles Problem, der Ursprung des Essens. Diese Lammkoteletts kamen von kleinen Lämmern, und Hamburger kamen von Tieren, die so aussahen wie Bessie die Kuh, und wenn ein Kind erst einmal dahinterkam, konnte man nicht wissen, wann es wieder etwas essen würde. Ted las in Frage kommende Gerichte von der Speisekarte vor – Steak, Lammkoteletts – und Billy wollte prompt wissen, woher sie kamen, und hatte danach prompt keinen Hunger mehr.

«Wir nehmen ein Sirloin-Steak, rare, und ein gegrilltes Käsesandwich.»

«Käsesandwich haben wir nicht», sagte der Kellner in einem Tonfall, als hätten sie Kuhfladen bestellt.

«Sagen Sie es dem Koch. Es ist mir gleich, was es kostet. Lassen Sie eines machen.»

Der Maître erschien.

«Sir, dies ist keine Imbißstube.»

«Der Junge ist Vegetarier.»

«Dann bestellen Sie ihm doch Gemüse.»

«Er ißt kein Gemüse.»

«Wie kann er dann Vegetarier sein?»

«Er muß es nicht sein. Er ist viereinhalb Jahre alt.»

Um den Verrückten zu beruhigen und die Ordnung in seinem Restaurant aufrechtzuerhalten, sorgte der Maître dafür, daß die Bestellung ausgeführt wurde. Sie sprachen über Ereignisse im Kindergarten, Billy hatte seinen Spaß daran, die Erwachsenen beim Essen zu beobachten, und sie genossen das Festmahl, Billy mit neuem Hemd und Krawatte, die er eigens zu diesem Anlaß bekommen hatte. Er kniete auf seinem Stuhl und war der einzige Junge im Lokal.

Als sie gingen, wandte sich Ted, dem das Essen viel Spaß gemacht hatte, an den Maître, der beinahe in Ohnmacht gefallen war, als er gesehen hatte, wie das Schokoladeneis, das Billy zum Nachtisch gegessen hatte, langsam von seinem Kinn auf das weiße Tischtuch tropfte.

«Sie sollten nicht so unhöflich zu einer königlichen Hoheit sein», sagte Ted, den Arm um Billys Schulter gelegt, und ging stolz mit seinem Jungen hinaus.

Der Maître wußte einen Augenblick lang nicht, was er davon halten sollte, und sah sie beide ratlos an.

«Er ist der Infant von Spanien», fügte Ted hinzu.

11

«Fröhliche Weihnachten, Ted. Ich bin's, Joanna.»

«Joanna?»

«Ich komme nach New York, auf dem Weg zu meinen Eltern. Ich möchte Billy sehen.»

Sie sprach schnell, mit tonloser Stimme.

«Wie geht es dir?» sagte er völlig verdutzt.

«Mir geht's gut», sagte sie, als wischte sie die Frage beiseite. «Ich möchte ihn sehen. Ich bin am Sonnabend in New York.

Ich möchte nicht gern in die Wohnung kommen, wenn es dir recht ist.»

Mit ihrem Tonfall und der Wahl ihrer Worte machte sie es von vornherein klar: dies war kein Versöhnungsanruf.

«Du möchtest Billy sehen?»

«Ich gehe ins Americana. Könntest du ihn am Sonnabendvormittag um zehn dorthin bringen? Ich bleibe dann den Tag über mit ihm zusammen und unternehme irgend etwas mit ihm. Wenn er ins Bett muß, kannst du ihn wieder abholen.»

«Ich weiß nicht.»

«Warum nicht? Willst du verreisen?»

«Nein. Ich weiß einfach nicht...»

«Du weißt was nicht?»

«Es könnte alte Wunden wieder aufreißen.»

«Ted, sei kein Idiot.»

«Oh, das ist deutlich.»

«So hab ich's nicht gemeint. Bitte, Ted. Laß mich ihn sehen.»

«Ich muß darüber schlafen.»

«Ich rufe dich morgen wieder an.»

Er fragte Thelma um Rat. Sie bestätigte, was er bereits wußte – daß Joanna offensichtlich nicht daran gelegen war, zu ihm zurückzukehren. Bei der Frage, ob es richtig sei, wenn sie Billy wiedersähe, dachte Thelma mehr an Joanna. «Der Preis der Unabhängigkeit», sagte sie. «Es muß sehr hart für sie sein.»

Ted versuchte, Klarheit in seine Gedanken zu bringen. Er wollte genau wissen, woran er war. Er rief seinen Anwalt an.

«Glauben Sie, sie wird ihn entführen?» fragte Shaunessy.

«Daran habe ich gar nicht gedacht.»

«Es wäre nicht das erste Mal.»

«Ich weiß nicht, was sie vorhat. Ich glaube nicht, daß sie ihn entführen will.»

«Also, Sie haben das Recht, ihr das Treffen mit dem Jungen zu verweigern. Und sie hat das Recht, eine gerichtliche Verfügung zu beantragen, daß sie ihn sehen kann. Ein Richter würde dem Antrag stattgeben. Mutter, Weihnachten. Dagegen kommen Sie nicht an. Praktisch gesehen, würde ich sagen, Sie würden eine Menge Scherereien ersparen, wenn Sie ihr Billy den Tag lang überließen. Es sei denn, Sie halten eine Entführung für möglich.»

War es besser für Billy, wenn er seine Mutter sah, oder besser für ihn, wenn er sie nicht sah? Sollte er sie zwingen, vor Gericht zu gehen und darum zu kämpfen? Wenn er das tat, würde er ihr zwar eins auswischen, aber auf Kosten seiner inneren Ruhe. Bestand die Möglichkeit, daß sie ihn entführte? Als Joanna anrief, fragte er sie ganz direkt.

«Du hast doch nicht vor, ihn zu entführen?»

«Wie bitte? Ted, du kannst meinetwegen den ganzen Tag drei Schritte hinter uns her gehen, wenn du willst. Du kannst uns heimlich verfolgen. Ich komme nur für ein paar Stunden nach New York. Ich will nach Boston, und dann fliege ich wieder zurück nach Kalifornien. Das ist alles. Ich möchte nur gern an Weihnachten mit meinem Sohn zu F. A. O. Schwarz gehen und ihm irgendwas zum Spielen kaufen! Was muß ich tun, betteln?»

«Okay, Joanna. Sonnabend um zehn im Americana.»

Er brachte Billy bei, daß seine Mommy nach New York kommen und am Sonnabend mit ihm ausgehen wollte.

«Meine Mommy?»

«Ja, Billy.»

Der Junge wurde nachdenklich.

«Vielleicht kauft sie mir etwas», sagte er dann.

Ted gab sich an jenem Morgen besonders viel Mühe mit Billy. Er bürstete ihm die Haare, zog ihm sein bestes Hemd und seine beste Hose an und warf sich ebenfalls in Schale – äußerlich zumindest sollte sie ihm nichts anmerken. Sie fuhren ins Americana, und pünktlich um zehn trat Joanna aus dem Fahrstuhl. Ted wurde schwach in den Knien. Sie sah blendend aus, ein weißer Mantel, ein leuchtendes Tuch um den Kopf, frische Winterbräune. Die Mädchen auf den Partys, die knabenhaften Typen in Sweatshirts, alle seine Karussellfrauen waren zweite Wahl gegen sie.

Joanna sah Ted nicht an. Sie eilte auf Billy zu, kniete sich vor ihm auf den Boden. «Oh, Billy.» Sie zog ihn an sich, schmiegte seinen Kopf unter ihr Kinn und fing an zu weinen. Dann stand sie auf, um ihn zu begutachten.

«Hallo, Billy, was bist du für ein großer Junge geworden.»

«Hallo, Mommy.»

Zum erstenmal wandte sie sich an Ted: «Danke. Um sechs kannst du ihn hier wieder abholen.»

Ted nickte nur.

«Komm», sagte sie. «Wir wollen uns einen schönen Tag machen.» Und sie nahm Billy bei der Hand und verließ mit ihm das Foyer.

Ted war den ganzen Tag lang unruhig. Wenn sie wirklich Wort hielt und gleich nach dem Treffen mit dem Jungen wieder abreiste, würde das Billy nicht schaden? Würde er nicht das Gefühl haben, man habe ihn nach einem kurzen Höhepunkt wieder in die Ecke gestellt? Wer gab ihr das Recht zu diesem Überfall? Das Gesetz, räumte er ein. Nervös ging er in ein Kino, wo zwei Filme nacheinander gezeigt wurden. Danach sah er sich Schaufenster an und war schließlich vierzig Minuten zu früh im Hotel und wartete.

Joanna und Billy kamen wenige Minuten vor sechs zurück. Der Junge sah müde aus nach dem langen Tag, aber er strahlte.

«Sieh mal, Daddy», sagte er und hielt eine Schachtel mit Plastikfiguren hoch. «Weebles wackeln, aber sie fallen nicht um.»

«Weebles.»

«Meine Mommy hat sie mir gekauft.»

Joanna sah Billy noch einmal an. Dann schloß sie die Augen, als nehme der Anblick sie zu sehr mit.

«Bis bald, Billy», sagte sie und nahm ihn in die Arme. «Und nun sei ein braver Junge.»

«Bis bald, Mommy. Vielen Dank für die Weebles.»

Sie drehte sich um und betrat den Fahrstuhl, ohne sich noch einmal umzusehen.

Joanna Kramer war also nicht an die Ostküste gekommen, um ihr Kind zu entführen oder sich mit Ted zu versöhnen oder zu bleiben. Sie war auf der Durchreise. Sie war gekommen, um ihre Eltern zu besuchen und einen Tag mit Billy zu verbringen. Später erfuhr Ted von ihren Eltern, daß Joanna nur einen Tag in Boston geblieben und dann wieder nach Kalifornien geflogen war, genau wie sie gesagt hatte. Sie konnte sich offenbar nicht vorstellen, daß sie die weite Reise machte, ohne den Jungen zu sehen, aber die Reise, die sie hätte machen müssen, um etwas mehr zu tun, war ihr zu weit.

Der Junge überstand den Tag ohne sichtbare Nachwirkungen. Er besaß die Fähigkeit aller Kinder, die Welt so zu akzeptieren, wie er sie sah. Mommy war hier. Mommy war wieder fort. Der Himmel ist blau. Die Menschen essen Hummer. Mommy ist wieder fort. Daddy ist hier. Er hatte Weebles bekommen. Weebles wackeln, aber sie fallen nicht um.

«Ist es schön gewesen?» fragte Ted sondierend.

«Ja, sehr schön.»

Fehlt Mommy dir auch? Aber das fragte er nicht laut.

Ted Kramer nahm es seiner Exfrau übel, daß sie sich in seine neue Ordnung und in sein Innenleben eingemischt hatte. Es war zermürbend gewesen, sie wiederzusehen. Einst war er mit dem hübschesten Mädchen auf der Party verheiratet gewesen; dann verschwand sie plötzlich, und nun war die Party langweilig. «Serienbeziehungen», nannte Thelma den Stil des geselligen Lebens, das sie beide führten, ein Mensch nach dem andern, nichts, niemand blieb. Teds zwei Monate mit Phyllis, der Anwältin, waren ein Rekord im Kreis seiner Freunde gewesen. Thelma sagte, sie seien alle geschädigt. Charlie behauptete, es sei die beste Zeit seines Lebens. Und Larry preßte immer noch komplette Beziehungen in ein Wochenende.

Ted ging etwa zum Spielplatz und schaukelte Billy, während Thelma neben ihm stand und Kim schaukelte, und am nächsten Tag stand Charlie neben ihm und schaukelte Tim. Die Scheidung von Charlie und Thelma wurde rechtskräftig, und Ted hatte ein freudloses Scheidungsessen bei jedem von ihnen hinter sich.

«Glaubst du, du wirst jemals wieder heiraten?» fragte Charlie, während sie fröstelnd auf dem Spielplatz zusahen, wie ihre Kinder im Schnee spielten.

«Kaum. Mit dem Jungen bin ich sowieso schwer verkäuflich, wie man in unserer Branche sagt.»

«Ich habe gerade nachgedacht . . . Was ist eigentlich, wenn ich wieder heirate und noch ein Kind habe und mich dann wieder scheiden lasse und Unterhalt für zwei Kinder zahlen muß?»

«Charlie, alle diese Wenns. Das kannst du doch nicht als Grund hinstellen, es nicht wieder zu tun.»

«Ich weiß. Aber das Geld? Dafür muß ich eine Menge Plomben machen.»

Thelma hatte ihren eigenen Standpunkt, was eine zweite Ehe betraf. Sie äußerte ihn bei einem kurzen von der Kinderstunde abgeknappsten Gespräch, während Oscar der Nörgler auf dem Plattenspieler in Billys Zimmer plärrte, wie sehr er zerbrochene Sachen mochte, und die Kinder durch die Wohnung tobten und Verstecken spielten.

«Das erste Mal heiratet man aus Liebe, aber man läßt sich natürlich scheiden. Das zweite Mal weiß man, daß Liebe eine Erfindung ist. Also heiratet man aus anderen Gründen.»

«Moment», sagte er. «Billy und Kim! Entweder hört Oscar jetzt auf, oder ihr hört auf mit dem Krach!»

«Also . . . die zweite Ehe dient im Grunde der Bekräftigung des eigenen Lebensstils oder der eigenen Ansichten. Du weißt ja, das erste Mal heiratet man seine Mutter.»

«Das habe ich nicht gewußt, Thelma. Sag das bloß nicht weiter.»

«Aber das zweite Mal heiratet man sich selbst.»

«Du hast mir soeben eine Menge Ärger erspart. Denn dann bin ich bereits wieder verheiratet.»

Larry löste sich schließlich nach jahrelangem Suchen von dem Rudel. Er heiratete Ellen Fried, eine neunundzwanzigjährige Lehrerin. Larry hatte sie auf Fire Island kennengelernt und war mit ihr gegangen, hatte sich aber außerdem immer noch mit anderen Frauen getroffen, wie es seine Art war. Jetzt hatte er beschlossen, sein Girlmobil stillzulegen. Ted hatte Ellen ein paarmal gesehen und festgestellt, daß sie einen beruhigenden Einfluß auf Larry ausübte. Sie sprach leise und überlegt, und sie war zurückhaltender und stilvoller als die Frauen, mit denen Larry sonst verkehrte.

Die Hochzeitsfeier fand in einer kleinen Suite im Plaza statt, einige Freunde und die nächsten Angehörigen, darunter Larrys Kinder aus seiner ersten Ehe, ein Mädchen von vierzehn und ein Junge von sechzehn Jahren. Als Ted sie zuletzt gesehen hatte, waren sie noch Babys gewesen. Wie schnell das alles geht, dachte er.

Auf einer Bank im Park hatte er gehört, wie eine Frau zu Thelma sagte: «Im Grunde ist es ganz gleich. Sie erinnern sich kaum an irgend etwas, was vor dem fünften Lebensjahr gewesen ist.» Ted hatte widersprochen: er wollte nicht glauben, daß all seine Fürsorge für die Katz war. Die Frau behauptete, sie habe im Fernsehen eine Diskussion darüber gehört. «Die Kinder haben in diesem Alter nur ein pauschales Gedächtnis. An einzelne Dinge können sie sich nicht erinnern. Ihr Sohn wird sich vielleicht an nichts von dem erinnern können, was er heute erlebt.» An diesem Tag war Billy von einem anderen Kind mit einem metallenen Spielzeuglaster auf den Kopf gehauen worden. «Gut für ihn», sagte Ted. Jetzt fragte er sich, wieviel Billy wohl behalten würde. Und später, wenn er älter war, wenn er so alt war wie Larrys Kinder oder älter, was für einen Einfluß würde er dann auf seinen Sohn gehabt haben?

«Billy, weißt du eigentlich, wie Daddy sein Geld verdient?»

«Du mußt arbeiten.»

«Ja, aber weißt du, was für eine Arbeit es ist?»

«In einem Büro.»

«Ja, richtig. Du hast doch schon öfter die Anzeigen in den Zeitschriften gesehen. Also, ich bringe die Firmen dazu, solche Anzeigen aufzugeben.»

Plötzlich war es für Ted ungeheuer wichtig geworden, seinen Sohn ganz genau über seinen Platz in der Welt zu informieren.

«Möchtest du mein Büro sehen? Möchtest du sehen, wo ich arbeite?»

«Sicher.»

An einem Sonnabend fuhr Ted mit Billy zu dem großen Bürogebäude Ecke Madison Avenue und 57. Straße. Im Foyer stand ein uniformierter Wachmann, und Billy schien sich zu fürchten, bis Ted eine Karte zeigte und sie durchgelassen wurden. Ein paar Punkte für den großen Daddy, der sich nicht fürchtete. Die Büros waren abgeschlossen. Ted öffnete die Tür mit einem Schlüssel und machte Licht. Die langen Flure hatten für ein Kind etwas Höhlenartiges. Ted führte ihn zu seinem Zimmer.

«Siehst du? Das ist mein Name.»

«Und meiner. Kramer.»

Er schloß die Tür auf und nahm Billy mit hinein. Das Büro befand sich im vierzehnten Stock, und Ted blickte von seinem Fenster aus in die 57. Straße in westlicher und östlicher Richtung.

«O Daddy, das ist aber hoch. Toll!» Und er drückte das Gesicht ans Fenster.

Er setzte sich auf den Stuhl seines Vaters und drehte sich hin und her.

«Dein Büro ist schön, Daddy.»

«Danke, Kumpel. *Mein* Kumpel.»

Billy hatte bisher immer genauso reagiert, wie man es von kleinen Jungen, die zu ihrem Vater aufblickten, erwartete. Billy *war* sein Kumpel. Er war für Ted in all diesen Monaten eine feste Größe gewesen. Vielleicht würde er sich später nicht mehr an alles erinnern, was er in dieser Zeit mit seinem Vater erlebt hatte. Vielleicht würde es ihm sogar gleichgültig sein, so schmerzlich das für Ted auch wäre. Aber sie hatten gemeinsam einen großen Verlust überwunden. Sie waren Verbündete.

Ich werde immer für dich da sein, Billy. Immer.

«Aber die Bilder da finde ich gar nicht schön, Daddy.»

Das Zimmer war mit Zeitschriftentiteln aus der Anfangszeit der Firma dekoriert.

«Du müßtest Zebras haben.»

«Warum malst du mir nicht ein paar, und ich hänge sie auf?»

Billy zeichnete ein paar unförmige Geschöpfe mit Streifen, und sein Vater hängte sie auf.

Joannas Eltern kamen aus Boston. Der kaum verhüllte Zorn auf Joanna, den er bei ihrem letzten Besuch in New York beobachtet hatte, schien sich in Kummer verwandelt zu haben.

«Es ist wirklich kaum zu fassen», sagte Harriet, als Billy nicht im Zimmer war. «Die Großeltern sehen das Kind öfter als die Mutter.»

Ted nahm an, daß sie gehofft hatten, Joanna würde bleiben, als sie zu ihnen nach Boston kam, und nicht, wie er erst jetzt erfuhr, so überstürzt wieder nach Kalifornien zurückkehren.

«Was macht sie da eigentlich? Ich meine, was arbeitet sie?»

«Das weißt du nicht?»

«Ich weiß nichts über ihr jetziges Leben, Harriet. Gar nichts.»

«Sie arbeitet bei Hertz. Sie ist eins von diesen ewig lächelnden Mädchen, die Autos vermieten.»

«Wirklich?»

«Sie hat ihre Familie, ihr Kind verlassen, um nach Kalifornien zu gehen und Autos zu vermieten», sagte Harriet.

Ted dachte nicht weiter an den sozialen Abstieg, den Harriet mit der Stelle assoziierte, sondern an die vielen Männer, die Joanna wahrscheinlich bei der Arbeit kennenlernte.

«Sie steht auf eigenen Füßen, das hat sie gesagt. Außerdem spielt sie Tennis», brachte Sam ohne große Begeisterung zur Verteidigung seiner Tochter hervor.

«Das zählt», sagte Ted.

«Ja. Sie ist bei einem Turnier Dritte geworden.» Ihr Vater sagte es nüchtern, sachlich, Dritte bei einem Turnier. Er schien es nicht als Trostpreis für ihr Fortgehen akzeptiert zu haben.

An diesem Abend schlug Ted vor, gemeinsam essen zu gehen. Es war die erste herzliche Geste seit der Trennung, und sie stimmten zu. Sie gingen in ein chinesisches Restaurant, und mit dem Argument, er sei der ältere, gewann Sam schließlich den Kampf, wer die Rechnung bezahlen dürfe.

«Ich habe eine Idee, die sich vielleicht zu Geld machen ließe», sagte Ted beim Nachtisch in dem Bemühen, die familiäre Eintracht zu genießen. «*Un*glücksplätzchen. Man beißt hinein, und drinnen steht ‹Frag lieber nicht› oder etwas Ähnliches.»

Aber sie fanden es gar nicht lustig und dachten kummervoll an die Person, die in der Runde fehlte.

Beim Abschied gab Harriet Ted ungeschickt einen Kuß auf die Wange, was sie seit langer Zeit nicht mehr getan hatte. Sie wollten am nächsten Morgen wiederkommen und mit Billy zur Freiheitsstatue fahren, ein anstrengendes Unternehmen für sie, aber Ted konnte sie nicht davon abbringen. Deshalb waren sie gekommen – um Großeltern zu sein.

«Ißt er viele Süßigkeiten?» fragte Sam. «Er sollte nicht zuviel Zucker bekommen.»

«Ich habe ihn zu Kaugummi ohne Zucker überredet.»

«Und Vitamine?»

«Jeden Tag, Sam.»

«Sie enthalten wahrscheinlich Zucker.»

«Also, ich finde, du machst deine Sache sehr gut», sagte Harriet.

«Ja, das tut er wirklich», fügte Sam hinzu. Er brachte es immer noch nicht fertig, Ted direkt anzureden.

«Aber –»

Ted wartete auf den Widerruf.

«– ich meine, das Kind braucht eine Mutter.»

Sie sagte es mit soviel Schmerz über ihre Tochter und einer solchen Verzweiflung in der Stimme, daß er es kaum als Kritik an sich auffassen konnte.

Am nächsten Morgen standen sie pünktlich vor der Tür und machten sich mit Billy auf den Weg zur Freiheitsstatue. Ted hatte es nicht für nötig befunden, ihnen – oder sonst irgend jemandem – zu erzählen, daß dieser Tag zufällig sein vierzigster Geburtstag war. Er war nicht in der Stimmung. Sie würden bis zum späten Nachmittag mit Billy unterwegs sein. Er hatte genug Zeit, aber ihm fiel nichts Passendes ein, wie er den Tag feiern konnte. Also blieb er erst einmal im Bett.

Es war jedoch ein milder Wintersonntag, und als ihn die Geburtstagsmelancholie ergriff, ging er hinaus, schlenderte durch die Straße, und einem plötzlichen Einfall folgend – fuhr er zurück. Das war ganz leicht, weil er New Yorker und nicht aus einer anderen Stadt zugezogen war. Seine Kindheit war nur eine halbe Stunde mit der U-Bahn entfernt.

Er fuhr zur Fordham Road und Jerome Avenue in der Bronx. Er stand vor der Volksschule, auf die er mit fünf, vor fünfunddreißig Jahren, gekommen war. Er ging wieder von der Schule nach Hause.

Die Häuser, fünfgeschossig und ohne Fahrstuhl, wirkten schäbig und heruntergekommen: Relikte einer anderen architektonischen Epoche. Die kleinen Vorgärten, ein vergebliches Bemühen um Eleganz, dienten jetzt als Müllcontainer. Die Mauern waren bedeckt mit Graffiti. «Tony D» sagte: «Leck mich am Arsch!»

An diesem Sonntagmorgen waren nur wenige Menschen auf der Straße. Drei alte Frauen, die auf dem Weg zur Kirche waren, hasteten an zwei Latinos in Hemdsärmeln vorbei, die sich am Motor eines Autos zu schaffen machten. Ted ging an ausgebrannten Geschäften vorbei, machte einen Bogen um Abfälle und Glasscherben, die urbane Pest, die einen großen Teil der Bronx entstellt hatte, war bis in sein altes Viertel vorgedrungen.

Er kam zu dem Haus in der Creston Avenue, nahe der 184. Straße und setzte sich auf die Vortreppe, wie in seiner Kindheit. Wie klein alles wirkte! Zwei Gullydeckel, die damals als Baseball-Male gedient hatten und die man nur bei einem guten Schlag schaffen konnte, waren nur wenige Meter voneinander entfernt. Die Straße, wo Dutzende von Kindern spielten, war einen kurzen Häuserblock lang. Der große Hügel in der Nähe, den sie auf dem Bauch hinunterrutschten, um unten in einer Schneewehe zu landen, war eine kleine Straße mit einer leichten Steigung. Es war lange her, und er mußte sehr klein gewesen sein, daß ihm alles so groß vorgekommen war.

Auf der anderen Straßenseite war ein Schulhof gewesen, auf dem er immer Basketball gespielt hatte. Die Pfähle mit den Körben waren verschwunden, hier spielten keine Kinder mehr. Eine Frau ging vorbei und beobachtete ihn, den Fremden, der da auf den Stufen saß und ihr womöglich die Handtasche entreißen wollte.

Er saß da, sah sich beim Baseball, und er sah Geister an der Ecke, die Jungen, die Mädchen von damals. Einmal hatte er auf dem Schulhof einen schnellen Ball geschlagen und um sämtliche Male laufen können, ein Home Run, wie er im Buche stand; der Ball war von Stuie Mazlow gekommen, dem besten Werfer aus der Nachbarschaft, der wütend zusah, wie der Ball höher flog als das Dach. Er sah den Home Run wieder in allen Einzelheiten vor sich. Die Erinnerungen waren alle so lebendig, daß sie auch nach dreißig Jahren noch nichts von ihrer Deutlichkeit verloren hatten. Und doch, in wenigen Jahren würde Billy, sein kleiner Junge, bereits in dem Alter sein, in dem sein Vater damals gewesen war, als er all diese Dinge erlebt hatte. Ted dachte einen Moment lang über die Vergänglichkeit des Lebens nach.

Es war eine schöne Zeit hier, dachte er, und wie gut wir es hatten! Billy hatte keine Vortreppe, auf der er sitzen konnte, keine Straßen zum Spielen. Alles war von Autos verstopft. Damals, vor dreißig Jahren, hatte man ein Auto noch per Handzeichen stoppen können, bis der Schläger am andern Ende des Blocks den Ball auf die Reise geschickt hatte.

Aber Billy fehlte mehr als die Straßen zum Spielen. Das Kind braucht eine Mutter, hatte sie gesagt. Wie lange konnte er es so schaffen, ohne eine Frau in seinem Leben, für Billy, für sich selbst?

Hallo, Mr. Evans! Ein alter Mann näherte sich auf der anderen Straßenseite. Wissen Sie noch, wer ich bin? Ich kam früher immer in Ihren Süßwarenladen. Ich bin Teddy Kramer. Der Bruder von Ralph. Ich aß mit Begeisterung Ihre Negerküsse. Jetzt bin ich im Anzeigengeschäft tätig. Meine Frau hat mich verlassen. Ich bin inzwischen geschieden. Ich habe einen kleinen Jungen. Er wird in Kürze fünf. Ich war fünf, als ich einst hier wohnte.

Ted ging hinüber zum Grand Concourse und blieb vor Loew's Paradise stehen, seinem alten Lieblingskino, mit Sternen an der Decke, und Wolken, die sich bewegten. Es war inzwischen in drei Kinos aufgeteilt, Paradies Nr. 1, Paradies Nr. 2 und Paradies Nr. 3.

«Wie kann es ein Paradies Nummer zwei geben?» fragte er einen Arbeiter, der vor dem Kino fegte.

«Weiß ich nicht.»

«Sie sollten es Verlorenes Paradies nennen.»

Der Mann teilte Teds Bedürfnis nach einer historischen Perspektive nicht. Er fegte weiter.

Als Ted auf den Eingang zur U-Bahn zueilte, erblickte er einen aufgedunsenen Mann, der auf ihn zukam. Die Gesichtszüge waren ihm irgendwie vertraut. Frankie O'Neill aus der Nachbarschaft. Der Mann blinzelte und erkannte Ted nach und nach.

«Frankie!»

«Bist du's, Teddy?»

«Du hast es erraten.»

«Was treibst du denn hier?»

«Ich habe mir die alte Gegend mal wieder angeschaut.»

«Wann haben wir uns das letzte Mal gesehen?»

«Das ist eine Ewigkeit her.»

«Mein Gott! Und wo wohnst du jetzt?»

«In Manhattan. Und du?»

«Ecke hundertdreiundachtzigste und Concourse.»

«Im Ernst? Siehst du noch manchmal einen von unseren alten Freunden?»

«Nein.»

«Was machst du eigentlich, Frankie?»

«Ich bin Barkeeper. Bei Gilligan's, das gibt es immer noch. Gehört zu den wenigen Dingen in der Gegend dort, die sich nicht geändert haben.»

«Gilligan's. Sehr gut», sagte er, weil er Frankie nicht mit dem Geständnis kränken wollte, daß er noch nie bei Gilligan's gewesen war.

«Und du?»

«Ich arbeite im Anzeigengeschäft.»

«Wirklich? Bist du verheiratet?»

«Geschieden. Ich hab einen kleinen Jungen. Und du?»

«Drei Kinder. Ich habe Dotty McCarthy geheiratet. Erinnerst du dich an sie?»

«Na klar, Frankie – weißt du noch, wie wir einmal gekämpft haben? Mir rutschte die Jacke über den Kopf, und du hast wie wild auf mich eingedroschen.» Neun Jahre alt war er damals gewesen. Bei diesem Kampf, den er nie vergessen würde. Die Aficionados aus der Nachbarschaft, die mit Freitagabendkämpfen im Garten aufgewachsen waren, wollten sich halb totlachen, so komisch sah es aus, wie er, Ted, in die Luft schlug, weil er nichts sehen konnte. Er vergaß nie, wie peinlich es ihm gewesen war, ein technischer k.o., der Kampf wegen Jacke über dem Kopf abgebrochen.

«Eine Prügelei? Du und ich?»

«Erinnerst du dich nicht mehr?»

«Nein. Wer hat gewonnen?»

«Du.»

«Oh, das tut mir leid.»

«Paradies Nummer zwei und drei. Ist das nicht eine Schande?»

«Ja.»

Und dann standen sie verlegen da.

«Teddy, war schön, dich zu sehen. Wenn du wieder mal in der Gegend bist, mußt du unbedingt auf einen Drink in die Bar kommen. Ich fange um fünf Uhr an.»

«Danke, Frankie. Bis dann.»

Ein Drink bei Gilligan's, wo er noch nie gewesen war? Danach war ihm an seinem vierzigsten Geburtstag am allerwenigsten zumute. Er fuhr mit der U-Bahn in die Stadt zurück und schaute sich zu Hause ein Baseballspiel im Fernsehen an. Später, als Billy im Bett war, prostete er sich mit einem Glas Cognac zu. Herzlichen Glückwunsch. Vierzig Jahre. Am liebsten hätte er an diesem Abend im Radio die *Gangbusters* gehört und dabei seine Schokoladenmilch getrunken.

12

Jim O'Connor rief Ted an und bat ihn, in sein Büro zu kommen. Ted ging hinüber. Jim O'Connor saß an seinem Schreibtisch. Vor ihm standen, morgens um halb zehn – eine Flasche Scotch und zwei hohe Gläser.

«Die Firma lädt Sie zu einem Drink ein.»

«Was ist denn los?»

«Sie können Ihre Sachen packen, Ted.»

«Was?»

«Sie können Ihre Sachen packen, ich kann meine Sachen packen, wir können alle unsere Sachen packen. Der Alte hat die Firma verkauft. Sie bekommen für zwei Wochen Übergangsentschädigung und können die ganze Woche das Firmentelefon benutzen, um sich einen neuen Job zu suchen. Prost. Trinken Sie!»

Ted goß sich ein. Er schüttelte sich ein bißchen, aber es hatte wenig Wirkung.

«Er hat die Firma verkauft? Wer ist der Käufer?»

«Eine Gruppe aus Houston. Sie glauben, die großen, bedeutenden Freizeitzentren liegen im Süden. Sie haben dem alten Herrn die Zeitschriftentitel abgekauft und holen alles nach Houston. Wir sind überflüssig. Wir kennen das Revier nicht.»

«Aber wir kennen die Branche.»
«Sie wollen ihre eigenen Leute. Wir sitzen auf der Straße.»

Die Leute in den Vermittlungsbüros entmutigten Ted nicht, aber es war ein sehr spezielles Arbeitsgebiet, und er wußte, daß es nicht viele Stellen gab. Drei Stellen waren gerade zu haben, erfuhr er, alle weit schlechter dotiert als seine bisherige. Er wußte nicht einmal, wie er über die Runden kommen sollte, falls er eine davon nahm. Er würde mit Verlust arbeiten. Trotzdem bewarb er sich, um sich wieder mit Vorstellungsgesprächen vertraut zu machen. Für jemanden, der eine neue Stelle haben wollte, ehe er seiner Familie und seinen Freunden erzählte, daß er die alte verloren hatte, war die Arbeitssuche ein demoralisierendes Erlebnis. Stunden und Tage vergingen, und es geschah so gut wie nichts, während er in allen möglichen Firmen von einem Angestellten zum andern weitergereicht wurde. Er beantragte Arbeitslosenunterstützung. Er nahm ein Buch mit, damit er immer etwas zu lesen hatte und nicht irgendwo die Wände der Vorzimmer anstarren mußte. In der dritten Woche ohne Arbeit, an einem Freitagnachmittag, an dem er keine Termine mehr hatte, keine Anrufe mehr machen mußte und nichts anderes mehr tun konnte, als auf die Stellenanzeigen am Sonntag zu warten, beschloß er, da er weder lesen noch ins Kino gehen wollte, Etta und Billy auf dem Spielplatz zu besuchen, um irgend etwas zu unternehmen. Seine Lage, das wußte er, war sehr ernst.

Er versuchte, die Gefühle nicht an sich herankommen zu lassen. Er machte bewußt aus der Arbeitssuche eine Ganztagsbeschäftigung. Er stand frühmorgens auf, zog sich wie fürs Büro an, fuhr in die Stadt, benutzte die Bibliothek in der 42. Straße als sein Büro, telefonierte von dort aus, war immer im Gange und las zwischen den einzelnen Terminen. Er kreuzte Stellenangebote an, führte Listen, suchte Stellenvermittlungen auf. Aber dieser Zustand zermürbte ihn. An manchen Tagen hatte er den ganzen Vormittag nichts Sinnvolles vor und konnte erst mittags bei einer Stellenvermittlung vorbeischauen. Trotzdem absolvierte er das übliche Ritual, zog sich an, fuhr mit den Berufstätigen in die Stadt und ging in die Bibliothek, wo seine einzige Tätigkeit darin bestand, die Zeitung zu lesen. Und in der Bibliothek in der 42. Straße durfte man noch nicht Zeitung lesen – am Eingang durchsuchten sie die Aktentaschen. Er mußte die Zeitung also hineinschmuggeln. Er verlegte sein Büro in eine Bibliothek in der Nähe, wo das Zeitunglesen erlaubt war und *Consumer Reports* auslagen. Er konnte die Zeit damit totschlagen, sich über Produkte zu informieren, die er nie brauchen würde.

Beim Arbeitsamt wollte der Sachbearbeiter von ihm wissen, was er tags zuvor unternommen habe, um Arbeit zu finden, wie viele Anrufe, wie viele Vorstellungsgespräche, und wo seine Aufstellung sei, ob man es nachprüfen könne? Er hatte den Tag in der Bibliothek verbracht und zwei Anrufe erledigt.

«Warum sind Sie nicht etwas flexibler, Mr. Kramer? Warum versuchen Sie nicht, Sturmfenster zu verkaufen – irgend etwas?» fragte der Mann.

«Der Markt dafür ist immer begrenzt. Die Winter sind seit langem nicht mehr so kalt wie früher. Die Jahreszeiten sind nicht mehr das, was sie einmal waren.»

«Machen Sie sich lustig, Mr. Kramer?»

«Ich suche Arbeit. Ich brauche das Geld. Haben Sie eine Ahnung, was Cheerios kosten?»

«Darum geht es hier nicht . . .»

«Dreiundfünfzig Cent, und sie bestehen praktisch aus Luft.»

Der Mann genehmigte seinen Antrag, aber nicht ohne Tükke. Er machte einen Vermerk in seiner Kartei. Von nun an wurde Ted überwacht. Jede Woche mußte er stundenlang warten, bis er vorgelassen wurde, um den Nachweis zu erbringen, daß er berechtigt war, das Geld zu empfangen.

Er rechnete sich aus, daß er beinahe 425 Dollar in der Woche brauchte – für Miete, Strom, Heizung, Reinigung, Etta, Cheerios. Er bekam 95 Dollar in der Woche vom Arbeitsamt. Selbst wenn er arbeitete, waren die fixen Kosten wegen der Haushälterin sehr hoch, und wenn der Gehaltsscheck kam, hatte er das Geld dringend nötig. Er hatte es nie geschafft zu sparen. Auf seinem Konto hatte er die imponierende Summe von 1 800 Dollar. In weniger als zwei Monaten würde er blank sein.

Er sagte Etta, daß er arbeitslos sei und eine Stelle suche, was sie mühelos selbst sehen konnte. Sie bot ihm an, er solle ihr erst wieder Gehalt zahlen, wenn er einen Job gefunden habe. Aber er zog es vor, ihr auch weiterhin pünktlich ihr Geld zu geben. Billy hatte er nichts gesagt. Doch den braunen Augen des Jungen entging nichts.

«Daddy, bist zu gefeuert worden?»

«Wie kommst du denn darauf?»

«Du bist jetzt manchmal zu Hause. Und in den *Flintstones* ist Fred auch immer zu Hause gewesen. Weil man ihn gefeuert hatte.»

«Weißt du, was gefeuert bedeutet?»

«Du hast keinen Job.»

«Ich bin aber nicht richtig gefeuert worden. Die Firma, bei der ich gearbeitet hab, ist in eine andere Stadt gezogen, und jetzt suche ich einen neuen Job.»

«Aha.»

«Und ich werde bald einen finden.»

«Kannst du dann morgen mit mir spielen?»

«Es ist besser, wenn ich mich nach einer neuen Stellung umsehe, Billy.»

Er war nun seit sechs Wochen ohne Arbeit. Und er war eine Stufe tiefer gestiegen: er schickte seinen Bewerbungsbogen jetzt an Branchenzeitschriften, deren Namen er in einem Nachschlagwerk fand.

William Kramer war fünf geworden. Sein Geburtstag markierte einen wichtigen Abschnitt – ein volles Jahr war vergangen, seit Joanna sie verlassen hatte. Ted richtete ihm die Party aus. Auf ausdrücklichen Wunsch eine Batman-Torte und sechs besonders gute Freunde. Ted stellte fest, daß ein Miniatur-Batmobil als Geschenk und ein bescheidenes Kinderfest 38 Dollar kosteten.

Er erwog, irgendeine Gelegenheitsarbeit anzunehmen, sei

es als Warenhausverkäufer oder als Werber neuer Telefonkunden. Aber dann würde das Arbeitsamt die Arbeitslosenunterstützung streichen. Es zahlte sich nicht aus, irgend etwas anderes zu machen als seine Arbeit. Das Geld schmolz dahin. Alles war so teuer.

«Du hast deine Stelle verloren. Ahhh!»

Er hatte vorgehabt, seinen Eltern in aller Ruhe mitzuteilen, daß er eine neue Stellung habe, sobald er eine haben würde. Doch als seine Mutter ihn geradeheraus fragte: «Was macht die Arbeit?», wußte er zwar, daß er seinen Frieden haben würde, wenn er antwortete: «Nichts Neues», brachte es aber nicht fertig, sie anzulügen.

«Die Firma hat dichtgemacht, Mutter. Wir sitzen alle auf der Straße. Ich bin auf der Suche. Ich werde schon etwas finden.»

«Er ist gefeuert worden. Gefeuert!»

Sein Vater kam ans Telefon.

«Ted, du bist gefeuert worden? Warum haben sie dich gefeuert?»

«Hör zu, Dad, Fred Flintstone ist gefeuert worden. Mir hat man gekündigt.»

«Wer ist gefeuert worden?»

«Sie haben die Firma verkauft, ohne uns vorher ein Wort davon zu sagen.»

«Und die neuen Besitzer haben dich nicht übernommen? Du mußt irgend etwas Schlimmes gemacht haben, sonst hätten sie dich übernommen.»

«Sie wollten keinen von uns übernehmen. Sie haben die Firma in eine andere Stadt verlegt.»

«Und nun?»

«Ich werde schon was finden.»

«Er ist gefeuert worden. Ahhh!» Seine Mutter rekapitulierte: «Ted, du hast ein kleines Kind zu versorgen und mußt diese Person bezahlen, und die nehmen es ja heutzutage von den Lebendigen. Und du bist allein, du hast keine Frau, die dir helfen kann. Wenn dir nun etwas zustößt, was Gott verhüten möge, was soll dann aus dem Kind werden? Und du hast keine Arbeit! Was willst du bloß machen?»

Sie schien nichts ausgelassen zu haben. Er beendete das Gespräch mit der Versicherung, er habe etwas auf der hohen Kante, während sein Vater rief, vielleicht sei es besser, wenn Ted nach Florida komme und Taxi fahre, so viele alte Leute hätten kein Auto und seien nicht mehr gut zu Fuß, man könne viel Geld damit verdienen. Ted kam sich völlig verkannt vor.

Eine Frau von einer Stellenvermittlung, die seinen Bewerbungsbogen begeistert begrüßt und gesagt hatte, sie werde ihn innerhalb einer Woche unterbringen, hatte seit drei Wochen seine Anrufe nicht erwidert. Es wurde Sommer. Jetzt kündigte kein Mensch mehr, man klebte an seinem Stuhl, um das Urlaubsgeld zu bekommen. Er hatte nur noch 900 Dollar auf der Bank.

«Billy, ich habe dir doch gesagt, daß du mich allein lassen sollst, verdammt! Ich habe doch schon mit dir gespielt! Ich habe eine ganze Stunde nach dem Abendessen mit dir gespielt! Ich kann jetzt nicht mehr mit dir spielen. Geh und nimm dir ein Bilderbuch.»

«Schrei mich doch nicht so an.»

«Quengele nicht.»

«Ich quengele ja gar nicht.»

«Los! Geh in dein Zimmer!»

Er nahm ihn und führte ihn aus dem Schlafzimmer. Dabei drückte er den Arm des Jungen so heftig mit Daumen und Zeigefinger, daß es Male hinterließ.

«Du tust mir weh!» Billy fing an zu weinen.

«Das wollte ich nicht. Aber du sollst nicht quengeln. Spiel jetzt, beschäftige dich. Ich brauche ein bißchen Ruhe.»

Ohne seine Arbeit drohte er sein Selbstbewußtsein zu verlieren. Er fand nicht, daß er auf irgendeinem Gebiet besonders begabt war. Er hatte Jahre gebraucht, um seine kleine Marktnische zu finden. Er verkaufte Werbeideen, er verkaufte Anzeigenraum. Sein Job, seine Anzüge und seine Krawatten, das Notizpapier mit seinem Namen, die Sekretärinnen, die modernen Büros, das Geld, das es ihm erlaubte, alles in Gang zu halten, zu versuchen, Joanna zu vergessen, die Haushälterin zu bezahlen, den Wein zu kaufen – die Arbeit hatte ihn aufrechtgehalten. Ohne Arbeit kam er sich impotent vor.

Und alles war so kompliziert, mit Billy, mit diesem kleinen Menschen, der so darauf angewiesen war, daß er sein Daddy war. Ted war früher schon einmal arbeitslos gewesen, aber noch nie mit diesem Gefühl der Angst. Wenn Ted Kramer nachts aufwachte, dauerte es Stunden, bis er wieder einschlafen konnte.

Er hatte begonnen, sich bei Stellenvermittlungen in Erinnerung zu bringen, die seinen Bewerbungsbogen verlegt, seine Karteikarte fortgesteckt, ihn über dem Strom neuer Leute, die arbeitslos geworden waren, vergessen hatten: «Was sagten Sie, wann soll das gewesen sein, Mr. Kramer?»

Billy wollte helfen und bot einen Trost an, ein gutes Omen aus der Welt des Fernsehens.

«Weißt du noch, daß Fred Flintstone gefeuert wurde?»

«Ja, du hast es mir erzählt.»

«Ich habe eben ferngesehen, und da hat Fred einen neuen Job bekommen. Ist das nicht schön, Daddy? Es bedeutet, daß du auch bald einen neuen Job bekommst.»

Jim O'Connor meldete sich. Er hatte mit seiner Frau eine Europareise gemacht und beschlossen, noch einmal, einen Job lang, in die Welt der Arbeit zurückzukehren, ehe er sich zur Ruhe setzte. Er war zu einer neuen Zeitschrift gegangen, die *Men's Fashion* hieß. O'Connor wollte wissen, ob Ted wieder «drin» oder noch «draußen in der Kälte» war. «Draußen in der Kälte» schien maßlos übertrieben, denn das Thermometer kletterte an diesem Tag auf unbarmherzige 32 Grad, und Ted hatte sich durch die feuchte Mittagshitze zu einem Vorstellungsgespräch bei einer Branchenzeitschrift mit dem Titel *Packaging World* gequält. O'Connor erzählte ihm, am längsten sei er während einer Rezession in den fünfziger Jahren arbeitslos gewesen, ein volles Jahr «draußen in der Kälte» – nicht gerade sehr ermutigend für Ted.

O'Connor konnte nichts versprechen – er war gerade erst dabei, sich zu etablieren –, aber er wollte, daß Ted für ihn arbeitete, wenn er den Chef überreden könnte, eine neue Stelle zu bewilligen, wenn er genügend Geld bewilligt bekäme und wenn Ted mindestens vier Wochen warten könnte und ihm Zeit ließ, alles zu arrangieren.

«Sehr viele Wenns. Reden wir später darüber.»

«Versprechen Sie mir, daß Sie keinen miesen Job annehmen, ehe ich es versucht habe?»

«Ich werde mich bemühen, keinen miesen Job anzunehmen.»

Er hatte nur noch 600 Dollar. Die *Packaging World* war «sehr interessiert», für 1900, vielleicht könnten sie auch auf 2000 gehen – ein Abstieg im Vergleich zu dem, was er vorher verdient hatte. Sie unterzogen ihn einer Prüfung. Er mußte einen «Vertreterbesuch» machen, als ob er bereits für sie arbeitete – der angebliche Kunde, ein aalglatter Typ in den Sechzigern, war in Wirklichkeit der Werbeleiter und Besitzer des Verlags, ein Mann, der die Hand auf dem Geld hatte.

«Sehr schön. Wir geben Ihnen in etwa einer Woche Bescheid.»

«Wir haben noch nicht vom Geld gesprochen», erinnerte Ted.

«Achtzehn-fünf plus Provision.»

«Man hatte mir gesagt neunzehn, vielleicht zwanzig.»

«Wirklich? Da müssen wir uns geirrt haben. Nein. Achtzehn-fünf. Höher können wir nicht gehen.»

«Ein bißchen mager.»

«Nun ja, wir sind hier nicht bei *Life*.»

Eine hübsche Bemerkung, da *Life* eingestellt worden war, während die *Packaging World* noch blühte und gedieh. Er hatte nun also Aussicht auf einen ziemlich miesen Job. Und abgesehen von Jim O'Connors Geste war das alles, was er in der Hand hatte. Wenn er den Job nahm, würde er in ein älteres Haus ziehen müssen, um billiger zu wohnen. Aber allein der Umzug würde ungefähr soviel kosten, wie er in einem Jahr an Miete sparte. Und was das Gehalt betraf, hätte er sich ebensogut als Taxifahrer verdingen können. Nur daß Taxifahrer in New York für seinen Geschmack zu gefährlich lebten. Sie wurden oft überfallen. Es amüsierte ihn, als er sich dabei ertappte, daß er dies als einen der Gründe betrachtete, die ihn bestimmten, in seinem Fach zu bleiben. Mediaberater wurden verhältnismäßig selten in Ausübung ihres Berufs überfallen. Dann dachte er weiter: Und was, wenn ihm tatsächlich einmal so etwas zustieß? Was, wenn er irgendwo zusammengeschlagen oder umgebracht würde? Was würde dann aus Billy werden? Er hatte noch nie daran gedacht, ein Testament zu machen. Was, wenn er plötzlich stürbe? Wer würde den Jungen bekommen? Seine Eltern? Undenkbar. Joannas Eltern? Unmöglich. Ted Kramer beschäftigte sich mit seinem Tod. Und dann beschloß er, mit dem einzigen Menschen zu sprechen, dem er in dieser Hinsicht vertrauen konnte.

«Thelma, wenn ich sterben sollte . . .»

«Sag so etwas nicht.»

«Laß mich ausreden. Wenn irgend etwas Unvorhergesehenes passieren und ich sterben würde, du, würdest du dann Billy nehmen?»

«Ich finde das rührend aber . . .»

«Würdest du es tun?»

«Sprichst du im Ernst?»

«Ja. Und ich weiß auch, daß es nicht leicht ist, auf eine solche Frage zu antworten.»

«Ted . . .»

«Würdest du darüber nachdenken?»

«Ich bin ehrlich überwältigt.»

«Also, wenn du meinst, du könntest ja sagen, dann würde ich es gern in meinem Testament festlegen.»

«Dann tu es. Tu es.»

«Danke, Thelma. Vielen, vielen Dank. Bei dir würde er sich bestimmt wohl fühlen. Du bist eine gute Mutter.»

Von dem Gedanken an seinen Tod besessen, rief er seinen Anwalt an und beauftragte ihn, ein Testament aufzusetzen, in dem Thelma das Sorgerecht für Billy übertragen wurde. Und dann bat er seinen Arzt, bei dem er seit zwei Jahren nicht mehr gewesen war, ihn gründlich zu untersuchen und ihm zu bestätigen, daß er voraussichtlich bis Dienstag nicht sterben würde. Der Arzt erklärte ihm, seiner Meinung nach sei er völlig gesund, und die Laborergebnisse würden in ein paar Tagen vorliegen. Am Sonnabendmorgen kletterte er, durch seinen guten Gesundheitszustand ermutigt, mit Billy auf dem Spielplatz herum. Sie tobten sich in einem temperamentvollen Affenspiel aus, denn dieses Spiel stand bei Billy immer noch hoch im Kurs, und zwischendurch stellte Ted sich vor, wie sein Sohn sich anschickte, durchs Kirchenschiff zu gehen, und ihn bat, vor der Zeremonie noch schnell auf ein Affenspiel zum Spielplatz zu kommen, so lange würde er, Ted, schon noch leben.

Er konnte es sich jetzt nur noch wenige Wochen leisten, daß Etta zu ihnen kam. Zwar hatte sie ihm angeboten, er könne ihr das Gehalt auch später zahlen, aber darauf konnte er nicht eingehen. Es ging einfach nicht, daß die gute Seele sozusagen seine Arbeitslosigkeit subventionierte. Und wenn die Lage sich nicht änderte, würde er – bei dem Gehalt, das er ihr zu zahlen hatte – bald tief in den roten Zahlen stecken. Ein Jahr! O'Connor war einmal ein Jahr lang arbeitslos gewesen! Vielleicht mußte er sich tagsüber selbst um Billy kümmern und versuchen, sich mit Babysitter zu behelfen, wenn er sich irgendwo bewerben oder vorstellen wollte. So wie die Dinge standen, konnte er sicher bald einen Platz für Billy in einem Kindertagesheim oder Lebensmittelgutscheine beantragen.

Sein Bruder Ralph rief aus Chicago an. Wie er zurechtkomme, ob er ein bißchen Bargeld brauchen könne? Aber Ted hätte es als persönliche Niederlage betrachtet, irgend etwas von seinem älteren Bruder anzunehmen. Er brauche kein Geld, sagte er. Ralph sagte, er komme nächste Woche geschäftlich nach New York, und fragte, ob sie sich nicht treffen und zu einem Baseballspiel gehen wollten. Dann gab er seiner Frau Sandy den Hörer, die Ted darauf hinwies, daß sie sich einem Jahr nicht mehr gesehen hatten. Sie und Ralph wollten im Sommer mit ihren Kindern nach Florida, vielleicht könne er, Ted, ja auch kommen, mit Billy. Ted sagte, er würde es sich überlegen. Aber er hätte nicht einmal gewußt, woher er das Geld für die Reise nach Florida hätte nehmen sollen.

Der Küchenschrank war fast leer. Die Lebensmittelrechnungen waren deprimierend. Mit Überlebensinstinkten, wie sie der Schulhof in der Bronx gefördert hatte – Sieger machen weiter, Verlierer steigen aus, man versuchte alles, um zu gewinnen –, machte Ted das, was er für sich den großen Feinschmeckertrick nannte. Mit einer Handvoll Kreditkarten von verschiedenen Kaufhäusern, die Joanna hinterlassen hatte und die noch nicht verfallen waren, da er den Geschäften kein Geld schuldete, zog er los zu einem irren Einkaufsbummel. Er ging in alle Kaufhäuser, die eine Lebensmittel- oder Delikatessenabteilung hatten. Ted Kramer, der es sich nicht leisten konnte, bei einem Schlachter Hackfleisch zu kaufen oder im Supermarkt eine größere Bestellung aufzugeben, wußte, daß er Lebensmittel in einem Kaufhaus kaufen konnte, weil die Rechnung erst nach mehreren Wochen kommen würde; er konnte sie dann ratenweise abbezahlen. Er kaufte Rindsfilet auf Raten, tiefgefrorenes Gemüse, köstliche zarte Erbsen, doppelt so teuer wie die, die er sonst kaufte, Forellen aus Colorado, Lachs aus Washington, lauter teure Dinge, italienische Pasta, schottisches Gebäck . . . «Ma'am, ist dieses Brot tatsächlich aus Paris eingeflogen worden? Fabelhaft. Ich nehme es.» Einen Teil ließ er sich nach Hause liefern, einen Teil nahm er mit, nichts bezahlte er bar. Komplette tiefgefrorene Menüs, Kalbsschnitzel in Marsala, eine Paella, zubereitet von einer Mrs. Worthington. Gott segne Sie für die milde Gabe, Mrs. Worthington. Auch Sachen für den täglichen Bedarf wie frische Eier aus New Jersy oder Erdnußbutter. «Die tiefgefrorene Pizza? Ist sie wirklich gut oder nur tiefgefroren? Sehr schön. Geben Sie mir vier.» Er stopfte den Kühlschrank und die Hängeschränke voll und stapelte Kartons im Wandschrank in der Diele. Wenn alles schiefging, würden sie immer noch ihr Hähnchen alla Cacciatore haben, und im Augenblick brauchte er das alles nicht zu bezahlen; dann und wann eine kleine Überweisung würde reichen, solange man überhaupt etwas überwies. Die Geschäfte wollten nur wissen, daß man noch da war. Er war noch da.

Er traf seinen Bruder Ralph in einer Blarney Stone-Bar in der Third Avenue. Sie wollten einen Abend wie in alten Zeiten verbringen: Bier und Pastrami-Sandwiches an der Theke und dann ins Shea-Stadion, wo die New York Mets gegen die Los Angeles Dodgers spielten. Ralph war groß und kräftig und sah auf seine robuste Art recht gut aus. Er trug einen seidenen Anzug, eine schmale gestreifte Krawatte und Mokassins. Man hätte ihn für einen Fernsehschauspieler halten können, der einen Gangster spielt.

«Du bist dünn geworden, Teddy.»

«Ich mußte auf mein Gewicht achten.»

«He, bringen Sie dem Jungen hier eine Diät-Cola.»

«Schon gut. Ich nehme ein Bier.»

«Wann waren wir eigentlich das letzte Mal in einer Bar?»

«Ist schon lange her.»

Ralph schaute durchs Fenster auf die Beine eines draußen vorbeigehenden Mädchens und starrte dann schweigend auf sein Essen. Kommunikation war noch nie die starke Seite der Familie gewesen. Auch heute abend würde sich da kaum etwas abspielen. Ted hatte das niederschmetternde Gefühl, daß sie schon nach dem ersten Biß in ihr Sandwich einander nichts mehr zu sagen hatten.

«He, Teddy, weißt du noch, damals die Giants und die Dodgers, drei Spiele hintereinander? Freitagsabends auf den Polo Grounds oder draußen auf Ebbets Field?» meinte Ralph, der offenbar das gleiche empfand.

«Das waren noch Zeiten.»

Zum Glück konnten sie sich mit alten Baseballerinnerungen über die Runden retten: Ernie Lombardi und seine 250-Meter-Schläge, Spiele, die sie in ihrer Jugend miterlebt hatten. So gelangten sie zum Stadion, und dort konnten sie sich mit dem Spiel über die Runden retten. In einer der letzten Spielminuten sagte Ralph plötzlich: «Schau dich doch bloß mal um. Was verstehen diese Leute hier schon von Baseball?»

«Und diese schreckliche Hammondorgel.»

«Komm nach Chicago, Ted. Ich kann dir einen Schnapsladen besorgen.»

«Vielen Dank, Ralph, aber das ist nicht mein Job.»

«Ich meine nicht *in* Chicago. In einem schönen Vorort.»

«Ich weiß dein Angebot zu schätzen, Ralph, aber ich möchte nicht. Vielen Dank.»

Sie wendeten sich wieder dem Spiel zu, und danach, in der überfüllten U-Bahn zum Times Square, waren sie von der Last eines weiteren Gesprächs befreit. Auf dem Weg zum Hilton, wo Ralph wohnte, sprachen sie noch einmal über Baseballereignisse in den guten alten Zeiten.

«Wie wär's mit einem Drink?»

«Es ist schon spät. Billy steht morgens sehr früh auf.»

«Geht es ihm gut?»

«Ich glaube schon.»

«Hast du etwas in Aussicht?»

«Ja.»

«Teddy, du mußt Brot kaufen.»

Er hatte sein Brot von Paris einfliegen lassen.

«Ich komme schon zurecht, wirklich.»

«Das ist doch nicht möglich.»

«Doch, es stimmt.»

«Du brauchst nur ein Wort zu sagen.»

«Nein, es ist schon okay, Ralph.»

Geld war Zeit. Er brauchte die Zeit, er brauchte verzweifelt das Geld, und doch brachte er es nicht über sich, darum zu bitten. Es würde ihn innerlich zuviel kosten, seine Not einzugestehen.

«Es war ein schöner Abend, Ralph. Das machen wir mal wieder, wenn du das nächste Mal in New York bist.»

Sie gaben sich die Hand, und plötzlich drückte Ralph seine Hand und wollte sie nicht mehr loslassen.

«Wir sind alle so weit weg voneinander in unserer verdammten Familie. Teddy . . .»

«Du bist doch hier, Ralph. Wir haben einen schönen Abend zusammen gehabt.»

Ralph runzelte die Stirn.

«Teddy! Du *mußt* doch in Geldnot sein . . . .!»

«Ich sage dir doch, Ralph . . .»

Ralph griff in seine Brusttasche und zog sein Scheckbuch heraus. Seine andere Hand drückte Teds Arm.

«Sag nichts, Teddy. Laß mich.»

«Ralph, ich werde es nicht annehmen.»

«Teddy, bitte, laß mich.»

«Nein, Ralph.»

«Ich muß es tun. Laß es mich tun, bitte.» Und er schrieb hastig einen Scheck aus, faltete ihn zusammen und schob ihn Ted in die Jackentasche.

«Du kannst es mir ja zurückgeben, wenn du ein Millionär bist.»

Ralph umarmte seinen Bruder verlegen. «Ist doch nur Geld», sagte er, und dann ging er ins Hotel.

Ted sah sich den Scheck nicht an. Er konnte es nicht, es war ihm unmöglich. Er ging nach Hause, setzte sich an den Eßtisch, und erst jetzt faltete er den Scheck auseinander. Er betrachtete ihn und vergrub den Kopf in den Armen. Es war ein Scheck über 3000 Dollar. Sein Bruder hatte ihm Zeit geschenkt. Morgen früh konnte er bei der *Packaging World* anrufen und sagen, sie sollten sich ihren miesen Job sonstwohin stecken.

Er bekam einen Anruf von *Time-Magazine* und hatte daraufhin mehrere Tage lang Gespräche mit Geschäftsführern des Verlags. Alle schienen sehr angetan zu sein. Es gab nur ein Problem. Ein Mediaberater vom Westküstenbüro des Verlags, der ursprünglich gesagt hatte, er wolle nicht nach New York übersiedeln, wollte es sich nun doch noch einmal überlegen. Und als langjähriger Angestellter hatte er natürlich Vorrang.

Es war zum Verrücktwerden: Ted hatte für ein Kind zu sorgen, und er hatte das Gefühl in dem, was er für seine wichtigste Aufgabe hielt – nämlich das Brot zu verdienen –, zu versagen.

Er ging zu Fuß in die Stadt, den ganzen Weg bis zur Bibliothek und wieder zurück, um nicht einzurosten und um das Geld für die U-Bahn zu sparen. Charlie gab ihm eine Telefonnummer, drängte sie ihm buchstäblich auf. «Das Mädchen sieht toll aus. Phantastische Zähne. Ich mache ihre Kronen.» Ted sagte, er habe kein Geld, kein Interesse, keine Kraft, um mit jemandem von vorn anzufangen.

Jim O'Connor rief an und erging sich in langen Erklärungen: er habe mit dem Präsidenten der Gesellschaft gesprochen, und die Firma wolle keinen neuen Anzeigenvertreter auf Provisionsbasis, man wolle die nicht kalkulierbaren Kosten reduzieren – Ted hielt schließlich den Hörer in die Luft. Ein schnelles Nein kann ich hinnehmen, dachte er, einerlei von wem, es muß nur schnell sein. Ich halte dieses Warten nicht mehr aus!

«Nun ja, Ted, mir blieb gar nichts anders übrig, ich mußte nachgeben. Das hieße also: Seiten verkaufen, plus all die Details, in denen Sie so gut sind – Zusammenarbeit mit der Marktforschung, mit den Textern reden, und dergleichen mehr.»

«Ja.»

«Aber eben keine Provision. Ich weiß nicht, wie Sie es nennen würden. Verkauf und Verwaltung. Assistent des Anzeigenleiters, nehme ich an. Vierundzwanzigtausend für den Anfang.»

«Und wann können Sie das alles festmachen?»

«Es ist alles vereinbart.»

«Und bei wem muß ich mich vorstellen?»

«Bei niemand.»

«Machen Sie keine Witze, Jim!»

«Die Entscheidung liegt bei mir.»

«Jim . . .»

«Sie stehen als erster auf meiner Liste, Ted. Wollen Sie?»

«Ja, ich will.»

«Dann haben Sie den Job. Sie sind eingestellt. Wir sehen uns am Montag um halb zehn, Ted.»

Er legte auf und machte einen Luftsprung. Er stieß Freudenschreie aus und hopste wie ein Football-Fan auf und ab. Billy kam aus seinem Zimmer gesaust, wo er gerade dabei war, eine große Fabrik zu bauen.

«Was ist los, Daddy?»

«Ich habe einen Job, kleiner Mann! Dein Daddy ist nicht mehr draußen in der Kälte!»

«Das ist schön», sagte Billy mit ruhiger Stimme. «Ich hab dir doch gesagt, daß du einen kriegst.»

«Ja, das hast du.» Und er hob Billy hoch und wirbelte ihn durch die Luft. «Dein Daddy sorgt für dich! Jawohl, das tut er. Jetzt kann uns nichts mehr passieren!»

Aber ich möchte so etwas nie wieder durchmachen. Billy, nie wieder, dachte er.

13

Die Zeitschrift *Men's Fashion* lag an den Kiosken aus, ein teuer aufgemachtes Blatt, schick und mit vielen Farbseiten. Die Verlagsgesellschaft gehörte einem Mischkonzern mit Sitz in Südamerika und mit Beteiligungen in der Konfektionsindustrie, und die Verlagsleitung wollte eine Zeitschrift zur Förderung des Umsatzes von Herrenmode machen. Ted arbeitete mit einer Verkaufspräsentation, die er selbst mitentwickelt hatte, und er hatte einen schnellen Start mit mehreren Abschlüssen. Es war schön für ihn, wieder zu sehen, daß er in seiner Arbeit gut war.

Er gab seinem Bruder die 3000 Dollar zurück, zusammen mit einem Geschenk, das er in einem Antiquariat gefunden hatte – *Who's Who in Baseball? 1944*. «Was ist bloß aus den

St. Louis Browns geworden?» schrieb er in seinem Brief. Als er zum Schluß kam, erinnerte er sich an die unverbindlichen Grußformeln, mit denen er sonst seine Briefe an Ralph beendet hatte: «Beste Grüße», «Alles Gute», «Bis bald.» Diesmal konnte er schreiben: «Love, Ted».

Er meldete Billy auf Thelmas Rat hin für ein Tages-Sommerlager an. Kim hatte im vergangenen Sommer daran teilgenommen, dem Sommer, ehe Thelma und Charlie sich hatten scheiden lassen.

«Charlie jammert dieses Jahr dauernd, er hätte kein Geld», sagte sie. «Ich glaube, wenn es nach ihm ginge, müßten wir den ganzen Sommer mit abgeschalteter Klimaanlage in der Wohnung hocken.»

Ted ging eines Tages in seiner Mittagspause zu einer Elternversammlung. Wie sich herausstellte, war es eine Mütterversammlung – er war der einzige Mann im Raum. Er saß mit den Frauen zusammen und lernte die beiden für Billy zuständigen Lagerhelfer kennen, einen Jungen und ein Mädchen, die aufs College gingen und ihm vorkamen, als wären sie höchstens vierzehn. Ted machte sich Notizen – Billy brauchte Namensbändchen, zwei Paar Turnschuhe und Kleidung zum Wechseln. Er spürte, wie die anderen ihn anstarrten. Was denkt ihr – ich wäre ein Witwer? Oder ich wäre arbeitslos und meine Frau verdient das Geld? Ich wette, ihr würdet nie darauf kommen. Als der Lagerleiter einen typischen Lagertag schilderte, wurde Ted nervös. Ein Swimmingpool, war das nicht gefährlich? Den ganzen Tag über – würde Billy nicht einsam sein und Heimweh haben? Sein Billy sollte mit einem Bus hinausfahren aus der Stadt und von Fremden an einen Ort gebracht werden, wohin man kaum mit dem Taxi fahren konnte? Und im Herbst würde Billy zur Schule kommen, richtig auf die Schule, mit allem Drum und Dran. Sein kleiner Wilder würde institutionalisiert werden, angepaßt, eines der vielen kleinen runden Gesichter in der Schlange vor der Milchausgabe. Erst das Lager, dann die Schule. Ted stand Trennungsängste aus.

Als es soweit war, wartete er jeden Morgen mit Etta auf

den Lagerbus, aber Billy war es bereits peinlich, sich vor all den anderen Kindern mit einem Kuß von seinem Vater zu verabschieden. Und Händeschütteln kam Ted zu erwachsen vor – dazu war er noch nicht bereit. Er schloß einen Kompromiß und klopfte Billy auf die Schulter.

Die Außenwelt machte sich bemerkbar, Kinder stellten Fragen, und Billy war da keine Ausnahme.

«Daddy, wo ist Mommy?»

«Deine Mommy ist in Kalifornien.»

«Ist sie wiederverheiratet?»

«Wiederverheiratet? Soweit ich weiß, ist sie nicht wiederverheiratet. Woher hast du dieses Wort?»

«Von Carla im Lager. Ihre Eltern sind geschieden, und ihre Mommy ist wiederverheiratet.»

«Ja, das kommt vor. Manche Leute heiraten wieder, wenn sie geschieden sind.»

«Wirst du wiederheiraten?»

«Das weiß ich nicht.»

«Wirst du Phyllis wiederheiraten?»

Phyllis? Die Anwältin. Er hatte sie fast vergessen.

«Nein, Billy.»

«Daddy?»

«Ja, Billy?»

«Wirst du Mommy wiederheiraten?»

«Nein, Billy. Daddy und Mommy werden nicht wieder heiraten.»

Jim O'Connor sagte zu Ted, er solle sich zwei Wochen Urlaub nehmen, und er erwarte von ihm, daß er verreise.

«Vielleicht.»

«Ted, Sie haben gearbeitet wie ein Verrückter. Gibt es denn niemanden in Ihrem Leben, der Ihnen sagt, daß Sie völlig abgetakelt sind?»

Fire Island kam nicht in Frage, er hatte keine Lust, Zeuge von Nervenzusammenbrüchen zu werden. Er sah sich Urlaubsprospekte an, Pauschalreisen, Unterbringung in Doppelzimmern. Doppelzimmer – er und sein Schatten. Wenn sie verreisten, würde Billy immer in Sichtweite sein. Es sei denn er versuchte, ein Zimmermädchen als Babysitterin zu engagieren, damit er an der Bar jemanden aufgabeln könnte. Nicht gerade das, was man sich unter Luxusferien vorstellte. Er war erschöpft. Die Wochen der Arbeitslosigkeit hatten ihn ausgelaugt, danach hatte er hart gearbeitet, und das intensive Zusammensein mit Billy, der in den Ferien ständig etwas von seinem Vater erwarten würde, schloß im Grunde Ruhe und Erholung von vornherein aus. Schließlich entschied er sich, zwei Wochen im August zu nehmen und in der ersten Woche zu Ralph und seinen Eltern nach Florida zu fahren – ein Familientreffen war ohnehin seit langem fällig – und die zweite Woche in New York zu verbringen. Er würde, da Billy ja im Lager war, tagsüber allein sein und sich ausruhen können, würde dösen, ins Kino gehen, zu Hause bleiben, im Bett Eis mit Schokosplittern essen und sich am hellichten Tag Filme im Fernsehen ansehen und einfach relaxen.

Auf dem Weg zum Flugplatz gab er die große Neuigkeit bekannt, die er mit seiner Schwägerin vereinbart hatte.

«Billy, wenn wir in Florida sind, fahren wir auch nach Disneyworld.»

Die Augen des Jungen wurden groß. Er hatte die Werbespots von Disneyworld im Fernsehen gesehen.

«Ja, William Kramer. Da kannst du Micky-Maus persönlich kennenlernen.»

In Florida wurden sie von Ralph und Sandy und Dora und Harold am Flugplatz abgeholt. Seine Eltern überschütteten Billy mit Küssen und Schokolade und Bonbons – eine Begrüßung, die bei den anderen Großeltern des Jungen einen Schlaganfall ausgelöst hätten. Den Mund voller Süßigkeiten, fand er Fort Lauderdale «toll». Sie wollten in einem Motel in der Nähe schlafen und sich tagsüber im Familienkreis bei Dora und Harold am Swimmingpool aufhalten. Also brachten sie das Gepäck ins Motel und fuhren dann gleich weiter. Sandy, die in Chicago als Revuegirl gearbeitet hatte, war eine hochgewachsene, langbeinige Schönheit. Ihr Erscheinen brachte die meisten der älteren Herren am Pool jedesmal in die Nähe eines Herzanfalls. Holly, ihre sechzehnjährige Tochter, ebenfalls groß und hübsch, spielte den frühreifen jugendlichen Vamp stilisiert. Der junge Rettungsschwimmer war rettungslos in sie verliebt und hatte nur Augen für sie – man hätte vor ihm ertrinken können. Ihr anderes Kind, der fünfzehnjährige Gerald, ein kräftiger, hoch aufgeschossener Junge, ließ sich dauernd mit Getöse ins Wasser plumpsen. Die beiden erwiderten Teds Gruß mit einem teenagerhaften «Oh, hi.»

«Billy ist ja ein wunderhübscher Junge geworden», sagte Sandy. «Aber du siehst ziemlich abgewrackt aus.»

«Warte nur, bis meine Mutter für mich gekocht hat. Dann werde ich noch schlimmer aussehen.»

«Kochen? Ich werde nicht kochen», sagte Dora, die alles mitbekam, obwohl sie sich gerade mit Freunden am Pool unterhielt, über ihre Schulter hinweg. «Ich kann doch nicht für ein ganzes Regiment kochen.»

«Wir gehen alle auf Ralphs Rechnung essen», verkündete Harold.

«Ralph, ich möchte nicht, daß du meinen Aufenthalt hier finanzierst», sagte Ted.

«Keine Sorge. Ich kann das meiste davon absetzen.»

«Wie willst du das denn machen?»

«Nichts leichter als das. Paß nur auf.»

Ralph wandte sich einem von Doras und Harolds Freunden zu. Es war ein spindeldürrer alter Herr über achtzig, der sich auf einer Liege sonnte.

«Mr. Schlosser, ich wollte Sie schon lange etwas fragen. Hätten Sie nicht vielleicht Lust, einen Getränke-Hauslieferungsdienst in Chicago zu übernehmen?»

«Wollen Sie mich auf den Arm nehmen? Ich habe nicht einmal Lust, zu Fuß zum nächsten Supermarkt zu gehen.»

«Vielen Dank. Hast du gesehen, Ted? Das kommt alles in meinen Terminkalender. ‹Arbeitsgespräch über Getränkevertrieb mit Mr. S. Schlosser in Florida.› Ich habe eine Geschäftsreise hierher gemacht.»

«Unsere Familie hat irgendwie Sinn für Humor.» Er zeigte auf seine Eltern. «Nicht immer bewußt, aber er ist da.»

«Das ist mein Sohn Ralph, ein großer Spirituosenmanager», sagte Dora eine Weile darauf. «Und das ist mein Sohn Ted, er verkauft Herrenbekleidung.»

Billy spielte mit einem kleinen Boot am Planschbecken, doch als einige Kinder in den Pool sprangen und spritzten, flüchtete er sich sofort zu Ted.

«Wir sind eben unzertrennlich», sagte Ted halb stolz, halb verdrossen zu Sandy.

Er hatte Billys Kindergärtnerin um ein Gespräch gebeten, als Billys Kindergartenzeit zu Ende ging, und sie hatte gesagt, ihrer Meinung nach habe er die Zeit gut bewältigt. «Er scheint ein völlig normales Kind zu sein.» Er stürzte sich auf das «scheint zu sein». «Hat er irgendwelche Probleme, die Sie sehen können?» – «Nein», antwortete sie. «Ist er vielleicht zu ängstlich?» – «Jedes Kind ist anders. Manche Eltern finden ihre Kinder zu aggressiv.» Und nun saß Billy auf seinem Schoß – bestimmt nicht zu aggressiv. Ihm wurde klar, daß er ihn vielleicht wirklich zu sehr behütete, aber das war unvermeidlich, der Junge hatte nur ihn.

Er schlief in dieser Nacht keine drei Stunden: Billy schnarchte, die Klimaanlage klapperte. Am nächsten Morgen um elf entdeckte Billy, daß er sich auch in den Pool plumpsen lassen konnte, vorausgesetzt, daß Ted ihn jedesmal herauszog, bevor er unterging. Als er das eine halbe Stunde gemacht hatte, war Ted so erledigt, daß seine Hände zitterten. Dann fanden zwischen Billy und den anderen Kindern mehrere Spielzeug-Scharmützel statt. Ein Junge jagte ihm das kleine Boot ab. Ted intervenierte mit Sandkastendiplomatie. Er konnte es nicht mitansehen, wie Billy über den Verlust weinte.

«Wenn es dir gehört, mußt du darum kämpfen!» rief er ihm zu.

«Du hast kein Recht, mich so anzuschreien», protestierte Billy unter Tränen.

Nachdem er in New York über Anzeigenseiten verhandelt hatte, mußte er nun über Spielzeugboote verhandeln – ohne großen Erfolg. Sandy, die zugeschaut hatte, bat Holly, mit Billy zu den Schaukeln zu gehen.

«Ich habe zehn Minuten für dich herausgeschunden.»

«Danke, Sandy.»

«Hör zu, Ted, was ich da sehe, gefällt mir nicht. Ich habe mit Ralph gesprochen – und ich finde, du solltest ein paar Tage abschalten. Der Kleine auch. Manchmal bekommt eine kleine Trennung *beiden* gut. Eltern *und* Kindern.»

«Du bist völlig abgespannt», sagte Ralph.

«Wir haben uns folgendes überlegt – und bitte keine Widerworte. Wir fahren zusammen nach Disneyworld und nehmen Billy mit. Und du machst inzwischen, was du willst. Bleib hier, fahr nach Miami, geh in ein Hotel. Er ist bei uns gut aufgehoben. Es wird euch beiden guttun.»

«Ich weiß nicht recht. Laß mich darüber nachdenken.»

Unfreiwillige Erektionen am Swimmingpool, die ihm lästig und peinlich waren, beschleunigten die Entscheidung.

Als Billy erfuhr, daß er mit den anderen nach Disneyworld fahren sollte, und daß sein Vater ein paar Tage allein sein wollte, machte er ein Gesicht, als hätte man ihn hereingelegt.

«Es sollten doch unsere Ferien sein.»

«Ich möchte nicht dorthin.»

«Du willst nicht nach Disneyworld?»

Es war ein abgekartetes Spiel. Die Familie stieg in den Kombi, den Ralph für die Fahrt nach Norden gemietet hatte, und Dora versuchte, Billy mit einer großen Tüte brauner und roter Lakritzen zu trösten. «Keine Angst! Er ist bei uns gut aufgehoben», rief sie Ted zu. «Amüsier dich.» Billy winkte ein klägliches Lebewohl aus dem Fenster, und Vater und Sohn waren zum erstenmal voneinander getrennt.

Sie wollten drei Tage in Disneyworld verbringen. Ted konnte sie bei der Rückkehr in Fort Lauderdale erwarten oder auch den Rest der Woche noch fortbleiben, Sandy wollte in Fort Lauderdale bleiben. Er konnte auch noch die ganze nächste Woche fortbleiben; allerdings würde Billy dann in der ausschließlichen Obhut seiner Eltern sein, und Ted hatte etwas dagegen, ihn so lange in Lakritzenland zu lassen. Als

Ted sich bei einer der Spielzeugschlachten am Swimmingpool um eine Schlichtung des Konflikts bemühte, hatte Harold herübergerufen: «Sag ihm, er soll ihn einfach kräftig in den Bauch boxen. Dann hat er gewonnen. Du mußt dem Jungen beibringen, den anderen in den Bauch zu boxen.» Aber er war frei. Er wußte kaum noch, wie lange es her war, seit er zum letztenmal soviel Freiheit gehabt hatte. Es stand ihm frei, eine Erektion zu haben, bis zehn Uhr zu schlafen. Es stand ihm frei, ein Techtelmechtel mit der Witwe Gratz anzufangen, einer noch jugendlich wirkenden Dame, vielleicht noch nicht einmal fünfzig, schätzte er. Sie war die hübscheste Benutzerin des Swimmingpools, schlank und noch recht reizvoll, wenn man über die Kunsthaare auf ihrem Kopf hinwegsah. Er hatte sich dabei ertappt, wie er sie begehrlich musterte. Aber ein Zwischenspiel mit ihr? Wenn seinen Eltern das zu Ohren kam, würden sie ihn abschreiben – «*Was* hast du gemacht?» Trotzdem, es stand ihm frei, auch solche Gedanken zu haben.

Er beschloß, nicht länger im Gebiet von Fort Lauderdale und Miami zu bleiben. In New York hatte er eine Anzeigenserie für ein neues Ferienhotel an der Westküste von Florida gesehen, The Shells, eine Anlage nach dem Vorbild des Club Méditerranée, die Benutzung aller Einrichtungen war im Preis einbegriffen. Das Hotel sah verlockend aus, es lag in der Nähe von Sarasota, nur einen kurzen Flug entfernt. Die Witwe Gratz würde er dann Mr. Schlosser überlassen. Er rief in dem Hotel an und bestellte ein Zimmer bis Sonntagmorgen. Die nächste Maschine ging am frühen Abend. Er verließ Fort Lauderdale sehr viel unbeschwerter, als er gekommen war.

The Shells war eine moderne Anlage am Strand, direkt über dem Meer ein langer Trakt mit Zimmern, im Motelstil, eine windgeschützte Terrasse zum Essen, eine Bar, ein Swimmingpool. Er wurde in den Speisesaal geführt, wo ein Buffet aufgebaut war, und sah sofort, daß The Shells brandneu und zu zwei Dritteln leer war. Die Leute, die im Speisesaal saßen, schienen hier zu einem Pilotenkongreß versammelt, so adrett wirkten sie alle. Er setzte sich an einen Tisch, an dem fünf gesund aussehende Männer und drei gesund aussehende Frauen saßen.

Er erfuhr, daß die Fluggesellschaft Delta Airlines und Eastern Airlines das Hotel für ihre lokalen Angestellten unter Vertrag genommen hatten, und daß die Männer an seinem Tisch, die wie Piloten aussahen, tatsächlich Piloten waren. Da er an einem Dienstag gekommen war, paßte er irgendwie nicht in den «Flugplan» – es schien mehrere Verhältnisse an dem Tisch zu geben. Die Diskothek machte um halb elf auf. Er wußte nicht, ob er so lange wach bleiben konnte. Er bestellte sich einen Drink in der Bar und bemerkte noch eine weitere geschlossene Bevölkerungsgruppe unter den Gästen, New Yorker, ungefähr ein Dutzend, kleiner, gedrungener, nervöser als die Luftfahrtleute, die schutzsuchend beieinandersaßen. Er wollte nichts von New York hören. Da in der Diskothek nur wenig Leute aufkreuzten, meist Paare, ging er wieder in sein Zimmer und richtete sich darauf ein, bis zum nächsten Mittag zu schlafen. Seine innere Uhr, durch fünf Jahre Billy eingestellt, weckte ihn um Viertel nach sieben.

Er frühstückte im leeren Speisesaal und ging dann zum Strand hinunter, der in der Morgensonne leuchtete. Billy war, gut aufgehoben, in Disneyworld. Niemand zupfte ihn an der Hand. Niemand stellte Forderungen. Er war für niemanden verantwortlich, außer für sich selbst. Er lief ins Wasser, schwamm eine Weile, mit sich und der Welt zufrieden, im Meer, und als er herauskam, blieb er auf dem Sand stehen, und gab, von dem Gefühl der Freiheit überwältigt, ein lautes Johnny-Weissmüller-«Aaah» von sich, das einen Schwarm kleiner Vögel in den Bäumen hinter ihm so sehr erschreckte, daß sie in Richtung Miami davonstoben – sie hatten noch nie einen Tarzanfilm gesehen.

Während seines Aufenthalts erwähnte er Billy mit keinem Wort. Ein paarmal, wenn ein Gespräch persönlicher wurde, sagte er, er sei geschieden. Er wollte nicht, daß irgend jemand mehr erfuhr – keine komplizierten Diskussionen, keine Erklärungen, kein Billy. Äußerlich funktionierte das. Aber im Geist war Billy ständig da. Er hatte mehrmals den Wunsch anzurufen, sich zu erkundigen, ob es ihm gut ging, mit ihm zu sprechen. Er widerstand jedoch. Er hatte die Nummer des Hotels hinterlassen. Man konnte ihn jederzeit erreichen, wenn irgend etwas passierte.

Einige Piloten organisierten Volleyball-Spiele am Strand, und Ted, auf Fire Island geschult, verschaffte sich sofort Respekt. Für Bill und Rod und Don war er «Teddy-Boy»; für Mary Jo und Betty Anne und Dorrie Lee war er «Ted, Honey». Die Tage vergingen wie im Flug. Er schwamm, spielte Volleyball, schwamm, spielte Volleyball, aß, schwamm. Die Nächte liefen auf Dorrie Lee hinaus, eine niedliche Vierundzwanzigjährige aus Jacksonville, die in nördlicher Richtung nie weiter als bis Washington gekommen war und auf der Linie Atlanta–Miami als Stewardess arbeitete. Sie liebten sich in seinem Zimmer, und danach ging sie in ihr Zimmer, um dort zu schlafen, denn sie teilte ihr Zimmer mit Mary Anne und wollte nicht ins Gerede kommen. Später hatte er Mühe, sich daran zu erinnern, worüber sie gesprochen hatten außer über das Wetter, über Volleyball und über das gute Essen im Hotel. Jedenfalls sprachen sie kaum über ihre Arbeit, und Ted sagte ihr nichts von Billy. Am Sonnabendmorgen, als sie abreiste, da sie wieder arbeiten mußte, dankte sie ihm: durch ihn seien es wunderschöne Ferien gewesen. Er dankte ihr für das gleiche. Sie tauschten ihre Telefonnummern aus und versprachen einander anzurufen, falls er wieder einmal in den Süden oder sie nach New York kam. Und so beendeten sie eine nahezu perfekte Ferienbekanntschaft mit begrenztem Engagement, subtropisch und subromantisch.

Am Sonntag flog er nach Fort Lauderdale zurück, nahm sich ein Taxe, stieg aus und ging gleich zum Swimmingpool. Sandy sah ihn als erste und winkte. Billy kam hinter einem Liegestuhl hervor und rannte ihm entgegen. Er rannte so schnell er konnte, mit seinen hopsenden, ungeschickten Schritten. «Daddy! Daddy!» rief er immer wieder, während er über den langen Plattenweg lief, und dann sprang er seinem

Vater in die Arme. Während Billy ihm aufgeregt erzählte, wie er Micky-Maus die Hand gegeben hatte, trug Ted ihn auf den Armen zurück zu den anderen und wußte plötzlich, wie sehr er ihn trotz seines Bedürfnisses, einmal allein zu sein, vermißt hatte.

14

In einer Klasse von 32 Kindern war er nun nicht mehr der einzige Billy in seiner unmittelbaren Welt, was Billy R. ebenfalls begreifen mußte, genau wie auch die beiden Samanthas. Am ersten Tag brachte Ted den Jungen zur Schule. Der Eingang war von puffenden und knuffenden, springenden und stoßenden Kindern verstopft. Die Eltern mit ihrem «Na, na, jetzt ist's aber genug», das meist ignoriert wurde, waren Außenseiter. Billy war zaghaft, und Ted brachte ihn die Treppe hinauf zur ersten Klasse in Zimmer 101 – hatte es nicht schon einmal in seinem Leben ein Zimmer 101 gegeben? Ted blieb einige Minuten und ging dann: «Mrs. Willewska wird dich abholen. Bis nachher, mein großer Junge.» Abgesehen von dem Gedanken an die Trennung und an den schnellen Lauf der Zeit hatte Ted das Gefühl, etwas geschafft zu haben – bis hierher hatte er Billy erst einmal gebracht. Er sah genauso aus wie die anderen Kinder. Man konnte keinen Unterschied sehen.

Thelma gab Ted schlechte Zensuren in diesem Herbst.

«Du kapselst dich ab. Du kommst kaum noch mit Menschen zusammen. Du gehst nicht mehr aus.»

«Ich habe sechs Telefonnummern, eine Freundin, die ich jederzeit sehen kann, wenn ich in Atlanta oder Miami bin, und ernste Absichten auf eine der Mütter aus Billys Klasse, die aussieht wie Audrey Hepburn in *Ein Herz und eine Krone* und keinen Ehering trägt.»

«Du brauchst den ständigen Umgang mit Menschen. Das ist gut für . . .»

«Wofür, Thelma?»

«Ich weiß nicht. Meine Mutter sagte das immer. Ich nehme an, es ist gut für den Kreislauf.»

Eines Morgens sprach er die Mutter von Samantha G. an und fragte, ob sie Zeit für eine Tasse Kaffee habe. Sie gingen in ein Café in der Nähe, wo sie zunächst über Kinder sprachen, und dann teilte sie ihm mit, sie sei geschieden, habe aber einen Freund; vielleicht könnten ja ihre Haushälterinnen die Kinder verkuppeln. Seine Audrey Hepburn hatte seine Einladung zum Kaffee also angenommen, um ihrer Tochter Einladungen zu Kakao und Limonade zu verschaffen. Er verstand. Auch die Kinder brauchten den Umgang mit Menschen.

Er ließ sich in den Elternrat der Schule wählen, er wollte ein engagierter Vater sein, und er trat dem Kommunikationsausschuß bei, was nicht mehr zur Folge hatte, als daß er einen Graphiker in seiner Firma bat, einen Handzettel für die «Woche der offenen Tür» zu entwerfen, die der Ausschuß organisierte. Bei einer Elternversammlung saß Ted Kramer unter einem Holzschnitt mit dem Titel «Unsere Freunde, die Jahreszeiten». Billys Lehrerin, eine gewisse Mrs. Pierce, eine hübsche junge Frau, trug ein indisches Kleid. Sie löste bei Ted Phantasien über seine ehemalige Mrs. Garrett bis hin zu einer ehemaligen Mrs. Bienstock aus, und er hatte das lebhafte Verlangen, Mrs. Pierce zu nehmen und im Garderobenraum beim Geruch der Dampfheizung und der nassen Gummischuhe zu betatschen.

In Teds Firma wurden Gerüchte laut, daß die Konzernleitung mit den Gewinnen auf dem amerikanischen Zeitschriftenmarkt nicht zufrieden sei. Der Vorsitzende des Aufsichtsrats sollte zu jemandem gesagt haben, das Magazin könne noch in diesem Monat eingestellt werden. Ted war außer sich vor Zorn. Vielleicht würde er nun abermals seine Stelle verlieren. Es machte ihn krank, wie wenig Einfluß er auf ein so grundlegendes Problem wie seinen Lebensunterhalt hatte. Er hatte hart und gut gearbeitet, und nun würde er womöglich bald wieder auf der Straße sitzen, in der gleichen verzweifelten Situation wie damals.

Jim O'Connor rief den Vorsitzenden des Aufsichtsrates in Caracas an. Am nächsten Morgen kam ein Fernschreiben zum internen und externen Gebrauch, in dem ausdrücklich erklärt wurde, es gebe keinerlei Pläne, die Zeitschrift einzustellen. Die Anzeigenkunden hatten jedoch Wind von den Gerüchten und wurden vorsichtig. Einige disponierten um oder stornierten ihre Aufträge. Gestützt auf die Versicherungen der Managements, man sei entschlossen weiterzumachen, versuchten Ted und O'Connor, das Vertrauen der Kunden wiederherzustellen. Mit äußerster Anstrengung versuchte Ted, das Blatt und seinen Job zu retten. Während O'Connor seine Beziehungen spielen ließ, machte Ted so viele Besuche, wie er konnte, machte einen Entwurf für eine neue Verkaufspräsentation, sorgte dafür, daß eine Marktanalyse beschleunigt abgeschlossen wurde, nach deren Ergebnissen er eine weitere Verkaufspräsentation entwarf, und ließ sich sogar eine Freilicht-Herrenmodenschau in der Madison Avenue einfallen, um zu demonstrieren, daß sie noch mitmischten. Drei Wochen lang arbeitete er Tag und Nacht, und endlich verstummte das Gerede, und neue Aufträge kamen herein. Ted hatte geholfen, eine Krise abzuwenden. Die Firma existierte noch, und er würde bis auf weiteres seinen Job haben. Was er nicht hatte, war ein klarer Ausweg aus dem Überlebensproblem, soweit es das Geld betraf. Es war nach wie vor denkbar, daß er noch einmal arbeitslos wurde, und er hatte erst wieder 1 200 Dollar gespart. In einem Artikel in der *New York Times* wurde geschätzt, daß es in New York 85 000 Dollar kostete, ein Kind großzuziehen, bis es das Alter von 18 Jahren erreicht hatte. Und dabei waren noch nicht einmal die Kosten für eine Haushälterin berücksichtigt.

Seinem Freund Larry ging es inzwischen glänzend. Er und Ellen kauften ein Haus auf Fire Island.

«Wie machst du das bloß, Larry?»

«Nun, die Firma boomt. Und vergiß nicht, wir haben zwei Einkommen.»

Zwei Einkommen, die magische Zahl. Er ging neuerdings mit einer Frau, die recht gut verdiente, eine Designerin in einem Studio für angewandte Graphik. Vivian Fraser war eine attraktive Frau von 31, selbstsicher, gescheit, kultiviert, mit einem Einkommen schätzungsweise 20000 im Jahr. Bei all der Sorgfalt, die sie auf ihr Äußeres wandte, wäre sie wahrscheinlich entsetzt gewesen, wenn sie gewußt hätte, daß mindestens ein Mann fand, sie sehe *solvent* aus.

Er ließ sich auch ohne ihr Wissen an dem Rennen «Was für eine Mommy sie wohl abgäbe» teilnehmen. Der Gedanke, ein Dritter könnte sowohl emotionale Stabilität als auch finanzielle Sicherheit ins Haus bringen, faszinierte ihn. Aber jede, die er nach Haus mitnahm, würde schließlich in seinem Schlafzimmer landen, und alles, von Durst auf Apfelsaft bis hin zu bösen Träumen, konnte den kleinen Hausdetektiv mit seinen «Leuten» ins Zimmer bringen, und Ted konnte nie sicher sein, ob seine Leute auch mit Billys «Leuten» auskommen würden, und er wußte nicht einmal, wie er solche Überlegungen vermeiden konnte.

Als Billy und Vivian sich eines Abends kurz kennengelernt hatten, fragte er Billy: «Hat Vivian dir gefallen?» Er war sich natürlich darüber im klaren, daß diese Frage wenig Sinn hatte, da er im Grunde doch nur hören wollte: «O ja, eine sehr nette Frau. Ich glaube, ich würde mich sofort mit ihr verstehen, und wie du weißt, könnte eine angewandte Künstlerin sehr gut zu unserem Einkommen beitragen, ganz abgesehen von ihrem emotionalen Einfluß.»

«Hm-hm», machte der Junge.

Larry und Ellen luden Ted und Billy ein, das neue Haus auf Fire Island zu besichtigen und ein Wochenende bei ihnen zu verbringen. Außer ihnen war noch ein anderes Paar mit einer zehnjährigen Tochter eingeladen. Die Kinder spielten am Strand, die Erwachsenen tranken Champagner. Ted war sehr gelöst, abgesehen von seinen heimlichen Wünschen. Wie gern hätte er diesen Luxus gehabt, ein Haus am Meer – und das

Auto, um am Wochenende hinauszukommen, und all den anderen Luxus, den er und Billy nie haben würden ... 85000 Dollar bis zum Alter von 18 Jahren, und das Kind hatte nur ihn als Ernährer. Und wenn nun plötzlich eine gute Fee aus einem von Billys Märchen auf der Terrasse des Hauses am Meer stünde, dachte er, eine Fee in einem Pulli mit Kapuze, und ihn fragte: «Welchen Wunsch kann ich dir gewähren?» Er würde sagen: «Ich möchte ein halbes Jahr weiter sein als jetzt.»

Das Wetter in der Stadt wurde ungemütlich. Man konnte nicht mehr das ganze Wochenende draußen sein, und die Eltern der Stadtkinder mußten auf ihre Phantasie und auf die Museen zurückgreifen. Ted nahm es auf sich, drei Freunde von Billy – zwei Klassenkameraden und Kim – zum Mittagessen und zum gemeinsamen Spielen einzuladen. Der Junge würde Gesellschaft haben, und die Eltern der Kinder würden sich gelegentlich revanchieren. Er spielte den Schiedsrichter bei einigen Auseinandersetzungen, blieb aber sonst meist in seinem Schlafzimmer und las. Immer wieder unterdrückte er das Verlangen, aufzustehen und nachzuschauen, ob Billy sich von den anderen unterbuttern ließ. Sie schienen alle sehr vergnügt zu sein. Sich selbst überlassen, einigten sie sich darauf, Verkleiden, Verstecken und immer wieder Menschenfresser zu spielen. Ted hörte Kau- und Schmatzgeräusche – ein friedliches Kauen, nahm er an. Ein paar Stunden lang hatte er so einen Kindergarten im Haus. Als die Mütter kamen, um ihre 85000-Dollar-Investitionen abzuholen, lieferte er sie unversehrt ab und war mit seiner Leistung als Moderator zufrieden.

«Wir zeigen nun den phantastischen Superjet», verkündete Billy in seinem Zimmer, «mit dem Geheimnis seiner phantastischen Geschwindigkeit!»

Vorher hatte Ted gehört, wie die Kinder über die Konstruktion eines von Billys Flugzeugen diskutierten, und sie hatten das Modell offenbar zu Demonstrationszwecken auseinandergenommen.

«Hier ist er!» Billy kam mit dem Flugzeug in der Hand aus seinem Zimmer gelaufen, ein schwirrendes Geräusch von sich gebend und den Flugzeugtorso hochhaltend. Als er die Tür erreichte, stolperte er über die Schwelle und fiel vornüber. Ted stand wenige Meter von ihm entfernt im Flur und sah ihn auf sich zusausen. Es war wie in einer Filmsequenz, die er nicht aufhalten konnte – der nach vorn fallende Körper, der Sturz, der Aufprall, mit dem Ellbogen zuerst, die Hand mit dem Metallstück, der Schrei, «Daddy!», das Metall, das wie ein Rasiermesser war. Es fuhr dem Jungen über dem Wangenknochen in die Haut und schlitzte ihm das Gesicht bis zum Haaransatz auf. Das Blut lief ihm in die Augen und über das Gesicht. Ted war einen Augenblick wie erstarrt. Er sah es, aber es konnte nicht wahr sein. «Daddy, ich blute!» schrie der Junge, und Ted war über ihm, hob ihn auf, trug ihn, griff nach Handtüchern. «Schon gut, mein Kleiner, schon gut.» Er kämpfte gegen das Gefühl an, er würde gleich ohnmächtig werden, wiegte ihn. Eiswürfel, er brauchte Eiswürfel, sie sind gut gegen Wunden. Er streichelte seinen Kopf, küßte ihn, tupfte das Blut mit Eis und Handtüchern ab. Sein ganzes Hemd war blutig, bloß nicht ohnmächtig werden, ich glaube, mir wird gleich übel. Er musterte das Gesicht, versuchte die Größe der Wunde zu erkennen. «Es hört schon auf, Billy. Gleich ist alles wieder in Ordnung.» Er lief auf die Straße und hielt das nächste Taxi an, streichelte auf der Fahrt zum Krankenhaus den schluchzenden Jungen, den er in seinen Armen wiegte.

Auf der Erste-Hilfe-Station waren sie eigentlich nach einem Teenager mit einem gebrochenen Arm und einer alten Frau, die gefallen war, an der Reihe, aber Billy würde als nächster drankommen, teilte ein Krankenpfleger Ted mit, «weil er einen Chirurgen braucht». Einen Chirurgen? Es hatte so schnell aufgehört zu bluten, vielleicht war es ja doch gar nicht so schlimm. Er hatte Billy in das Krankenhaus gebracht, in dem sein Kinderarzt Belegbetten hatte, und er bat den Pfleger, oben anzurufen und sich zu erkundigen, ob der Kinderarzt im Haus sei. Billy hatte aufgehört zu weinen und verfolgte alle Bewegungen der Leute ringsum, voller Angst, was als nächstes passieren würde.

Zehn Stiche waren nötig, um die Wunde zu schließen, eine Linie vom oberen Teil der Wange bis zu den Haaren, fast genau parallel zu den Koteletten. Der Chirurg legte einen Kopfverband an und sagte zu Billy: «Lauf jetzt nicht mit dem Kopf gegen irgendwelche Wände, kleiner Mann. Und nicht duschen, verstanden?»

«Okay», sagte Billy mit verängstigter, leiser Stimme. Der Kinderarzt war zufällig im Haus gewesen und kam jetzt herunter. Er schenkte Billy einen Lolly, weil er so tapfer gewesen war, und bat Ted, ihn kurz aus dem Zimmer zu schicken.

«Sie haben Glück gehabt. Unser bester Mann hatte Bereitschaftsdienst», sagte der Kinderarzt.

«Glauben Sie, daß eine große Narbe bleiben wird?» fragte Ted beinahe flüsternd.

«Bei jeder Hautverletzung kann es eine Narbe geben», sagte der Chirurg.

«Aha.»

«Ich habe mein Möglichstes getan, aber eine Narbe wird trotzdem bleiben.»

«Betrachten Sie es einmal anders, Mr. Kramer», sagte der Kinderarzt. «Es hätte sehr viel schlimmer kommen können. Zwei Zentimeter weiter, und der Junge hätte ein Auge verloren.»

Billy knabberte an diesem Abend lustlos an seinem Hamburger herum. Teds Abendbrot bestand aus einem doppelten Scotch mit Eis. Sie absolvierten das übliche Ritual, Zähneputzen, eine Geschichte erzählen, und beide bemühten sich, eine normale Atmosphäre entstehen zu lassen, um das Ereignis zu verdrängen. Ted brachte ihn früh ins Bett, und der Junge protestierte nicht, er war von der Anspannung erschöpft.

Ich war so nahe bei ihm. Hätte ich ihn doch bloß auffangen können.

Ted ging durch die Wohnung und wischte die Blutflecken auf. Er nahm Billys Sachen, die er mit seinem Hemd und den Handtüchern in eine Ecke geworfen hatte, und stopfte sie in den Müllverbrennungsschacht. Er konnte es nicht ertragen, sie anzuschauen. Um elf, als er sich auf die Nachrichten zu konzentrieren versuchte, sah er alles noch einmal vor sich, stand auf, ging ins Bad und erbrach Scotch und Galle.

An Schlaf war nicht zu denken. Im Zimmer nebenan wurde Billy von Angstträumen gequält und wimmerte im Schlaf. Ted ging hinein und setzte sich neben seinem Bett auf den Fußboden.

Eine Narbe fürs ganze Leben. Eine Narbe fürs ganze Leben. Er sagte es lautlos vor sich hin, als hätten die Worte «fürs ganze Leben» noch eine zusätzliche Bedeutung. Er begann, den Sturz zu rekapitulieren: Wenn ich doch bloß ins Zimmer gegangen wäre, das Flugzeug bemerkt hätte, vorausgesehen hätte, was Billy als nächstes tun würde, näher bei ihm gewesen wäre, ihn festgehalten hätte, die Kindergesellschaft nicht organisiert hätte, dann wäre er vielleicht nicht gestolpert . . .

Er saß da, hielt Wache bei dem Jungen, der so sehr mit ihm verbunden war, und dachte zurück. Am Anfang, als Joanna schwanger wurde, schien keine Verbindung zwischen ihm und dem Baby zu bestehen, und nun war das Kind gleichsam an sein Nervensystem gekoppelt. Ted konnte den Schmerz der Verletzung so deutlich fühlen, daß er physisch kaum imstande war, ihn zu verkraften. Hatte es einen Kreuzweg gegeben, einen Punkt, an dem sein Leben eine andere Richtung hätte nehmen können? Wenn er bei einer der anderen geblieben wäre? Wer waren die anderen? Wer wäre er dann gewesen? Wer wäre sein Kind gewesen? Hätte er dann mehrere Kinder gehabt? Oder gar keine Kinder? Und wenn er an dem Abend damals nicht zu der Party auf Fire Island gegangen wäre? Wenn er zu dem Mann, der mit Joanna zusammen gewesen war, etwas anderes gesagt hätte? Wenn er sie nicht angerufen hätte, mit wem wäre er dann jetzt zusammen? Wäre sein Leben anders verlaufen? Besser? Wäre er glücklicher gewesen, wenn alles anders gekommen wäre? Dann würde es Billy nicht geben. Wäre er besser dran gewesen, wenn es Billy nicht gäbe? Der Junge wimmerte im Schlaf, und er wollte ihn in die

Arme nehmen, damit er friedlicher schlief, was nicht in seiner Macht lag.

Es gab keinen Punkt, an dem es anders oder besser hätte kommen können, entschied er. So einfach ist das nicht. Und Unfälle gibt es nun einmal. Billy, Billy, ich hätte dich aufgefangen, wenn ich gekonnt hätte.

Nachdem er Billy ein paar Tage zu Hause behalten hatte, schickte er ihn wieder in die Schule. Der Junge trug seinen weißen Verband wie eine Tapferkeitsauszeichnung. «Zehn Stiche, wirklich?» fragte Kim voller Bewunderung. «Es heilt sehr schön ab», erklärte der Chirurg. Der Junge behielt ein zehn Zentimeter langes Mal auf der rechten Gesichtshälfte, es entstellte ihn nicht, aber es war trotzdem eine Narbe. Bei Ted verlief der Heilungsprozeß langsamer. Er dachte immer wieder an den Sturz. Er sah den Unfall immer wieder vor sich, zu den unmöglichsten Zeiten, und dann erschauderte er und fühlte einen stechenden Schmerz im Leib, wie von einem Messer. Zur Selbsttherapie erzählte er einigen Bekannten von dem Unglück und betonte jedesmal die positive Seite: «Der Junge hatte großes Glück. Er hätte ein Auge verlieren können.» Bald würde er es auch den Großeltern erzählen müssen.

Ted war mit Charlie im Zoo. Die Kinder fuhren mit einem Ponywagen herum.

«Es ist wie bei Zähnen», sagte Charlie. «Ein Stück von einem Zahn bricht ab, und man denkt, alle Leute sähen nur noch auf die fehlende Ecke. Oder man hat hinten eine Krone aus Silber und denkt, alle Leute könnten sie sehen.»

«Wäre dir die Narbe aufgefallen? Mal ganz ehrlich, Charlie.»

«Vielleicht nicht. Vielleicht nur dann, wenn du es mir gesagt hättest.»

«Ich sehe sie. Manchmal sehe ich sie bei geschlossenen Augen.»

«Daddy, in der Schule hat ein Junge gesagt, sein Bruder hätte ihm gesagt, ein Hockeyspieler hätte zwanzig Stiche bekommen.»

«Hockey kann ein sehr hartes Spiel sein. Die Spieler verletzen sich manchmal.»

«Kaufst du mir einen Hockeyschläger?»

«Ich weiß nicht. Sie sind eigentlich nur für größere Jungen.»

«Ich will auch nicht auf dem Eis spielen. Nur auf der Straße.»

«Achtung, Achtung, hier kommt Boom-Boom Kramer.»

«Was meinst du damit, Daddy?»

«Boom-Boom Geoffrion, das war ein berühmter Hockeyspieler. Wenn du ein bißchen größer bist, kaufe ich dir einen Hockeyschläger, falls du dann immer noch einen haben willst.»

«Wie alt muß man sein, wenn man nicht mehr mit seinem Teddy und mit seinen Leuten schläft?»

«Da gibt es kein bestimmtes Alter. Das kann man tun, wie man will.»

«Ich glaube, ich bin alt genug. Ich glaube, ich möchte versuchen, nicht mehr mit ihnen zu schlafen.»

«Wenn du das wirklich möchtest . . .»

«Sie können natürlich in meinem Zimmer bleiben. So wie Statuen. Und am Tag kann ich immer noch mit ihnen spielen. Aber wenn ich schlafe, sollen sie auf meinem Bücherregal stehen und zuschauen, wie ich schlafe.»

«Und ab wann möchtest du es?»

«Heute abend.»

«Heute abend?»

An diesem Abend, an dem Billy auf seinen Teddy verzichtete, war seinem Vater sehr viel schwerer ums Herz als ihm. Billy war am anderen Morgen sehr stolz auf sich, weil er die ganze Nacht ohne seinen Kuschelteddy durchgeschlafen hatte. Er bestand Krisen. Er war tagsüber immer auf Hochtouren und kannte keine Vorsicht. Wenn er in der Wohnung oder auf dem Spielplatz herumtobte, schwebte

Ted ständig in tausend Ängsten. «Paß auf, Billy, nicht so schnell.» – «Nicht so schnell» hatte keine Bedeutung. Billy hatte den Sturz, die Stiche vergessen. Er war fünf und wurde immer größer.

Aber für Ted blieb der Sturz immer gegenwärtig. Er vergaß den Augenblick nie. Das Metall, das die Wange des Jungen wie ein Rasiermesser aufschlitzte. Das Blut. Und das Ende der Selbsttäuschung – daß sein Kind vollkommen sei, daß sein hübsches Gesicht keine Narben bekommen sollte, daß der Junge keine Narben haben sollte. Sein Sohn, den er so liebte, war unvollkommen, vergänglich. Er konnte sich wieder verletzen. Er konnte sterben. Ted Kramer hatte sich für seinen Sohn eine sichere Welt ausgemalt. Die Wunde war Zeuge. Er konnte eine solche Kontrolle nicht ausüben.

15

Ted Kramer kam von einer Besprechung mit einem Kunden ins Büro zurück. Er ließ sich die Anrufe sagen. Joanna Kramer hatte angerufen. Sie hatte um seinen Rückruf gebeten und eine New Yorker Nummer hinterlassen. Damit war sein Arbeitstag praktisch zu Ende.

«Ich bin's – Ted.»

«Oh, hallo, Ted. Wie geht es dir? Ihre Stimme klang herzlich. «Du hast einen neuen Job, nicht wahr?»

«Ja. Woher hast du die Nummer?»

«Von deiner Haushälterin.»

«Du hast zu Hause angerufen?»

«Ich habe Billy nicht erschreckt, wenn du davor Angst hast. Ich habe angerufen, als er in der Schule war.»

«Ja, er geht jetzt zur Schule.»

«Ja, ich weiß.»

«Joanna, können wir zur Sache kommen? Ich habe viel zu tun.»

«Ja. Also, ich bin in New York und würde gern ein paar Sachen mit dir besprechen. Ich möchte es nicht am Telefon tun. Könnten wir uns irgendwo auf einen Drink treffen?»

«Was für Sachen?»

«Wann kann ich dich sehen?»

Er konnte sich mit ihr am Telefon streiten, sie hinhalten, auflegen, aber ihr Anruf hatte zweierlei bewirkt – erstens war an Arbeit kaum noch zu denken, und zweitens brannte er jetzt darauf, den Grund ihres Anrufs zu erfahren.

«Heute paßt es mir eigentlich am besten.»

«Gut. Es gibt eine neue Bar. Slattery's, in der 44. Straße . . .»

«Ja.»

«Können wir uns dort um sechs treffen.»

«Ja.»

«Es ist schön, wieder mit dir zu reden, Ted.»

«Wirklich? Warum?»

Er kramte in den Papieren auf seinem Schreibtisch, rief Etta an und bat sie, etwas länger zu bleiben, blätterte ein paar Fachzeitschriften durch und gönnte sich einen Drink als Vorbereitung auf seinen Drink.

Es war eine schmale Bar mit mehreren Tischen im Hintergrund. Er ging an der Theke vorbei nach hinten. Joanna wartete an einem Tisch. Sie war nicht sonnengebräunt wie damals, als sie das letzte Mal in New York Zwischenstation gemacht hatte. Sie war in Rock und Pullover, und sie hätte eine der berufstätigen Frauen im Lokal sein können, außer natürlich, daß sie die hübscheste Frau in dem Lokal war.

«Hallo, Ted. Du siehst gut aus.»

«Du auch.»

Der Kellner kam, sie bestellten Wodka-Martinis, und Ted lehnte sich zurück und überließ ihr den ersten Schritt. Sie wirkte etwas nervös.

«Wie ist der neue Job, Ted?»

«Ganz gut.»

«Schön.»

Sie wollte auf etwas Bestimmtes hinaus, soviel stand fest.

Ein Paar setzte sich an einen Tisch neben ihnen.

«Sieh uns an, Joanna. Wie in alten Zeiten, ein Paar, das sich auf einen Drink verabredet. Kaum zu glauben!»

«Nun, ich nehme an, du möchtest wissen, warum ich dich gebeten habe, herzukommen.» Sie lächelte, aber er antwortete nicht, seine Nackenmuskeln verkrampften sich unter der Anspannung. «Ted, ich bin schon seit zwei Monaten in New York.»

«Du bist was?»

«Ich habe ein Apartment an der East Side, in der 33. Straße...»

«Das nenne ich eine Überraschung. Du wohnst jetzt hier?»

Sie war verlegen, spielte mit ihrem Glas. Sollte das ein Angebot sein? War sie hier, um von Versöhnung zu reden, fragte er sich. Bei ihrem letzten Besuch hatte sie eindeutig nicht die Absicht gehabt, aber inzwischen war fast ein Jahr vergangen.

«Die Dinge ändern sich. Ich arbeite beim Grand Central Racquet Club. Eine Art Mädchen für alles. Und ich kann hin und wieder umsonst spielen.»

«Ich finde, du hast einigen Leuten einen Haufen Scheiße eingebrockt, damit du hin und wieder umsonst spielen kannst.»

«Ich kann dir nicht übelnehmen, daß du es so siehst. Wie geht es Billy?»

«Großartig ... nur daß er ... gestürzt ist.» Er mußte es ihr sagen, es war fast wie eine Beichte. «Und er hat sich das Gesicht aufgeschnitten. Er hat eine Narbe, Joanna, ungefähr von hier bis hier.»

«Oh.»

«Er hat noch Glück gehabt. Es hätte sehr viel schlimmer sein können.»

Sie schwiegen beide, fühlten zum erstenmal seit der Trennung fast das gleiche.

«Von weitem kann man es nicht erkennen, Ted.»
«Wie bitte?»
«Ich habe ihn gesehen.»
«Du hast was?»
«Ich habe ein paarmal gegenüber von der Schule im Auto gesessen und beobachtet, wie du ihn hingebracht hast.»
«Stimmt das?»
«Er sieht wie ein richtiger großer Junge aus.»
«Du hast im Auto gesessen?»
«Um meinen Sohn zu sehen...»
Ihre Stimme versagte. Die Einsamkeit jener Szene, Joanna in einem Auto auf der anderen Straßenseite – Ted schüttelte betroffen den Kopf.
«Mehr konnte ich nicht tun. Ich habe alles hin und her überlegt und versucht, einen Entschluß zu fassen.»
Sie will sich also tatsächlich versöhnen! Deshalb gibt sie sich soviel Mühe, freundlich zu sein.
«Ted ... ich möchte Billy zurückhaben. Wir können eine Vereinbarung treffen, daß du ihn am Wochenende siehst, aber ich möchte das Sorgerecht haben.»
«Du möchtest ihn *zurückhaben*?»
«Ich habe meinen Wohnsitz wieder in New York. Ich werde hier in New York mit ihm leben. Es wäre nicht richtig, euch zwei zu trennen.»
«Willst du mich auf den Arm nehmen?»
«Ich möchte meinen Sohn haben. Ich möchte nicht mehr im Auto sitzen und ihn von der anderen Straßenseite aus beobachten müssen.»
«Du nimmst mich auf den Arm.»
«Nein.»
«Die Zeit, die ich investiert habe! Was ich alles durchgemacht habe! Und jetzt kommst du und willst ihn einfach *zurückhaben*?» sagte er mit erhobener Stimme.
«Wir sollten uns in aller Freundschaft unterhalten.»
Die anderen Gäste hatten begonnen zu ihnen herüberzusehen.
«Und jetzt habe ich endlich mein Leben geregelt und kom-

me zurecht – und da erscheinst du plötzlich und willst ihn mir fortnehmen?»

«Ich will euch nicht trennen. Du wirst ihn weiterhin sehen. Am Wochenende. Du wirst ihn weiterhin sehen, Ted. Du bist sein Vater...»

«Und was bist du?»

«Ich bin seine Mutter. Ich bin immer noch seine Mutter. Darauf habe ich nie verzichtet. Das geht nicht.»

«Joanna, hau ab. Du kannst mich mal!»

«Ted, ich möchte ehrlich mit dir sein. Ich hätte es anders anfangen können.»

«Es ist mein Ernst. Es ist vielleicht nicht sehr fein, aber ich sage es trotzdem. Du kannst mich mal!»

«Ted, es gibt Gerichte. Ich kann den Rechtsweg...»

«Ich will nicht mehr darüber diskutieren. Ich will nur noch darüber reden, wer den Drink bezahlt.»

«Wie bitte?»

«Wer zahlt die Rechnung? Ich? Bleibt das wieder an mir hängen? Lädst du mich auf einen Drink in eine Bar ein, um mir zu erzählen, was *du* möchtest – und *ich* soll bezahlen?»

«Wer den Drink bezahlt, ist doch völlig gleichgültig. Ich werde die Rechnung bezahlen.»

«Ja. So ist's richtig. Du bezahlst.» Er winkte dem Kellner. Der Kellner stand ganz in der Nähe. Er wollte sich die pikante Szene an Tisch drei nicht entgehen lassen.

«Bringen Sie mir noch einen. Einen doppelten, bitte.»

«Ja, Sir.»

«Du zahlst. Ich trinke.»

«Ted, du bist jetzt wütend...»

«Und was bekomme ich sonst noch? Kann ich ein Sandwich von der Theke haben? Spendierst du mir auch das Sandwich oder nur die Drinks?»

«Du kannst alles haben, was du möchtest.»

«Du bist ja sehr spendabel.»

«Ted, ich möchte diese Sache hinter mich bringen. Ich habe Zeit zum Nachdenken gehabt. Ich habe mich geändert. Ich habe einige Dinge über mich erfahren.»

«Was zum Beispiel? Das würde mich sehr interessieren.»

«So einfach läßt sich das nicht sagen.»

«Sag mir nur eines. Nur eines, was *du* über dich erfahren hast – und wofür *ich* bezahlt habe.»

«Daß ich dich nie hätte heiraten dürfen.»

Sie sagte es sehr sanft, ohne absichtliche Grausamkeit in der Stimme, wie eine nüchterne Feststellung, die ebenso für sie wie für ihn bestimmt war. Die Unwiderruflichkeit ihrer Gefühle traf ihn so sehr, daß sein Zorn vorübergehend verflog. Der Kellner kam mit dem Drink und stellte das Glas vor Ted hin. Ted saß nur da und betrachtete es.

«Schreiben Sie es der Dame auf die Rechnung», sagte er. «Die Dame zahlt.» Und damit stand er auf und verließ das Lokal. Er ließ sie einfach am Tisch sitzen.

An diesem Abend fuhr er Billy wegen irgendwelcher Kleinigkeiten an und schickte ihn kurzerhand ins Bett. Er hatte weder die Geduld, ihm eine Geschichte vorzulesen, noch wollte er ihm die zeitschindende Bitte um ein Glas Apfelsaft erfüllen.

«Du hast schlechte Laune.»

«Ich habe einen schlechten Tag gehabt. Ich möchte, daß dieser Tag so schnell wie möglich vorbei ist. Du wirst mir helfen, indem du jetzt *sofort* ins Bett gehst.»

Sie will ihn zurückhaben! Er wünschte, er hätte die Gelegenheit in der Bar wahrgenommen und ihr den Drink ins Gesicht geschüttet.

Das Telefon klingelte. Es war Vivian, sie rief wegen der Ballettkarten, an, die sie besorgen wollte, und einen Augenblick lang wußte er nicht, wer sie war und was sie sagte. Sie hatte keine Karten mehr bekommen, ob sie statt dessen ins Kino gehen wollten? Film, Ballett, was spielte das für eine Rolle? Es war ihm gleichgültig, was er Freitagabend um acht tun würde.

«Gut. Kino, ja, das wäre gut. Sehr schön.»

«Stimmt etwas nicht?»

«Es geht mir nicht gerade fabelhaft.»

«Was ist passiert?»

«Nichts. Ich rufe dich im Lauf der Woche an.»
«Was ist los, Ted?»
«Nichts.»
«Also...»
«Meine Ex-Gattin ist in New York aufgekreuzt und will das Sorgerecht für meinen Sohn haben.»
«Oh...»
Vivian hätte sich wahrscheinlich mit «Ich habe eine Grippe» oder «Ich habe gerade eine andere bei mir» – sogar damit – abgefunden. Aber dies war sehr wahrscheinlich mehr, als sie erwartet hatte.
«Was wirst du tun?»
«Im Moment habe ich noch keine Ahnung.»
«Kann *ich* irgend etwas tun?»
«Ja, du kannst sie für mich umbringen.»

Er ging zum Barschrank und holte eine Flasche Cognac und einen Cognacschwenker heraus. Er balancierte das Glas auf der Hand, und dann schleuderte er es plötzlich mit voller Wucht gegen die Wand des Wohnzimmers. Der Fußboden war mit Splittern übersät. So etwas hatte er noch nie gemacht. Eine oder zwei Sekunden lang empfand er Erleichterung. Er fegte die Scherben und Splitter auf, ehe er zu Bett ging – so hatte er wenigstens etwas zu tun.

Am nächsten Morgen rief Joanna ihn im Büro an, aber er nahm den Anruf nicht entgegen. Später am Tag rief sie noch einmal an, und er nahm auch diesen Anruf nicht entgegen. Sie hinterließ bei seiner Sekretärin eine Nachricht: «Bestellen Sie Mr. Kramer, es sei noch nichts entschieden.» Joanna hatte gesagt, es gebe Gerichte, und sie könne den Rechtsweg nehmen. Er sah ein, daß es nicht von einer sehr starken Position zeugte, sich am Telefon verleugnen zu lassen.

Er ging zu John Shaunessy, seinem Anwalt. Der Anwalt notierte sich alles, was er für entscheidend hielt, verifizierte einige Daten – wie lange sie fort gewesen, wann sie zuletzt in New York gewesen war.

«Sie macht erstaunlich viele Querpässe», sagte der unverbesserliche Football-Fan. Dann wollte er ganz genau wissen, was Joanna zu Ted gesagt hatte, und notierte sich ihre Bemerkungen auf seinem Block.

«Sehr gut, Ted. Was möchten Sie jetzt tun?»

«Was sind die gesetzlichen Möglichkeiten?»

«Sie reden wie ein Anwalt. Es geht jetzt nicht um das Gesetz. Es geht darum, was *Sie* tun möchten. Möchten Sie den Jungen behalten und weiter so leben, wie Sie in den letzten Monaten gelebt haben? Oder möchten Sie den Jungen hergeben und ein anderes Leben führen?»

«Ich höre ein Urteil in Ihrer Stimme.»

«Absolut nicht. Ted, Sie gewinnen nur, wenn Sie siegen. Aber zuerst müssen Sie wissen, ob Sie überhaupt mitspielen wollen.»

«Ich will meinen Sohn. Ich will nicht, daß sie ihn bekommt.»

«Das ist eine Antwort.»

«Sie hat kein Recht auf ihn.»

«Ted, das ist keine Antwort. Sie hat zumindest das Recht, vor Gericht zu gehen. Und bis jetzt hat sie sehr klug gehandelt.»

«Wie können Sie das sagen?»

«Taktisch – im Rahmen ihres Plans. Ich nehme an, sie hat jemanden, der sie berät. Sie hat keinen einzigen übereilten Schritt getan, hat nichts hinter Ihrem Rücken unternommen. Sie hat eine Wohnung gemietet, sie lebt jetzt hier, in Ihrem Bundesstaat. Sie sagt, sie will Sie nicht von Ihrem Sohn trennen. Das ist alles sehr bedacht.»

«Was soll ich tun, wenn sie wieder anruft?»

«Sagen Sie ihr, Sie brauchen ein bißchen Zeit. Sie wird wahrscheinlich erst dann vor Gericht gehen, wenn ihr nichts anderes übrigbleibt.»

«Aber ich werde nicht klein beigeben...»

«Ted, lassen Sie sich Zeit. Bei schwierigen Fragen mache ich immer etwas, was sehr hilfreich ist. Ich stelle eine Liste der Vor- und Nachteile auf. Ich schreibe alles richtig auf, und dann habe ich es schwarz auf weiß vor mir und schaue es mir genau an. Sie sollten es auch so machen.»

«Ich weiß, was ich will.»

«Tun Sie mir den Gefallen. Machen Sie sich eine Liste der Vor- und Nachteile. Und wenn Sie dann noch absolut sicher sind, daß Sie das Sorgerecht behalten wollen – dann weiß ich, daß Sie es ernst meinen, und Sie wissen es auch, und dann legen wir los – zeigen es ihnen.»

Ted hatte zwar Vertrauen zu Shaunessy, wollte aber ganz sichergehen. Jim O'Connor hatte ihm erzählt, ein Vetter von ihm sei Richter. Ted bat O'Connor, Erkundigungen einzuziehen und soviel wie möglich über Shaunessy in Erfahrung zu bringen. Joannas Anrufe waren noch unerwidert. Jetzt rief er sie an und sagte ihr, er brauche Zeit, um über «ihre Bitte» nachzudenken. Er wählte seine Worte sehr sorgfältig, weil er nicht wußte, ob sie alles notierte, was er sagte, und damit zu *ihrem* Anwalt ging. Joanna fragte, ob sie Billy sehen könne.

«Nein, Joanna. Es würde zu diesem Zeitpunkt zu viele Probleme schaffen. Ich möchte es nicht.»

«Fabelhaft. Soll ich vielleicht vor Gericht gehen, damit ich meinem Sohn ein Würstchen spendieren darf?»

«Hör zu, mein Schatz, ich habe dich nicht in diese Lage gebracht – du warst es selbst. Übrigens, wieso nennst du dich eigentlich noch Kramer?»

«Ich finde, der Name klingt gut. Deshalb habe ich ihn behalten.»

«Du bist wirklich ein Herzchen!»

Und damit legte er auf. Soweit die Versöhnung, die nur in seiner Einbildung existiert hatte. O'Connor fand heraus, daß John Shaunessy einer der angesehensten Anwälte für Familienrecht war. Ted legte das Anwaltsproblem zu den Akten und versuchte, sich auf die anderen Aspekte seines Lebens zu konzentrieren – seine Arbeit zu tun und Vater und Liebhaber zu sein, was ihm alles nicht recht gelingen wollte. Er hielt die Verabredung mit Vivian ein, lehnte es jedoch ab, über das Problem Billy mit ihr zu sprechen, obwohl sie ihm vorschlug, er solle sich die Sache bei ihr von der Seele reden. «Nicht heute abend», sagte er. «Ich habe schon zuviel darüber nachgegrübelt.» Sie gingen ins Kino. Es war ein lustiger Film, der ihn jedoch kaum mehr zu erheitern vermochte als beispielsweise ein Film von Ingmar Bergman. Danach liebte er sie in ihrer Wohnung mit der Leidenschaft eines Aufzieh-Spielzeugs.

In der darauffolgenden Nacht schreckte er zu Hause in Schweiß gebadet hoch. Er stand auf und ging in Billys Zimmer. Der Junge schlief tief und fest, und zum erstenmal in Billys Leben weckte Ted ihn aus seinem gesunden Schlaf.

«Billy, Billy», sagte er und rüttelte ihn. Das Kind blickte mit schlaftrunkenen Augen zu ihm auf. «Ich hab dich lieb, Billy.»

«Oh, ich hab dich auch lieb, Daddy. Gute Nacht.» Und der Junge drehte sich um und sank wieder in den Schlaf, aus dem er gar nicht richtig erwacht war und der verhindern würde, daß er sich morgen früh an den Vorfall erinnerte.

«Gute Nacht, Billy.»

Charlie hatte Ted aufgefordert, ihm seine neue «Puppe» vorzuführen, wie er sich ausdrückte. Er gab einen Sonntagnachmittagscocktail und wollte, daß Ted kam. Ted war zwar nicht sehr nach Charlies Standardbuffet – Räucherwürstchen mit Ritz-Crackers –, aber im Grunde gab es so gut wie nichts, wonach ihm war. Billy war am gleichen Nachmittag bei einem Freund eingeladen, und Ted konnte in der Gewißheit zu der Party gehen, daß so viele Zahnarztfreunde von Charlie anwesend sein würden, daß man ihm sofort Erste Hilfe leisten würde, wenn ihm ein Räucherwürstchen zwischen den Zähnen steckenblieb.

Charlie empfing ihn in seiner schärfsten Junggesellenmontur, einem Freizeitanzug mit Halstuch. Er führte Ted an den Zahnärzten vorbei, die ungelenk mit den jungen Frauen im Raum langsame Foxtrotts tanzten, ein Balzritual, das ihm am Sonntagnachmittag um drei in einer überheizten Wohnung irgendwie deplaciert erschien. An der Bar, die Charlie mit Weißwein und einer neuen Leberwurst und Ritz-Crackers bestückt hatte, machte Charlie ihn mit einer hochgewachsenen, feurigen Frau bekannt.

«Das ist meine Schöne. Sondra Bentley – Ted Kramer.»

«Charlie hat mir schon viel von Ihnen erzählt, Ted. Sie gehen oft zusammen zum Spielplatz.»

«Genau. Dort sind wir garantiert die Größten.»

Er unterdrückte ein Lächeln – daß der alte Charlie es fertigbrachte, ein solches Prachtstück von Frau aufzugabeln! Aber vielleicht war er nur neidisch. Charlie entschuldigte sich, weil es geklingelt hatte, und Sondra rechtfertigte sich, als könnte sie Teds Gedanken lesen.

«Er ist nicht gerade superintelligent, der gute Charlie – aber er ist so ehrlich.»

«Ja, das ist er. Er ist ein guter Kerl.»

Die Frauen sahen sehr jung aus, die Zahnärzte leckten sich die Lippen, er wollte nicht mehr über Sondras und Charlies Beziehung wissen – daß Charlie ihr die Zähne womöglich gratis überkronte, wie er zynisch vermutete. Er entschuldigte sich und ging ins Badezimmer, und da ihm nichts einfiel, was er tun konnte, wusch er sich das Gesicht. Er ging hinaus, lehnte sich an die Wand und beobachtete die Paare, die mitten am Tag zu den Klängen von *In the Small Hours of the Morning* tanzten. Eine Frau, die eine Satinbluse und Jeans trug, sehr sexy, Mitte Dreißig und somit eine der ältesten im Raum, stand neben Ted.

«Zu welcher Seite der Familie gehören Sie?» fragte sie.

Blabla. Partygeplauder. Wenn ihm etwas Schlagfertiges einfiel, waren sie für die nächste Serie von Einzeilern im Geschäft.

«Ich bin der Vater des Bräutigams.» Schwach, aber sie lachte trotzdem.

«Sind Sie auch Zahnarzt?» fragte sie.

«Nein, Patient.» Sie lachte wieder.

In der anderen Ecke des Raumes hakte Sondra sich bei Charlie ein und flüsterte ihm Intimitäten ins Ohr. Vielleicht meinte sie es ehrlich. Auf jeden Fall stand es Charlie frei, alle Sondras der Stadt auszuprobieren, mit oder ohne Gratiskronen, und es stand ihm auch frei, diese Party zu veranstalten. Ted hatte noch nie einen Sonntagnachmittagscocktail gegeben. Nicht daß er es sonderlich erstrebenswert fand, aber wenn er je den Wunsch haben sollte, mußte sein Sohn im Mittelpunkt der Planung stehen. Er hatte ungefähr noch eine Stunde, bevor er ihn abholen mußte. Ted litt an einer doppelten Depression. Er war deprimiert, weil er auf dieser Party war, und er war deprimiert, weil er sie verlassen mußte.

«Ich fragte, was für ein Patient – dental oder mental?»

«Dental oder mental? Sehr gut. In Wirklichkeit verkaufe ich Anzeigenraum. Hören Sie, ich habe nur noch eine Stunde Zeit. Ich glaube nicht, daß wir in einer Stunde sehr weit kommen könnten.»

«Nur eine Stunde. Und was dann? Sind Sie Fixer? Oder müssen Sie Ihren Hund ausführen?»

«Sie sind sehr hübsch, aber ich muß jetzt gehen. Wenn meine Wut eine Überschwemmung wäre, könnte ich ohne weiteres Bundesmittel beantragen.»

Sie lachte wieder, und er kam sich vor wie in einer Tretmühle.

«Ich bekäme eine Million», sagte er schwach.

Er verabschiedete sich von Charlie und Sondra und holte Billy ab. Er glaubte nicht, daß er mehr an sein Kind gekettet war als andere Elternteile ohne Partner. Jedenfalls kein bißchen mehr als Thelma. Aber mehr als die Männer, die er kannte, da alle geschiedenen Männer, die er kannte, die Kinder einfach den Müttern überließen. Als er mit Billy zu Hause war, wurde der Junge vor Müdigkeit und infolge einer beginnenden Erkältung quengelig und wollte nur Kuchen zum Abendbrot essen: «Pfundkuchen ist gut für die Gesundheit. Er ist mit frischen Eiern gemacht. Ich hab's im Fernsehen gesehen.» Dann fing er an zu weinen, weil er vor drei Tagen eine Batman-Folge verpaßt hatte, und schlief erst ein, nachdem er an seinem Hustensaft gewürgt und ihn teilweise auf seinen Pyjama gespien hatte, ohne die geringste Ahnung, daß er auf Anraten eines Rechtsbeistandes beobachtet wurde. Ted konnte sich nicht vorstellen, daß man die Frage, ob man für das

Sorgerecht seines Kindes kämpfen wollte oder nicht, mit Hilfe einer Liste der Vor- und Nachteile beantworten konnte, aber sein Anwalt schien zu glauben, es würde ihnen helfen, ihre Position zu klären, und so nahm er einen Notizblock und einen Schreiber, um zu sehen, was am Ende unter dem Strich herauskommen würde.

Verlust an Freiheit war der erste Grund, der ihm einfiel, um Billy nicht zu behalten. Tausende von geschiedenen Männern machten die Stadt unsicher, all die Charlies, die ihre wenigen vorgeschriebenen Wochenstunden mit ihren Kindern pflichtgemäß absolvierten, Männer, die in ihrer Freizeit schlafen konnten, wo sie wollten.

Schlaf, eine nur halb ernstgemeinte Eintragung, war der nächste Punkt. Ohne Billy konnte er dem Vierundzwanzigstundentag Lebewohl sagen und sonntags morgens um neun oder gar erst um halb zehn aufstehen.

Geld. Bestimmt würde Joanna auf Unterhalt des Kindes klagen. Aber sie würde wahrscheinlich arbeiten, und er würde sich dagegen wehren, die Kosten für ihre Haushälterin zu bestreiten. Er nahm an, daß selbst der ungünstigste Vergleich ihn billiger kommen würde, als wenn er allein dieses Unternehmen finanzierte.

Umgang mit anderen Menschen. Er war privat kaum noch mit anderen Menschen zusammengekommen, und er konnte Billy nicht guten Gewissens die Schuld dafür zuschieben. Ted wußte, daß er, was seine Beziehungen zu anderen Menschen betraf, Schwierigkeiten hatte. Und mit Billy und seiner ständigen Anwesenheit waren die Schwierigkeiten eben noch größer.

Emotionale Abhängigkeit. Darüber hatte er einmal mit Thelma diskutiert, daß Eltern ohne Partner ihre Kinder manchmal als Vorwand benutzen, um sich abzukapseln und nicht unter Menschen zu gehen. Sie waren zu dem Schluß gekommen, daß eine gewisse Abhängigkeit unvermeidlich war, einfach deshalb, weil man mit einem anderen Menschen auf engem Raum zusammen lebte. Er fragte sich nur, ob die Abhängigkeit seinen Umgang mit anderen Menschen torpediert hatte.

Billy würde selbstverständlicher akzeptiert werden. Er würde bei seiner Mutter leben wie fast alle Kinder geschiedener Eltern. Ihm bliebe die Last erspart, Erklärungen über seine Eltern abzugeben, wenn er älter würde. Er konnte mehr wie andere Kinder sein. Das Kind braucht eine Mutter, hatte Harriet gesagt, und Billys Mutter war nur eine telefonisch erreichbare Mutter.

Als er die Gründe aufschrieb, die dafür sprachen, Billy zu behalten, mußte er länger überlegen.

Berufliche Vorteile, schrieb er, mehr um einen Anfang zu machen. Ted war der Meinung, daß die Notwendigkeit, für Billy zu sorgen, ihn in seinem Beruf verantwortungsbewußter und erfolgreicher gemacht hatte.

Er versuchte, sich noch etwas anderes auszudenken, aber es fiel ihm nichts mehr ein. Er war blockiert. Er vermochte keine weiteren Gründe anzuführen, die dafür sprachen, Billy zu behalten. Keine Gründe. Nichts Rationales. Nur Gefühle. Die gemeinsamen Stunden, die langen, ermüdenden, intimen Stunden zu zweit. Wie er versucht hatte, ein neues Leben für sich und ihn aufzubauen, als Joanna gegangen war. Wie sie versucht hatten, es gemeinsam zu bewältigen. Die lustigen Erlebnisse. Die schweren Zeiten. Die Verletzung. Die Pizza. Der Teil seines Lebens, den der Junge auf seine besondere Art okkupierte.

Er *ist* jetzt ein Teil meines Lebens. Und ich liebe ihn.

Ted nahm die Liste und zerknüllte sie. Und dann fing er an zu weinen. Er hatte seit langem nicht mehr geweint, und es war ein merkwürdiges Gefühl für ihn. Er konnte sich kaum noch erinnern, was Weinen war. Und er konnte nicht aufhören.

Ich werde dich nicht hergeben... Ich werde dich nicht hergeben... Ich werde dich nicht hergeben...

16

Der Anwalt riet Ted, die Namen der Leute aufzuschreiben, die vor Gericht seine persönliche Integrität und seine Kompetenz als Vater bezeugen konnten. Er sollte Joanna von seinem Entschluß informieren und dann abwarten, ob sie tatsächlich auf Übertragung des Sorgerechts klagen würde. Der verführerische Gedanke, einfach zu fliehen, drängte sich ihm auf. Einen Konflikt vermeiden und Joanna suchen lassen, während er und Billy irgendwoanders hingingen und ein einfacheres Leben begannen, zurück zur Natur. Aber er hatte keine Natur, zu der er zurück konnte. Er war in der Stadt verwurzelt. Sie konnten nicht von Beeren leben.

Er rief sie im Grand Central Racquet Club an.

«Joanna, kannst du reden?»

«Ja.»

«Ich habe mich entschlossen, Joanna. Ich werde dir Billy weder jetzt noch in Zukunft geben, weder in diesem noch in einem andern Leben. Du kannst sagen und tun, was du willst, nichts wird mich in meinem Entschluß wankend machen. Ich lasse ihn dir nicht...»

«Ted...»

«Wir haben nicht immer die gleiche Sprache gesprochen. Ich hoffe, ich habe mich diesmal deutlich genug ausgedrückt.»

«Ted, ich war keine schlechte Mutter. Ich konnte es nur nicht bewältigen. Jetzt kann ich es, das weiß ich.»

«Und wir sollen es dich ausprobieren lassen, bis du den Dreh raus hast? Du bist gut! Du kreuzt plötzlich auf und haust wieder ab...»

«Ich bin in New York. Ich lebe hier.»

«Weil es sich vor Gericht gut machen würde? Joanna, du willst eine Mutter sein? Dann geh, sei eine Mutter. Heirate, hab Kinder. Heirate nicht und hab keine Kinder. Mach, was du willst. Nur laß mich aus dem Spiel. Und laß meinen Jungen aus dem Spiel.»

«Ich habe ihn geboren. Er ist mein Junge.»

«Du hast beschlossen, diesen Umstand zu ignorieren, wenn ich mich recht erinnere.»

«Ich habe ihm sogar seinen Namen gegeben! Billy war der Name, den *ich* für ihn ausgesucht hatte. Du wolltest ihn Peter nennen oder so.»

«Das ist hundert Jahre her.»

«Du kannst ihn jederzeit sehen.»

«Ja. Jeden Abend. Erzähl deinem Anwalt, was ich gesagt habe.»

«Was soll ich dir noch sagen? Auf Wiedersehen vor Gericht?»

«Das liegt bei dir. Aber eines sage ich dir. Wenn du vor Gericht gehst, wirst du nicht gewinnen. Ich werde dir eine Niederlage beibringen, Joanna.»

Er hoffte, sie würde aufgeben, wenn sie sah, wie ernst es ihm war. Damals hatte es ihn völlig verwirrt, daß sie einfach so gegangen war. Jetzt hoffte er, daß sie auch diesmal wieder fortging.

Wenn Ted Kramer sich eine Belohnung für seine väterliche Hingabe erhoffte, eine Belohnung in Gestalt eines gehorsamen, artigen Kindes wünschte, so wurde er enttäuscht: sein Sohn warf ihm mitten in einem Streit über die richtige Schlafenszeit ein «Daddy, du bist gemein!» an den Kopf. Dann kam Billy genauso unvermittelt aus seinem Schlafzimmer angerannt und gab ihm, nicht aus Effekthascherei, sondern weil der Tag sonst eine unabgeschlossene Sache blieb, einen Kuß auf die Wange, wobei er sagte: «Ich habe ganz vergessen, dir einen Gutenachtkuß zu geben. Ich meine, du hast mir einen gegeben, aber ich dir nicht.» Und dann trottete er wieder in sein Zimmer, während Ted sich amüsiert fragte, wie sich dies wohl in den nächsten zehn Jahren weiterentwickeln würde. Er wollte jedenfalls dabeisein, und er hoffte nur, daß er ihr angst gemacht hatte oder daß sie es sich anders überlegt hatte, weil ihr klargeworden war, wie viele Partien ein Kind sie kosten könnte.

«Ich habe meinen gottverdammten Job verloren? Verfluchte Scheiße!»

«Tut mir leid, Ted», sagte O'Connor. «Ich bin derjenige, der Sie hierher geholt hat.»

Die Leute in der Firma hatten unter sich darüber diskutiert, warum es schiefging. Ted beteiligte sich nicht an diesen Gesprächen – er kannte den Grund. Die Herren von der Geschäftsleitung hatten der Zeitschrift ein zu dünnes Kapitalpolster gegeben; sie hatten keine Ahnung von der Anlaufzeit in dieser Branche.

«Jetzt denke ich wirklich daran, mich zur Ruhe zu setzen, Ted. Aber eines verspreche ich Ihnen – ich werde alles tun, um Ihnen einen Job zu besorgen, ehe ich an mich denke.»

«Vielen Dank, Jim. Aber ich habe die Absicht, innerhalb von achtundvierzig Stunden wieder einen Job zu haben.»

«Wie zum Teufel wollen Sie das schaffen?»

«Ich weiß es nicht.»

Mehrere rachsüchtige Angestellte stahlen außer sich vor Wut darüber, daß die Firma kurz vor Weihnachten – ohne Prämie und mit nur zwei Wochen Gehaltsfortzahlung als Abfindung – dichtgemacht wurde, alles, was nicht niet- und nagelfest war: Heftmaschinen, Kohlepapier, Schreibmaschinen. Ted hinterließ seinen Schreibtisch genauso, wie er war, er ordnete nicht einmal seine Unterlagen. Nach dem Gespräch mit O'Connor verabschiedete er sich von einigen Kollegen und ging einfach aus dem Haus.

«Frohe Weihnachten!» sagte ein unterernährter Weihnachtsmann mit einer Glocke draußen vor dem Gebäude zu ihm.

«Quatsch!» antwortete Ted. «Das wollte ich schon immer sagen.»

Der Junge im Schreibbüro mochte denken, er sei geistesgestört, dieser Mann, der da auf einem Faltstuhl neben dem Vervielfältigungsapparat ein Blatt Papier vollkritzelte.

«Ich möchte es in einer Stunde haben!»

«Sir, es muß aber erst abgetippt und dann vervielfältigt werden...»

«In einer Stunde! Ich zahle den dreifachen Preis.»

Während er auf seine Bewerbungsbögen wartete, begann er Stellenvermittlungen anzurufen und Termine zu vereinbaren.

«Sagen Sie ihm, entweder er empfängt mich heute um drei Uhr, oder ich gehe woanders hin.»

«Sie müssen ja eine große Nummer sein.»

«Bin ich auch.»

Eine schlimmere Zeit des Jahres konnte man sich nicht aussuchen, um arbeitslos zu sein – die Feiertage warfen ihre Schatten voraus, es wurde nur noch mit halber Kraft gearbeitet, und kein Mensch wechselte jetzt den Arbeitsplatz. Er holte die Bewerbungsbögen ab und hastete den Rest des Nachmittags von einer Stellenvermittlung zur nächsten. Er nahm ein Taxi zum Büro der *New York Times*, um die Stellenanzeigen der letzten Woche durchzusehen. Am nächsten Morgen war er um halb neun wieder unterwegs, wippte nervös mit der Fußspitze, wenn die U-Bahn zwischen zwei Stationen langsamer wurde, lief die Treppen zum Ausgang hinauf, um der erste in einer Stellenvermittlung zu sein, damit er als einer der ersten in der nächsten Stellenvermittlung sein konnte. Er rannte, telefonierte, gab seine Bewerbungsbögen ab. Er würde einen Job bekommen. Er würde *schnell* einen Job bekommen. Er hielt nicht lange genug inne, um zu merken, daß er zu Tode erschreckt war.

In den ersten vierundzwanzig Stunden von den achtundvierzig, die er sich wie in einer Manie als äußerste Frist gesetzt hatte, stellte er fest, daß es auf dem Arbeitsmarkt für Mediaberater nur zwei offene Stellen gab: *Packaging World* – der aalglatte Verleger hatte den Posten entweder nicht besetzt, oder er hatte bereits jemanden gefeuert – und die Illustrierte *McCall's*, wo der Posten seit zwei Monaten vakant war. «Kommt mir etwas suspekt vor», vertraute der Mann von der Stellenvermittlung ihm an. Vielleicht wollten sie in

Wirklichkeit gar niemanden einstellen. Er stand in einer Telefonzelle und wippte wieder mit der Fußspitze – ein nervöser Tick, den er sich soeben, mit vierzig Jahren, zugelegt hatte.

«John, ich habe noch nichts wieder von dir gehört.»

«Vielleicht hat sie es mit der Angst bekommen», meinte Shaunessy.

«Ich glaube, ich muß Ihnen etwas sagen – meine persönliche Situation hat sich geändert. Ich habe meine Stelle verloren. Der Laden hat dichtgemacht.»

Eine lange Pause, zu lange für Ted.

«Okay. Damit werden wir schon fertig. Wenn es zu einem Verfahren kommt, haben Sie Kredit. Ich weiß, daß ich mein Geld von Ihnen bekomme. Sie können es später bezahlen, Ted.»

«Wieviel kann es kosten?»

«Es ist nicht billig, Ted. Es hängt davon ab, wie lange so ein Verfahren dauert, falls es zu einem Verfahren kommt. Sagen wir, grob gerechnet, fünftausend Dollar.»

Joanna, wirst du jetzt endlich aus meinem Leben verschwinden!

«Unter Umständen müßten Sie auch die Anwaltsgebühren Ihrer Frau bezahlen, falls Sie verlieren, aber daran wollen wir im Augenblick nicht denken.»

«Jesus, John!»

«Was soll ich sagen? Das kostet es nun einmal.»

«Und was sagen Sie dazu, daß ich arbeitslos bin? Das spricht ja auch nicht gerade zu meinen Gunsten. Da stehe ich und will das Sorgerecht behalten und habe nicht einmal einen Job.»

Wieder eine lange Pause.

«Wir wären besser dran, wenn Sie arbeiteten. Haben Sie irgend etwas in Aussicht?»

«Ja, ich denke, es tut sich etwas. Vielen Dank, John», sagte er und wippte wieder mit der Fußspitze.

Er lief von der Telefonzelle zur nächsten Stellenvermittlung und blieb plötzlich stehen. Bei dieser Vermittlung war er schon gewesen. Er stand an der Ecke Madison Avenue und 45. Straße, keuchte und wippte mit der Fußspitze.

Er hatte den Stellenvermittler gedrängt, ihm für diesen Nachmittag um vier einen Termin bei *McCall's* zu vereinbaren. Der Werbeleiter, ein Mann von Ende Vierzig, war mit seinen Gedanken offensichtlich bei der Uhr und den bevorstehenden Feiertagen. Er sah aus, als läge ihm nur daran, dieses Vorstellungsgespräch möglichst schnell hinter sich zu bringen. Ted verkaufte sich. Er verkaufte dem Mann die Erfahrung, die er bei anderen Zeitschriften gemacht hatte, angereichert mit seinen Kenntnissen auf dem Gebiet der Marktforschung, der Bevölkerungsstatistik, sprach über Werbung in Zeitungen und Zeitschriften im Vergleich zu anderen Medien – zu diesem Thema hatte er einmal eine Verkaufspräsentation entworfen –, und als er sah, daß er für den Mann als Kandidat in Frage kam, überrumpelte er ihn mit der Frage, ob er noch mit jemand anders sprechen müsse und wenn ja, ob sie es dann sofort tun könnten?

«Mit dem Anzeigenleiter. Aber der will gerade in die Ferien fahren.»

«Würden Sie ihn bitte holen? Oder können wir zu ihm gehen?»

«Finden Sie das nicht vielleicht ein bißchen voreilig, übereilt, Mr. Kramer?»

«Ich möchte unbedingt diese Stelle haben.»

Der Mann musterte Ted einen Augenblick, dann ging er mit dem Bewerbungsbogen hinaus. Zehn Minuten später kam er mit einem anderen Mann zurück, der in den Fünfzigern war. Sie gaben sich die Hand, und der Anzeigenleiter lehnte sich in einem Sessel zurück.

«Sie sind also der forsche Draufgänger?»

«Würden Sie Ihr Verslein bitte noch einmal aufsagen?» sagte der Werbeleiter.

Ted verkaufte sich noch einmal, diesmal mit dem Unterschied, daß er sich auf das Thema Kundenberatung und Abschluß konzentrierte.

«Ich höre, Sie zahlen fünfundzwanzig- bis sechsundzwanzigtausend für den Job. Für jemanden mit meiner Erfahrung also sechsundzwanzig, nehme ich an.»

«Fünfundzwanzig», sagte der Anzeigenleiter.

«In Ordnung. Jetzt werde ich Ihnen ein Angebot machen. Ich nehme den Job für vierundzwanzig-fünf. Das sind fünfhundert Dollar weniger, als Sie zahlen wollen. Aber nur unter einer Bedingung: Sie müssen sofort ja sagen. Nicht erst morgen oder nächste Woche oder nach den Feiertagen. Ein sofortiges Ja ist mir die Sache wert. Dafür nehme ich die fünfhundert Dollar weniger in Kauf. Ich werde sie mit Provisionen wieder reinholen.»

«Sie gehen aufs Ganze, Mr. Kramer», sagte der Anzeigenleiter.

«Nur heute. Ein einmaliges Angebot. Vierundzwanzigfünf.»

«Würden Sie uns einen Moment entschuldigen?» sagte der Anzeigenleiter und gab Ted mit einer Handbewegung zu verstehen, er möge vor der Tür warten.

Verdammte Scheiße! Ich habe den Verstand verloren. Was versuche ich da? Ich muß vor Verzweiflung außer mir sein. Ich bin vor Verzweiflung außer mir.

Sie baten Ted, wieder hereinzukommen, und der Werbeleiter warf noch einmal einen Blick auf Teds Bewerbungsbogen.

«Wir werden noch ein paar Leute anrufen, die Sie als Referenz angegeben haben», sagte er.

«Tun Sie das. Bitte.»

«Aber das ist nur eine Formsache.»

«Mr. Kramer», sagte der Anzeigenleiter «Willkommen für vierundzwanzig-fünf.»

Ich hab's geschafft! Großer Gott!

«Ich freue mich sehr, bei Ihnen anfangen zu können.»

Er lief die Straße entlang zu dem Gebäude, in dem sich die Büros von *Men's Fashion* befanden. Der magere Weihnachtsmann war immer noch auf seinem Posten und klingelte mit seiner großen Glocke. Ted warf Kleingeld in seinen Hut, dann eine Fünfdollarnote und drückte ihm vor lauter Aufregung so heftig die Hand, daß der Weihnachtsmann aufstöhnte.

Bei *McCall's* war über die Feiertage nicht viel los, und Ted hatte keinerlei Mühe, sich einzuarbeiten und in der neuen Umgebung zu akklimatisieren. Er hatte aufgehört, mit der Fußspitze zu wippen. Er befand sich im Strom eines funktionierenden Unternehmens und absolvierte schon am ersten Arbeitstag des neuen Jahres ein komplettes Besuchsprogramm. Er hatte die neue Stellung so schnell bekommen, daß die Abfindung noch nicht angerührt war – eine erste Rate für das drohende Sorgerechtsverfahren. Er hatte immer noch nichts von Joanna gehört.

Eines Abends klingelte nach zehn Uhr das Telefon.

«Mr. Kramer, mein Name ist Ron Willis. Ich bin ein Freund von Joanna.»

«Und?»

«Ich dachte, ich könnte Ihnen beiden vielleicht aus dieser Sackgasse heraushelfen.»

«Ich bin mir keiner Sackgasse bewußt.»

«Ich dachte, wenn wir beide uns zusammensetzen, könnte ich vielleicht einige Dinge klarstellen.»

«Sind Sie Joannas Anwalt?»

«Ich bin zufällig Anwalt. Aber nicht Joannas Anwalt.»

«Wer sind Sie dann?»

«Nur ein Freund von ihr. Ich denke, ich könnte Ihnen und Joanna einige Unannehmlichkeiten ersparen, wenn wir uns kurz träfen.»

«Ein Unbekannter ruft an, um mir Unannehmlichkeiten zu ersparen. Ich nehme an, das ist Joannas nächster Schachzug.»

«So ist es nicht, glauben Sie mir.»

«Warum sollte ich Ihnen glauben?»

«Joanna hat mich nicht einmal gebeten, Sie anzurufen.»

«Und sie hat keine Ahnung, daß Sie es tun, nicht wahr?»

«Doch. Aber es war meine Idee.»

Seine Neugier, Joannas «Freund» kennenzulernen, war fast so groß wie seine Neugier, welche Pläne die andere Seite verfolgte.

«Gut, Mr. Willis. Ich erwarte Sie am Freitagabend um acht draußen vor Martell's, Ecke 83. Straße und Third Avenue. Wir können dort ein Bier trinken und uns unterhalten.»

«Sehr schön, Mr. Kramer.»

«Ja, es ist alles ganz wunderbar, nicht wahr?»

John Shaunessy hatte nichts gegen ein Treffen mit einer dritten Partei einzuwenden, zumal es ihnen zu Informationen verhelfen konnte, aber von einem Drink in einer Bar riet er ab. Eine Tasse Kaffee in einem gut besuchten Café, das sei besser. Oder ein kurzes Gespräch vor dem Haus, in dem sich Teds Büro befand. Es ging darum, sich nicht in eine Falle lokken zu lassen – einen Streit, eine Schlägerei, einen homosexuellen Annäherungsversuch – und nicht verhaftet zu werden. Er entschuldigte sich für seinen Pessimismus, betonte aber, solche Tricks seien nicht unbekannt, und ein Richter könne Anstoß an solchen Vorfällen nehmen.

Am nächsten Morgen traute Ted seinen Ohren nicht. Waren Kinder hellseherisch begabt? Er hatte immer nur über die Situation geredet, wenn Billy schlief. Aber als sie auf dem Weg zur Schule vor einer Ampel warteten, fragte Billy plötzlich, wie aus heiterem Himmel: «Wann kann ich meine Mommy wiedersehen?»

«Das kann ich dir nicht genau sagen.»

«Ich möchte meine Mommy gern wiedersehen.»

«Es ist schwer, Billy, das weiß ich.»

Sie gingen schweigend weiter. Als sie vor der Schule standen, sah Billy zu seinem Vater hoch. Er hatte sich ganz allein etwas zurechtgelegt.

«Mrs. Willewska ist so ähnlich wie eine Mommy. Sie ist keine richtige Mommy, aber sie ist so ähnlich wie eine Mommy. Verstehst du, was ich meine?»

«Ja. Du bist ein prima Kerl, Billy.»

In der Annahme, seinen Vater beruhigt zu haben, lief der Junge die Eingangstreppe hinauf.

Am Abend wollte Billy eine ganz bestimmte Geschichte vorgelesen bekommen. *Bunny, der Ausreißer*, ein Bilderbuch über einen kleinen Hasen, der davonlaufen möchte, aber Mutter Hase findet ihn immer wieder, so schlau er es auch anstellt. Als Joanna gegangen war, hatte Ted das Buch weggelegt, da es ihm unerträglich gewesen wäre, es Billy vorzulesen. Er sagte, es sei nicht mehr da, und las ihm statt dessen noch einmal die Geschichte von Babar vor. Vor dem Einschlafen sprach Billy mit sich selbst, ein ausgedachtes Gespräch zwischen einer Mommy und einem kleinen Jungen. Ted konnte den Jungen, den er liebte, nicht länger daran hindern, seine Mommy zu sehen, die der Junge sehen wollte. Er rief Joanna am nächsten Tag bei der Arbeit an, ein kurzes, kühles Gespräch zwischen Fremden. Sie könne Billy sehen, wann sie wolle; sie könne zum Beispiel an einem der nächsten Abende mit ihm Essen gehen. Er, Ted, werde die Haushälterin informieren. Sie vereinbarten, daß Billy sich am nächsten Nachmittag um fünf mit seiner Mutter zum Essen treffen sollte. Ted sagte ihr noch, es bleibe bei der Verabredung mit ihrem Freund, aber nicht vor der Bar; es passe ihm besser vor dem Gebäude, in dem sein Büro sei: «Es war nicht meine Idee», sagte Joanna. «Das hörte ich bereits,» erwiderte er. Sonst hatten sie sich nichts zu sagen.

Ted stand vor dem Gebäude und wartete auf Joannas Unterhändler. Er kam mit dem Taxi, ein hochgewachsener blonder junger Muskelmann, höchstens dreißig Jahre alt, dachte Ted, mit Anzug und Krawatte, sonnengebräunt, einen leichten Regenmantel über dem Arm, was entweder von Abhärtung zeugte oder idiotisch war bei sechs Grad minus und New Yorker Schneematsch.

«Mr. Kramer, ich bin Ron Willis. Wo können wir reden?»

«Hier.»

«Bitte, wie Sie wollen. Zunächst einmal, Joanna und ich sind gute Freunde.»

«Herzlichen Glückwunsch.»

«Ich denke, ich kenne sie recht gut. In gewisser Beziehung besser als Sie, wenn Sie das akzeptieren können. Ich glaube, Joanna ist ein anderer Mensch geworden, seit sie von Ihnen fortgegangen ist.»

«Ich gratuliere ihr.»

Ted haßte ihn. Er haßte ihn für sein Aussehen, für die Art, wie er Augenkontakt hielt, als wollte er den anderen mit seinem unübertroffenen Selbstvertrauen kleinkriegen, und er haßte ihn dafür, daß er mit seiner Exfrau schlief.

«Wir sind uns nähergekommen, als sie ihre kalifornische Periode hinter sich hatte, um es mal so auszudrücken. Sie arbeitete bei Hertz, hatte dann Teilzeitjobs in verschiedenen Büros, sie hatte Gelegenheitsarbeiten. Sie hat ein paarmal in Selbsthilfe-Gruppen mitgemacht, hatte ein paar Männer. Nichts auf Dauer.»

Joanna hatte also auch Schwierigkeiten, Beziehungen aufrechtzuerhalten. Das war immerhin ein gewisser Trost für Ted.

«Aber ich wußte, daß sie nicht zu diesen verrückten Kalifornien-Typen gehörte. Es gibt viele wie sie.»

«Ich nehme an, sie wollen sich die Rosinen holen.»

Ted war nicht gewillt, es ihm leichtzumachen. Er betrachtete diesen Mann in keiner Weise als seinen Freund.

Willis, der seinen Regenmantel angezogen hatte, begann vor Kälte zu zittern, und jetzt, da Ted sah, daß er nicht versuchte, ihm mit seiner rauhen Sportlichkeit zu imponieren, fand er es sinnlos, das Gespräch auf dem Bürgersteig fortzusetzen. Er schlug vor, in ein nahes Café zu gehen, wo Willis seine Niederlage im Duell mit einer Tasse heißer Schokolade besiegelte.

«Können Sie Direktheit vertragen, Mr. Kramer?»

«Oh, bitte. Und nennen Sie mich Ted, wenn Sie direkt sein wollen.»

«Die Ehe mit Ihnen muß wirklich schlimm für Joanna gewesen sein. Alles vermischte sich in ihrem Kopf, die Ehe, das Kind. Ich glaube, Joanna hat überreagiert und ist sich inzwischen darüber im klaren. Der Schlußstrich, den sie zog, war zu radikal.»

«Die Lady wollte frei sein. Es war ihre Entscheidung.»

«Wissen Sie, an dem Abend, als sie mir zum erstenmal von dem Jungen erzählte, hat sie drei Stunden lang geweint. Es war wie ein Dammbruch – das Geständnis, daß es diesen Jungen gab, den sie vor mir und vor sich selbst versteckt hatte.»

«Er ist schwer zu verstecken.»

«Verstehen Sie, Joanna hatte eine Chance, selbständig zu werden. Und jetzt hat sie etwas herausgefunden. Sie weiß jetzt, daß sie einen Fehler gemacht hat. Sie hat überreagiert. Würden Sie mit einem Fehler leben wollen, wenn Sie ihn berichtigen könnten?»

«Diesen hier kann man vielleicht nicht berichtigen. Ron, Sie scheinen keinen blassen Schimmer vom New Yorker Wetter zu haben, und vielleicht haben Sie auch keinen blassen Schimmer, wer Joanna wirklich ist. Sie hat es leicht gehabt ...»

«Sie nennen das, was sie durchgemacht hat, leicht?»

«Hören Sie, sie braucht nur zu sagen: ‹Es tut mir leid›, und sofort ist jemand wie Sie bereit, ihr den Rücken zu stärken. Sagen Sie, wollen Sie sie heiraten?»

«Was geht Sie das an? Sind Sie ihr Vater?»

Das war deutlich. Er betrachtete Ted auch nicht als seinen Freund.

«Wir sind seit sechs Monaten zusammen.»

«Wie rührend.» Ted hätte ihn am liebsten in seinem Regenmantel wieder auf den Bürgersteig gesetzt.

«Ich bin an die Ostküste gekommen, um unser New Yorker Büro aufzubauen und Joanna zu helfen, diese Sache durchzustehen.»

«Und Sie sollen mir ins Gewissen reden?»

«Ich dachte, ich könnte helfen. Mir scheint, Sie können nicht mehr miteinander reden. Ted, Sie würden das Recht haben, den Jungen regelmäßig zu sehen. Und bedenken Sie, gerade weil Joanna das alles getan hat, würde sie ihm eine sehr gute Mutter sein. Denn jetzt ist es wirklich ihr freier Wille.»

«Ich bin nicht überzeugt.»

«Sie sind vielleicht nicht ausreichend informiert. Wenn sie vor Gericht geht, werden Sie verlieren.»

«Das glaube ich nicht. Und mein Anwalt glaubt es nicht.»

«Weil es sein Job ist. Sie denken, Sie können vor Gericht gehen und beweisen, daß jemand, der so aussieht wie Joanna, nicht als Mutter qualifiziert ist?»

«Vielleicht werde ich beweisen, daß ich als Vater qualifiziert bin.»

«Ted, so etwas ist zeitraubend, kostspielig, ein Stress für alle Beteiligten und äußerst unerfreulich. Ich möchte nicht, daß Joanna so etwas durchmacht, wenn es nicht unbedingt sein muß. Und obwohl Sie mir völlig gleichgültig sind, wünsche ich auch Ihnen, daß Ihnen eine solche Erfahrung erspart bleibt.»

Ted glaubte ihm. Er war überzeugt, daß Willis aus eben diesem Grund interveniert hatte – abgesehen davon, daß er natürlich versuchte, ohne Prozeß zu gewinnen.

«Ron, alles, was Sie da sagen, mag wahr sein. Aber in einem sehr wichtigen Punkt haben Sie mich nicht überzeugen können. Warum sollte ich jemanden aufgeben, an dem mir so viel liegt? Sie müßten sein Vater sein, um zu verstehen, was ich meine. Ich *bin* sein Vater. Und wenn er Bunny der Ausreißer wäre, ich würde ihn wiederfinden.»

Joanna hinterließ eine Nachricht für Teds Sekretärin. «Kann ich Billy am Sonnabend um elf sehen? Ich würde ihn um fünf zurückbringen?» Ted rief zurück und hinterließ ihr eine Nachricht in der Telefonzentrale: «In Ordnung, um elf.» Am Sonnabend klingelte sie, und er schickte Billy hinunter. Um fünf klingelte sie, und sie schickte Billy herauf. Sie sahen sich nicht. Der Junge pendelte zwischen ihnen.

Billy schien sehr zufrieden mit dem Tag. Joannas Eltern waren nach New York gekommen und mit Joanna und Billy in den Zoo gegangen. Ted hatte das Gefühl, daß er mit dieser Situation fertig werden konnte, so unpersönlich sie auch war. Billy würde bei ihm bleiben, und Joanna konnte ihren Sohn trotzdem sehen. Am Montagmorgen, als er Billy zur Schule gebracht hatte, trat ein Mann auf ihn zu.

«Mr. Kramer, ich habe Anweisung, Ihnen das hier zu geben.»

Er klatschte ihm eine Vorladung in die Hand. Joanna Kramer prozessierte gegen Ted Kramer, um das Sorgerecht für das Kind zu erlangen.

17

In der Sache *Kramer gegen Kramer* bat Joanna das Gericht in ihrem Antrag, über ihre ursprüngliche Entscheidung, das Kind in der Obhut des Vaters zu lassen, hinwegzusehen. Sie erklärte, diese Entscheidung sei «unter der psychischen Folter einer unglücklichen Ehe» getroffen worden.

«Nachdem ich mein körperliches und seelisches Wohlbefinden durch einen Ortswechsel wiederhergestellt hatte», hieß es weiter in dem Antrag, «kehrte ich nach New York City zurück, wo ich nunmehr wohnhaft und fest angestellt bin. Zu der Zeit, als ich das Sorgerecht für mein Kind dem Vater überließ, befand ich mich nicht in einer stabilen Periode meines Lebens. Es war ein Irrtum, das Sorgerecht aufzugeben. Irren ist menschlich. Daß eine geistig und körperlich gesunde Mutter, die finanziell auf eigenen Füßen steht, aufgrund eines Irrtums auf den täglichen Kontakt mit ihrem Sohn verzichten muß, ist unmenschlich. Mein Sohn ist erst fünf Jahre alt und bedarf der besonderen Fürsorge und Pflege, wie sie ihm nur eine Mutter angedeihen lassen kann. Als natürliche Mutter des Jungen fühle ich mich durch tiefe und starke Gefühle zu dem Kind hingezogen und beantrage deshalb, daß mir das Sorgerecht zuerkannt wird. Ich beantrage, daß Wärme und Fröhlichkeit, wie sie das Kind bei unseren jüngsten Begegnungen zeigte, weiterhin gedeihen dürfen, und daß weder

Mutter noch Kind der Nähe und der Natürlichkeit ihrer Liebe zueinander beraubt werden.»

«Sehr direkt», sagte Shaunessy. «Ein Frontalangriff. Das – Argument Mutterschaft.»

Ted Kramer verbrachte drei Stunden in John Shaunessys Kanzlei, wo der Anwalt für sein Honorar arbeitete, indem er seinem Klienten eine Vorlesung über Sorgerechtsverfahren hielt. Der erste Schritt würde darin bestehen, auf den Schriftsatz zu antworten und zu argumentieren, das bestehende Sorgerecht dürfe nicht in Frage gestellt werden. Nach Shaunessys Meinung würden sie damit wahrscheinlich keinen Erfolg haben, da der Richter die Klage bereits angenommen hatte. Eine Verhandlung, glaubte er, war jetzt unvermeidlich.

Die Sorgerechtsverhandlung, wie Shaunessy sie beschrieb, würde einem normalen Zivilprozeß ähneln, bei dem Antragsteller und Antragsgegner ihre Argumente vor einem Richter vortrugen. Beide Parteien würden Zeugen benennen dürfen, die dann vom Anwalt der benennenden Partei befragt und vom Anwalt der Gegenseite ins Kreuzverhör genommen werden dürften. Nach den abschließenden Plädoyers würde der Richter die Beschlußfassung vertagen, und nach einigen Tagen oder Wochen würde er das Urteil verkünden, welcher Seite das Kind zugesprochen würde.

Während sie über Einzelheiten der Ehe sprachen und über mögliche Zeugen diskutierten, verlor Ted plötzlich die Kontrolle. Es kam ihm ungeheuerlich vor, daß er hier in einer Anwaltskanzlei saß und eine Strategie entwickeln sollte, um seinen Sohn behalten zu dürfen. Die Worte kamen wie aus weiter Ferne. Er konnte sich nicht mehr konzentrieren.

«Ted?»

Er riß sich zusammen: «Wir können uns nicht einfach verstecken, nicht wahr?»

«Nicht, wenn Sie ihn behalten wollen. Manche Leute erscheinen nicht vor Gericht.»

«Nein, das ist kein Weg.»

«Nun, Sie haben den Ball. Den muß sie Ihnen erst einmal fortnehmen.»

Shaunessy kannte Joannas Anwalt, der Paul Gressen hieß. Er hielt ihn für sehr tüchtig. Der Richter, ein Mann namens Herman B. Atkins, war seiner Meinung nach «ein ganz menschlicher Kerl».

Die Verhandlung würde Ted 5 000 Dollar kosten, einerlei, ob er gewann oder verlor – und vielleicht noch einen ähnlichen Betrag zusätzlich, falls Joanna gewann und er die vollen Gerichtskosten zu tragen hatte. Was ist der Preis für ein Kind? fragte er sich. Er würde das Geld auftreiben. Das wußte er. Während der Mensch, an dessen Kopf das Preisschild hing, gar nicht hätte begreifen können, daß es teurer war, ihn zu behalten, als ihm eine neue Winterjacke zu kaufen.

Ob er William Kramer behalten durfte oder hergeben mußte, würde das Gericht nach dem traditionellen juristischen Prinzip der «Interessen des Kindes» entscheiden. «Ted, was wir tun müssen, ist folgendes. Wir müssen dem Gericht zeigen, daß *Sie* das Interesse des Kindes sind.» Sie untersuchten Teds Qualifikation als Erzieher, unter Berücksichtigung von Eigenschaften, die er selber nie als Aktivposten genannt hätte – daß er kein Alkoholiker und kein Drogenabhängiger war, nicht homosexuell, nicht vorbestraft, nicht arbeitslos – *daran* hätte er bestimmt auch gedacht –, und daß man ihm keinen «unmoralischen Lebenswandel» vorwerfen konnte.

Man konnte ihm nicht einmal gelegentliche Abenteuer vorwerfen, dachte er. Vivian, seine letzte Partnerin, hatte die wenigen Male, als er sie in den vergangenen Wochen angerufen hatte, keine Zeit für ihn gehabt. Er fragte sich, ob sie vor seinen Schwierigkeiten zurückschreckte oder ob es an seiner Verschlossenheit auf Grund dieser Schwierigkeiten lag. Aber er konnte sich nicht damit aufhalten, einer Sache auf den Grund zu gehen, die ihm jetzt so unwichtig schien.

Als Laie nahm Ted an, der Umstand, daß Joanna einfach fortgegangen war, sei ein entscheidender Punkt, der gegen sie spreche, doch Shaunessy erklärte ihm den Fall *Haskins gegen Haskins*, eine wichtige Entscheidung, bei der es um eine Frau ging, die auf das Sorgerecht verzichtet hatte und dann ihr Kind wiederhaben wollte. Der Richter hatte einen Präzedenzfall geschaffen, indem er das Urteil, welches das Kind der Mutter zusprach, damit begründet, daß man «Mutterschaft nicht so leicht aufgeben» könne.

Shaunessy vermutete, daß Joannas Vergangenheit möglicherweise gegen sie sprechen würde und daß ihre Rastlosigkeit möglicherweise emotional ins Gewicht fiel, aber so wie er es sah, sollte das Hauptargument Ted Kramer sein. Ted war ein verantwortungsbewußter, liebender Vater, und es konnte nicht im Interesse des Jungen sein, ihn aus seines Vaters Obhut zu entfernen.

«Außerdem sollten wir ihre psychische Stabilität anzweifeln, denke ich. Hat sie je mit sich selbst geredet?»

«Joanna?»

«Ted, wir sind hier in einem schmutzigen Spiel. Die andere Seite wird alles gegen Sie ins Feld führen, was sie findet. Versuchen Sie, schmutzig zu denken. Es wäre ganz gut für uns, wenn wir andeuten könnten, daß sie nicht ganz dicht war, als sie davongelaufen ist, selbst wenn es medizinisch nicht nachweisbar wäre.»

«Sie hat nie mit sich selbst geredet, John.»

«Zu schade.»

Beim Nachdenken, welche Leute für ihn aussagen könnten, überlegte er, ob er seine Haushälterin als Zeugin benennen sollte. Sie kannte Billy besser als irgend jemand sonst und hatte Vater und Sohn zu Hause beobachtet. Trotzdem zögerte er, sie darum zu bitten. Mrs. Willewska war so einfach und geradeheraus, und es kam ihm vor, als würde er sie ausnutzen, wenn er sie in den Zeugenstand rufen ließ, wie er Shaunessy zu erklären versuchte.

«Kommen Sie, Ted, Sie müssen das Spiel mitmachen. Sie müssen selbst Ihren Wellensittich als Zeugen benennen, wenn er etwas zu Ihren Gunsten aussagen kann.»

«Aber sie ist so harmlos und unschuldig.»

«Sprechen Sie mit ihr. Wir werden sie schon aufklären.»

Aber Etta Willewska begriff kaum, worum es eigentlich ging.

«Mrs. Kramer will Ihnen Billy fortnehmen?»

«Sie hat das Recht, es zu versuchen.»

«Er liebt Sie doch so sehr.»

Kommen Sie, Ted, Sie müssen das Spiel mitmachen.

«Mrs. Willewska, wären Sie bereit, das auch vor Gericht zu sagen?»

«Ich soll vor all den Leuten sprechen?»

«Ja. Sie brauchten ihnen nur zu erzählen, wie wir hier leben.»

Er fragte den Anwalt wegen Billy. Muß *er* vor Gericht erscheinen? Als Zeuge? Für welche Partei?

«Nein, Ted. Vielleicht möchte der Richter in seinem Zimmer mit ihm reden, aber ich bezweifle es. Der Junge ist *non sui juris*, noch nicht rechtsfähig. Zu jung, um als Zeuge auszusagen.»

«Dann braucht er es also gar nicht zu erfahren», sagte Ted erleichtert.

Er hatte beschlossen, Billy nicht zu sagen, daß seine Eltern vor Gericht um ihn kämpfen wollten. Und er sagte auch nichts in der Firma. Was seine Arbeit betraf, befand er sich in einem Teufelskreis: wenn er sich zu sehr mit dem Verfahren beschäftigte, riskierte er es, seinen Job zu verlieren, und wenn er seinen Job verlor, riskierte er es, das Verfahren zu verlieren.

Bei der Verhandlung über den Antrag der Klägerin richtete er seine Kundenbesuche so ein, daß er zwischendurch den Gerichtstermin wahrnehmen konnte. Shaunessy hatte Ted gesagt, er brauche nicht zu erscheinen, die Anwälte regelten diese Dinge normalerweise in Abwesenheit ihrer Klienten. Aber Ted wollte nicht, daß irgend etwas ohne sein Wissen geschah. Er traf seinen Anwalt vor einem Zimmer im Flügel für Vormundschaftssachen. Joanna war der Verhandlung fern geblieben; sie überließ es ihrem Anwalt, ein schnelles Manöver zu versuchen. Der Anwalt beantragte, Joannas Antrag stattzugeben, da ihre Erklärung für sich spreche, und ihr das Sorgerecht ohne Hauptverhandlung zu übertragen. Der Richter, ein kleiner, kahlköpfiger Mann in den Sechzigern, schmetterte das Argument mit der gleichen Leichtigkeit ab, mit der er Shaunessys Einwand beiseite wischte, eine Hauptverhandlung sei nicht erforderlich, man solle das Sorgerecht nicht in Frage stellen.

Paul Gressen, ein höflicher Mann, Ende Vierzig, trug einen modisch geschnittenen Anzug mit seidener Krawatte und dazu passendem Ziertuch. Er hatte eine leise Stimme und ein ironisches Lächeln, und beides wußte er taktisch einzusetzen. Aber John Shaunessy war nicht leicht auszustechen, weder in Pose noch in seiner Kleidung. Er war eine imposante Erscheinung mit seinem grauen Haar und seiner «Gerichtsuniform», einem dreiteiligen blauen Anzug mit einer weißen Nelke im Knopfloch. Doch am Ende änderten die Posen und juristischen Manöver der Anwälte nichts an dem Resultat, das Shaunessy vorausgesagt hatte: eine Hauptverhandlung. Der Richter bekundete sein Interesse, die Angelegenheit, «da es sich um ein Kind handelt», zu beschleunigen. Dann setzte er den Termin für die Hauptverhandlung fest. Sie sollte in drei Wochen stattfinden.

Shaunessy ging mit Ted in den Flur hinaus und entschuldigte sich, daß er ihn nicht begleiten könne, da er noch für andere Klienten etwas zu erledigen habe. Sie würden sich morgen vormittag unterhalten. Ted ging die Treppe draußen vor dem Gerichtsgebäude hinunter, in dem er von nun an als «Antragsgegner» in dem von der «Antragstellerin» angestrengten Verfahren betrachtet wurde.

Der Richter beauftragte eine Psychologin, die Persönlichkeiten und die Wohnungsverhältnisse der streitenden Parteien zu begutachten. Die Psychologin kam am Abend eines Werktags zu Ted in die Wohnung, eine rundliche Frau in den Vierzigern, die nicht ein einziges Mal lächelte. Frau Dr. Alvarez ging durch die Wohnung, öffnete Hängeschränke, den Kühlschrank, die Wandschränke in den Schlafzimmern, den Medizinschrank im Badezimmer. Sie fragte, ob Billy ein paar Minuten allein in seinem Zimmer spielen könne, und zog dann ein Klemmbrett und einen Kugelschreiber aus der Tasche, um Ted zu interviewen. Sie wollte wissen, wie er den Tag verbrachte, wie die Zeit, die er mit Billy verbrachte, eingeteilt war, was sie gemeinsam unternahmen, was er tat, wenn er allein war, und ob sonst noch bei ihm jemand lebe. Er erwähnte Etta, aber die Frage war rein sexuell gemeint. Er merkte es, als sie direkter wurde und ihn fragte: «Mr. Kramer, haben Sie hier in der Wohnung mit irgend jemandem sexuellen Verkehr?»

Sooft es geht, meine Beste. Haben Sie vielleicht etwas vor?

«Frau Doktor, ich bemühe mich, mein Privatleben möglichst diskret zu führen. Im Augenblick habe ich keine feste Freundin.»

«Macht Ihnen das zu schaffen?»

«Nein, nicht sonderlich.»

«Und was sonst?»

«Was mir sonst zu schaffen macht?»

Daß Sie hier sind, die Hauptverhandlung, Joanna, ihr Anwalt, der Richter, daß man über den wesentlichen Teil dessen, was ich bin, zu Gericht sitzt.

«Ich weiß nicht recht, wie ich das beantworten soll. Die normalen Dinge, die allen Leuten zu schaffen machen. Daß das Leben so teuer ist. Oder wenn mein Junge krank ist . . .»

«Sehr gut. Jetzt möchte ich mit dem Jungen sprechen, wenn Sie erlauben. Allein.»

Billy war gerade dabei, eine Superstadt zu bauen, die bis in die Türöffnung hineinreichte, mit Spielzeugautos, die von Supermännern gefahren wurden, seinem Ledergürtel als Highway und Bauklötzen, die zu Gebäuden aufgeschichtet waren. Deshalb ließ die Tür sich nicht richtig schließen, und Ted konnte aus dem Wohnzimmer mithören.

«Was baust du denn da, Billy?» fragte sie.

«Detroit.»

«Bist du schon einmal in Detroit gewesen?»

«Nein, aber ich bin in Brooklyn gewesen.»

Ted hätte gern gewußt, ob sie auch das alles mitschrieb.

Sie fragte ihn, was er am liebsten spielte, was er am liebsten tat, welche Leute er am liebsten mochte. Auf die Frage nach den Leuten antwortete er: «Kim, Thelma, Mrs. Willewska, Daddy und Batman.»

«Und deine Mutter?»

«O ja. Meine Mommy auch.»

«Bist du gern mit deiner Mommy zusammen?»

Ted wäre am liebsten hinübergestürmt, um ihr zu sagen, daß sie den Zeugen durch Suggestivfragen beeinflußte.

«O ja.»

«Was machst du am liebsten mit ihr?»

«Essen in einem Restaurant.»

«Und was machst du am liebsten mit deinem Daddy?»

«Spielen.»

«Sag mal, schlägt dein Daddy dich manchmal?»

«Ja, oft.»

Ted sauste zur Tür.

«Wann schlägt er dich denn?»

«Wenn ich etwas Schlimmes gemacht habe.»

Billy, was tust du da?

«Er schlägt mich auf dem Planeten Kritanium, wenn ich den vergrabenen Schatz aus der berühmten Erdnußbutterfabrik stehle.»

«Nein, ich meine in Wirklichkeit, wann schlägt er dich in Wirklichkeit.»

«Mein Daddy schlägt mich nicht. Sie sind ja komisch. Warum soll mein Daddy mich denn schlagen?»

Damit war das Interview beendet. Frau Dr. Alvarez verabschiedete sich, warf noch einen letzten Blick auf die Szenerie, und für Ted und William Kramer endete der Abend damit, daß Fred Flintstone in Batmans Maschine nach Detroit flog.

An einem Montag, einen Tag vor der Hauptverhandlung, ging Ted zu seinem Anzeigenleiter und sagte, er hätte gern ein paar Tage frei, man möchte es auf seinen Urlaub anrechnen, aber seine geschiedene Frau mache ihm das Sorgerecht für seinen Sohn streitig. Er hatte bisher absichtlich niemandem in der Firma davon erzählt, um zu vermeiden, daß geklatscht wurde oder daß Zweifel an seiner Person aufkamen. Er tat seine Arbeit, machte Kundenbesuche – und merkte, wie seine Konzentrationsfähigkeit stündlich nachließ. Um fünf fuhr er heim zu seinem Sohn, der immer noch keine Ahnung davon hatte, daß am nächsten Morgen um halb zehn *Kramer gegen Kramer* auf dem Gerichtskalender stand.

An der Fassade des Gerichtsgebäudes stand: «Eine gerechte Justiz ist die festeste Säule einer guten Regierung.» Gute Regierung? Alles, was ich will, dachte Ted, ist mein Junge.

Ted Kramer betrat den Gerichtssaal. Als er sich umblickte und die Leute sah, seine Leute, die gekommen waren, um ihm zu helfen, war er tief bewegt. Thelma, Charlie – großer Gott, Charlie, was kostet es dich, hierzusein? –, Thelma und Charlie nebeneinander, einen Moment lang vereint durch Teds Not, Etta mit ihrem besten Ausgehhut, Larrys Frau Ellen, die gedacht hatte, weil sie Lehrerin sei, könne ihre Anwesenheit vielleicht nützlich sein, seine Schwägerin Sandy, die eigens mit dem Flugzeug von Chicago herübergekommen war, und Jim O'Connor mit frisch gestutztem Haar, neuem Hemd und neuer Krawatte, alle aus Freundschaft hergekommen, um ihm zu helfen, seinen Sohn zu behalten.

Joanna trat ein, wunderschön anzusehen in einem eleganten Strickkleid, begleitet von Ron Willis und ihrem Anwalt. Sie und der Anwalt nahmen an dem Tisch gegenüber vom Sitz des Richters Platz. Als Ted nach vorn, zu seinem Anwalt gehen wollte, öffnete sich die Tür und Joannas Eltern kamen herein. In tiefer Verlegenheit, wie es schien, blickten sie an Ted vorbei. Seine ehemaligen Schwiegereltern waren vermutlich hier, um gegen ihn auszusagen. Sie nahmen hinten Platz, auf der anderen Seite der Familie.

Es war ein imposanter, hoher Raum mit Bänken aus Eiche und Mahagonimöbeln, alles sehr gepflegt. «Wir vertrauen auf Gott» stand vorn an der Wand, daneben eine amerikanische Flagge. Der Richter kam herein in seiner Robe, das Publikum wurde aufgefordert, sich zu erheben, der Stenograph nahm vorn neben dem Zeugenstand Platz. Alles bereit. Ted atmete tief ein.

Als Antragstellerin hatte Joanna das Recht, die erste Runde zu bestreiten, und ihr Anwalt rief sie sofort als Zeugin in eigener Sache in den Zeugenstand. Er würde sich nicht mit Nebenfiguren aufhalten. Mutterschaft, die Mutter – das war sein Hauptargument, und Joanna, ihre Person war sein Beweis.

Joannas Aussage begann langsam, ihr Anwalt steckte sorgfältig den Rahmen ab, ließ sie kurz die Jahre mit Ted und dann mit Billy schildern, bis in die Gegenwart. Ted sah sich plötzlich von Erinnerungen überfallen – Gedanken, die er nicht unter Kontrolle hatte, der Tag, an dem er und Joanna das erste Mal miteinander schliefen und diese schöne Frau, die er nun nicht mehr kannte, ihre Beine um ihn schlang, und dann der Tag, an dem er Billy das erste Mal in den Armen hielt – wie winzig der Junge ihm vorkam! –, und das erste Mal, als er zusah, wie Joanna das Baby stillte. Sie hatte ihn tatsächlich gestillt. Das würde in ihrer Aussage nicht vorkommen. Er hatte es ganz vergessen.

Dann begann Gressen, Joanna nach ihrer Arbeit und ihrer Verantwortung an ihrem Arbeitsplatz zu fragen. Und er verknüpfte dies mit einer früheren Periode.

«Mrs. Kramer, waren Sie in der Zeit Ihrer Ehe mit Ihrem geschiedenen Mann jemals berufstätig?»

«Nein.»

«Wollten Sie gern arbeiten?»

«Ja.»

«Haben Sie jemals mit Ihrem geschiedenen Mann darüber gesprochen, daß sie gern wieder arbeiten würden?»

«Ja. Er war dagegen. Er wollte auf keinen Fall, daß ich wieder arbeitete.»

So begannen sie sich auf Ted einzuschießen, einen Mann, der seine Frau daran gehindert hatte, ihre Persönlichkeit zu entfalten. Sie versuchten, Joannas Fortgehen zu rechtfertigen.

Ted *hatte* nein gesagt, als sie wieder arbeiten wollte. Er konnte es kaum fassen, daß er so engstirnig gewesen war. Er konnte sich in ihrer Zeugenaussage kaum wiedererkennen. Aber er wußte, daß er der Mensch gewesen war, den sie beschrieb, auch wenn er sich inzwischen geändert hatte. Mittags unterbrach der Richter die Verhandlung, und Ted beobachtete, wie Joanna sich mit ihrem Anwalt besprach. Er hätte gern gewußt, ob sie sich auch geändert hatte, ob sie beide in ihrer Ehe zwei andere Menschen gewesen waren als jetzt in diesem Raum. Was wohl geschehen würde, wenn wir uns zueinander hingezogen fühlten, dachte er, wenn wir uns heute kennenlernten, als die Menschen, die wir jetzt sind – würden wir dann am Ende wieder in diesem Raum landen?

Shaunessy legte die Papiere zusammen, die vor ihnen auf dem Tisch lagen – Kopien des Antrags, das Gutachten der Psychologin, lauter Papiere, das Protokoll des Stenographen schoß wie eine lange Zunge aus seiner Maschine, Zettel mit Notizen, Dokumente.

Joanna und ihr Anwalt verließen als erste den Gerichtssaal. Nach einem diplomatischen Zögern, damit sie nicht im selben Fahrstuhl stehen mußten, ging Ted mit seinem Anwalt aus dem Saal. Antragstellerin und Antragsgegner waren so durch Menschen, Papiere, Juristenjargon und Zeit voneinander getrennt, als sie für eine kurze Verhandlungspause diesen altehrwürdigen Gerichtssaal, diesen Ehefriedhof verließen.

Joannas Anwalt fuhr fort, den Umstand, daß sie fortgegangen war – ihre schwache Stelle – zu beschönigen. Er versuchte, ihre Flucht in einen Pluspunkt umzumünzen: ihr damaliger Entschluß beweise die Tiefe ihrer Enttäuschung, verursacht durch den Beklagten, der ihr keine andere Wahl gelassen habe.

«Würden Sie dem Gericht bitte sagen, ob Sie gern Tennis spielten?»

«Ja.»

«Und Ihr geschiedener Mann, wie reagierte er darauf?»

«Er sah es nicht gern. Er bezeichnete sich anderen Leuten gegenüber als Tenniswitwer.»

In ihrer Entfaltung behindert, sah sie sich obendrein gezwungen, die zusätzliche Bürde eines kleinen Kindes zu tragen.

«Haben Sie das Kind geliebt?»

«Ja, sehr.»

«Wie haben Sie den Jungen genährt, als er Säugling war?»

«Ich habe ihn gestillt. Weil ich ihm so als Mutter noch näher sein konnte.»

Hier ließ sich keine Seite einen möglichen Vorteil entgehen.

«Und trotzdem beschlossen Sie, Ihr Kind zu verlassen?»

«Mein Unglück überwältigte mich. Wenn mein Mann nur etwas Verständnis dafür gezeigt hätte, daß ich auch meinen eigenen Interessen nachgehen wollte, wäre ich nicht in eine so verzweifelte Lage geraten.»

«Das ist nur die halbe Wahrheit», flüsterte Ted seinem Anwalt zu. «Sie *brauchte* nicht zu gehen.» Shaunessy nickte. Er saß nicht das erste Mal in diesem Saal. «Ich habe ihr sogar gesagt, wir sollten zu einem Eheberater gehen.» – «Pschscht», machte der Anwalt und legte die Hand auf den Arm seines Klienten, um ihn zu beruhigen.

«Es kam alles zusammen – die Ehe, mein Mann, der ständige Druck, das Kind. Es kam alles zusammen, weil es für mich zusammengehörte. Mein Mann hatte mir alle Möglichkeiten genommen.»

«Und was taten Sie als nächstes?»

«Ich tat das einzige, was mir unter diesen Umständen einfiel. Da für mich alles zusammengehörte, konnte ich nicht die einzelnen Teile aus dem Ganzen herausnehmen, die in Ordnung gebracht werden mußten. Ich mußte mich von allem befreien. Ich bin gegangen, um einen besseren Weg für mich zu finden.»

«Sie gaben also Ihr Kind auf?»

«Nein, nicht mein Kind als solches – meine Ehe, meinen Mann, meine Frustration *und* mein Kind. Ich verließ dieses ganze Paket, das mein Mann so fest zusammengeschnürt hatte.»

«Mrs. Kramer, warum sind Sie wieder nach New York gezogen?»

«Weil der Junge hier lebt. Und weil sein Vater hier lebt. Als Mutter möchte ich nicht, daß mein Kind von seinem Vater getrennt wird.»

«Dafür verdient sie einen Orden», murmelte Shaunessy seinem Klienten zu.

Gressen fragte sie, wann sie im Gedanken an ihr Kind zum erstenmal das Gefühl eines Verlusts gespürt habe. Sie erklärte, an dem Morgen nach ihrem Fortgehen.

«Und was unternahmen Sie gegen dieses Gefühl des Verlusts?»

«Damals gar nichts. Ich mußte erst die Erfahrung meiner enttäuschenden Ehe verarbeiten.»

«Einspruch. Die Zeugin äußert eine persönliche Meinung.»

«Stattgegeben.»

«Haben Sie jemals Ihren Mann angerufen, um ihm zu sagen, was Sie für Ihren Jungen fühlten?»

«Ja. Letztes Jahr, an Weihnachten.»

Gressen ließ Joannas Telefonrechnung zu den Akten nehmen, aus der hervorging, daß sie Ted mehrmals von Kalifornien aus angerufen hatte. Joanna erklärte, sie habe mit diesen

Anrufen die Absicht verfolgt, ein Treffen mit dem Jungen zu vereinbaren.

«Und was sagte Ihr geschiedener Mann dazu?»

«Er reagierte feindselig darauf. Zuerst sagte er, er müsse es sich überlegen und würde mir Bescheid geben. Als er dann zustimmte, fragte er mich, ob ich den Jungen auch nicht entführen wolle.»

«Haben Sie den Jungen entführt?»

«Nein. Ich habe ihm ein Spielzeug gekauft, das er sich wünschte.»

Das Gutachten der Psychologin wurde vorgelegt. Frau Dr. Alvarez war bei keiner der beiden Seiten zu irgendwelchen negativen Erkenntnissen gekommen. Joanna wurde als «selbstbewußt» charakterisiert, und die neue Umgebung, die sie für das Kind schaffen wolle, sei «den Bedürfnissen des Kindes angemessen», was der Anwalt als Beweis für Joannas Qualifikation wertete. Dann berichtete sie über das letzte Treffen mit Billy und erzählte, wie sehr der Junge sich gefreut habe, mit ihr zusammen zu sein.

«Hat der Junge das ausdrücklich gesagt?» fragte Gressen.

«Ja. Er sagte: «Wie schön es mit dir ist, Mommy!» Billys Begeisterungsfähigkeit wurde als Beweis hingestellt.

Zuletzt fragte Gressen sie: «Könnten Sie dem Gericht sagen, warum Sie das Sorgerecht haben möchten?»

«Weil ich die Mutter des Kindes bin. Als wir uns das erste Mal unterhielten, sagten Sie mir, Mr. Gressen, es habe Fälle gegeben, in denen Mütter sogar dann das Sorgerecht für ihre Kinder erhielten, wenn sie vorher darauf verzichtet hatten. Ich verstehe nichts von der juristischen Seite solcher Fälle. Ich bin kein Anwalt, ich bin Mutter. Ich kenne die emotionale Seite. Ich liebe meinen Jungen. Ich möchte so viel wie möglich mit ihm zusammen sein. Er ist erst fünf Jahre alt. Er braucht mich in seiner Nähe. Ich sage nicht, daß er seinen Vater nicht braucht. Aber mich braucht er *mehr*. Ich bin seine Mutter.»

Gressen hatte gut gearbeitet mit seiner Klientin und mit der Uhr. Joannas Zeugenaussage hatte bis halb fünf Uhr gedauert.

Richter Atkins vertagte die Verhandlung auf den folgenden Tag. So ging die erste Runde an eine souveräne, gutaussehende Mutter, die sich bis zum nächsten Morgen an ihrem Teilsieg erfreuen konnte.

«Keine Sorge, Ted», sagte Shaunessy. «Auch weiterhin sind Sie unsere beste Waffe. Aber morgen werden wir erst einmal versuchen, die Dame ein bißchen auseinanderzunehmen.»

Joannas Vernehmung durch den Anwalt war im wesentlichen ein einstudiertes Frage-und-Antwort-Spiel gewesen mit einem Ergebnis, das der Anwalt mit seiner Klientin abgesprochen hatte. Im Kreuzverhör war Joanna nicht mehr so souverän. Wo Gressen subtil und auf Umwegen vorgegangen war, trat Shaunessy als bärbeißiger, erfahrener älterer Mann auf. Er ging auf Joannas Aussage ein und zwang sie, die langen Zeiträume zwischen ihrem Fortgehen und den Weihnachtsanrufen, zwischen dem Weihnachtsbesuch und ihrer Rückkehr nach New York zu erklären.

«Als Sie fortgingen und dieses Gefühl eines Verlusts hatten, von dem Sie gestern sprachen, haben Sie da Ihrem Kind Briefe oder Geschenke geschickt?»

«Nein, ich . . .»

«Haben Sie dem Jungen irgend etwas geschickt?»

«Ich mußte vorher meine Erfahrung mit meinem Mann verarbeiten.»

«Sie schickten dem Kind also nichts, um Ihre Liebe auszudrücken?»

«Ich schickte es in meinem Herzen.»

«So, in Ihrem Herzen. Hat der kleine Junge wohl die Symbolik begriffen?»

«Einspruch. Der Anwalt versucht, die Zeugin einzuschüchtern.»

«Können wir die Frage noch einmal hören?» sagte der Richter zu dem Stenographen, und Ted beugte sich auf seinem Stuhl vor. Hörte der Richter gar nicht zu? Thronte er dort oben und träumte, während über diese wichtige Sache entschieden wurde? Oder wollte er ganz sichergehen? Er war aber der Richter. Er konnte in diesem Gerichtssaal machen, was er wollte. Der Stenograph las die Frage vor.

«Abgelehnt. Die Zeugin möge antworten.»

«Ich kann nur sagen, daß Billy immer glücklich gewesen ist, wenn er mit mir zusammen war.»

«Wie lange gedenken Sie in New York zu bleiben, Mrs. Kramer?»

«Für immer.»

Shaunessy pickte sich die Worte «für immer» heraus und benutzte sie als Waffe.

«Wie viele Liebhaber haben Sie gehabt – für immer?»

«Ich weiß es nicht mehr.»

«Wie viele Liebhaber – für immer?»

«Ich weiß es nicht mehr.»

«Mehr als drei, weniger als dreiunddreißig – für immer?»

«Einspruch.»

«Abgelehnt. Die Zeugin möge bitte antworten.»

«Irgendwo dazwischen . . .»

Shaunessy hatte Ted erklärt, es gebe nicht viel her, die Promiskuität der Mutter aufs Tapet zu bringen, es sei denn, sie wäre extrem, was sie aber nur schwer beweisen könnten. Er hatte offensichtlich etwas anderes im Sinn.

«Haben Sie zur Zeit einen Geliebten?»

«Ich habe einen Freund.»

«Ist er auch Ihr Geliebter? Brauchen wir eine genaue Definition, oder sind Sie die Jungfrau Maria?»

«Einspruch.»

«Stattgegeben. Mr. Shaunessy, erwarten Sie im Ernst auf eine solche Frage eine Antwort?»

«Ich bitte darum, daß eine direkte Frage ohne Umschweife beantwortet wird. Hat sie im Augenblick einen Geliebten?»

«Diese Frage lasse ich zu. Die Zeugin möge bitte antworten.»

«Ja.»

«Ist das ein Geliebter für immer?»

«Ich . . . ich weiß es nicht.»

Er ließ nicht locker. Wie viele Stellen sie für immer gehabt habe, was sie für immer getan habe, und ob es, als sie nach Kalifornien ging, für immer gewesen sei, ob es, als sie nach New York kam, um das Kind zu besuchen, für immer gewesen sei, ob es, als sie wieder nach Kalifornien ging, für immer gewesen sei, und ob es, als sie wieder nach New York kam, für immer war. Er attackierte ihre Stabilität, und Joanna wurde unsicher, fing an zu stottern, wurde vage: «Ich... ich habe es damals nicht gewußt...» Sie senkte die Stimme, so daß der Richter sie auffordern mußte, lauter zu sprechen.

«Wir können also nicht sicher sein, ob Sie wirklich in New York bleiben wollen, wir wissen nicht einmal, ob Sie den Jungen tatsächlich zu behalten gedenken, wenn Sie für immer sagen, da Sie in Wirklichkeit niemals in Ihrem Leben irgend etwas getan haben, was kontinuierlich, stabil war, was man als für immer hätte bezeichnen können.»

«Einspruch! Ich muß darum bitten, daß der Anwalt des Antraggegners daran gehindert wird, die Zeugin zu quälen!»

«Aber hierin liegt eine zulässige Frage», antwortete der Richter. «Haben Sie die Absicht, für immer in New York zu bleiben, Mrs. Kramer?»

«Ja», sagte sie leise.

«Ich habe im Augenblick keine weiteren Fragen.»

Gressen hatte das Recht, die Zeugin noch einmal zu befragen, und er stellte ihr angeschlagenes Mutter-Image sorgfältig wieder her – «Mutter» war das Schlüsselwort: «Als Mutter war ich der Ansicht...», «Da ich seine Mutter war, sah ich sofort . . .» Zeugin und Anwalt benutzten das Wort fortwährend, als wollten sie den Richter auf einen automatischen Reflex drillen. Sie schilderten, welche Schritte Joanna unternommen hatte, um das Sorgerecht für den Jungen zu erlangen, ihre Rückkehr nach New York, ihre Bemühungen um eine Stellung, ihre Suche nach einer Wohnung, wo Billy sich wohl fühlen würde, wie sie «als seine Mutter» auf den ersten Blick sah, die juristischen Formalitäten, die sie erledigte, das Einschalten des Rechtsanwalts, das Einreichen des Schriftsatzes, sie vergaß nichts, bis zu ihrem heutigen Erscheinen vor Gericht, und all das wegen ihrer Sehnsucht als Mutter – lauter Einzelheiten, die das unauflösliche Band zwischen einer psychisch stabilen, verantwortungsbewußten Mutter und ihrem kleinen Jungen bezeugen sollten.

Shaunessy nahm sie noch einmal ins Kreuzverhör.

«Mrs. Kramer, wie können Sie sich als qualifizierte Mutter betrachten, wenn Sie doch praktisch bei allem, was Sie als Erwachsene in die Hand nahmen, gescheitert sind?»

«Einspruch!»

«Stattgegeben.»

«Ich werde die Frage anders stellen. Welches ist die längste zwischenmenschliche Beziehung, die Sie je in Ihrem Leben hatten, Eltern und Freundinnen ausgenommen?»

«Ich würde sagen, die Beziehung zu meinem Kind.»

«Das Sie zweimal im Jahr gesehen haben? Mrs. Kramer, und Ihr geschiedener Mann? War die Beziehung zu ihm nicht die längste, die Sie in Ihrem Leben hatten?»

«Ja.»

«Wie lange hat sie gedauert?»

«Wir waren zwei Jahre verheiratet, ehe das Baby kam. Und dann noch vier sehr schwierige Jahre.»

«Sie sind also bei der längsten, wichtigsten Beziehung in Ihrem Leben gescheitert?»

«Einspruch.»

«Abgelehnt.»

«Ich bin nicht gescheitert.»

«Wie wollen Sie es sonst bezeichnen? Als Erfolg? Die Ehe endete mit einer Scheidung!»

«Ich betrachte es in erster Linie als ein Scheitern seinerseits.»

«Mrs. Kramer, ich gratuliere. Sie haben soeben das Eherecht neu geschrieben. Sie wurden *beide* geschieden, Mrs. Kramer!»

«Mr. Shaunessy, haben Sie eine Frage an die Zeugin oder nicht?» fragte der Richter.

«Ich würde gern fragen, wobei dieses Muster an psychischer Stabilität und Verantwortungsbewußtsein jemals Erfolg gehabt hat. Mrs. Kramer, sind Sie bei der längsten und wichtigsten zwischenmenschlichen Beziehung in Ihrem Leben gescheitert?»

Sie saß stumm da.

«Bitte antworten Sie auf die Frage, Mrs. Kramer», sagte der Richter.

«Es war kein Erfolg.»

«Nicht es – *Sie*. Sind *Sie* bei der wichtigsten zwischenmenschlichen Beziehung in Ihrem Leben gescheitert?»

«Ja», sagte sie kaum hörbar.

«Ich habe keine weiteren Fragen.»

Joanna verließ den Zeugenstand. Sie wirkte erschöpft.

«Gegen Mutterschaft ist kaum anzukommen», sagte Shaunessy zu seinem Klienten. «Aber wir haben ein Tor geschossen.»

Nach der Mittagspause wurde das Verfahren mit der Einvernahme von Joannas Vater, Sam Stern, fortgesetzt, der für die Antragstellerin in den Zeugenstand trat. Seine Aufgabe war es, Joanna als Augenzeuge für die Mutter-Sohn-Beziehung zu dienen. Gressen beschränkte seine Fragen auf dieses eine Gebiet und berücksichtigte dabei vor allem jenen Sonnabend, an dem Joanna Billy tagsüber genommen hatte und Sam und Harriet bei ihnen gewesen waren. Als Sam beschrieb, wie schön der Nachmittag gewesen sei und wie ungezwungen und natürlich Joanna mit ihrem Sohn umgegangen sei, begriff Ted, daß sie ihn hereingelegt hatten. Das Unternehmen war eine Falle gewesen. Die Großeltern waren speziell zu dem Zweck gekommen, diese Zeugenaussage zu ermöglichen. Shaunessy versuchte es mit einem Kreuzverhör, konnte diese begrenzte Aussage aber nicht erschüttern. Der Mann hatte es mit eigenen Augen gesehen – Mutter und Sohn kamen sehr gut miteinander zurecht.

Als er aus dem Zeugenstand trat, versuchte Sam, sich an Ted vorbeizuschleichen, ohne ihn anzusehen. Ted griff nach seinem Arm.

«Sam?»

Sam Stern hatte den Kopf gesenkt. Ohne ein einziges Mal aufzublicken, sagte er: «Ted, du würdest für dein Kind dasselbe tun, nicht wahr?» Und dann ging er schnell weiter.

Gressen rief keine weiteren Zeugen auf. Er hatte seine Argumentation auf die Frage der Mutterschaft konzentriert. Die Mutter war der Hauptbeweis.

Nun begannen die Aussagen zu Teds Gunsten. Charlie war der erste Zeuge. Shaunessy bezeichnete ihn ständig als «Doktor», um seinen Worten mehr Gewicht zu geben. Der Doktor verbürgte sich für Teds Charakter und für seine ausgezeichneten Fähigkeiten als Erzieher.

«Würden Sie ihm Ihr Kind anvertrauen?»

«Das habe ich bereits getan. Viele Male.»

Er schilderte gemeinsame Ausflüge mit den Kindern, die gegenseitige Zuneigung zwischen dem Jungen und dem Vater, die er aus nächster Nähe beobachtet hatte. Er sagte mit Rührung in der Stimme: «Ich glaube nicht, daß ich unter solchen Umständen ein so guter Vater gewesen wäre.»

Gressen wollte ihn nicht ins Kreuzverhör nehmen. Mit einem Lächeln tat er die Aussage praktisch als belanglos ab. Dieselbe Taktik verfolgte er nach der Aussage der nächsten Zeugin, Teds Schwägerin Sandy, die Teds Sorge um Billys Wohlergehen beschrieb, die sie selbst beobachtet hatte, und sagte: «Der Junge betet ihn an.» Thelma trat als nächste in den Zeugenstand. Sie war furchtbar aufgeregt, und als Shaunessy sie fragte: «Haben Sie etwas beobachtet, was Mr. Kramers Qualifikation als Vater unterstreichen würde?» antwortete sie: «Ja, ihre Beziehung», und weinte beinahe.

«Einspruch, Euer Ehren. Die Antwort ist zu vage, um es milde zu sagen.»

«Stattgegeben.»

«Können Sie sich an irgendeinen bestimmten Vorfall erinnern, der Mr. Kramers Fürsorge für seinen Jungen zeigt?»

«Er liest Billy Geschichten vor, er badet ihn, er spielt mit ihm, er liebt ihn, er ist wirklich ein sehr guter Mensch . . . und wenn Sie sie je zusammen gesehen hätten . . . gäbe es überhaupt keinen Prozeß . . .» Und wieder fing sie an zu weinen.

Shaunessy sagte, er habe keine weiteren Fragen. Gressen sah einen Augenblick so aus, als würde er sie gern auseinandernehmen, aber als Anwalt, der seine Argumentation auf die Frage der Mutterschaft gründete, war er nicht so dumm, sich gegen die Tränen einer Mutter zu wenden, und lehnte es ab, sie ins Kreuzverhör zu nehmen.

Jim O'Connor sagte, Ted sei «hochangesehen auf seinem Gebiet» und «ein Mann, vor dem ich große Achtung habe.» Nachdem er Ted ausführlich als tüchtigen und anerkannten Spezialisten geschildert hatte, beschloß Gressen, diesen Zeugen nicht ungeschoren davonkommen zu lassen.

«Mr. O'Connor, haben Sie diesen Mann, der, wie Sie sagen, so hervorragende Arbeit leistete und ein so erstklassiger Spezialist ist – haben Sie diesen Mann nicht zweimal entlassen?»

Ted fuhr herum und sah Shaunessy an. Woher hatten sie die Information?

«Nein, so nicht», sagte O'Connor.

«Was soll das heißen, so nicht?»

«Die Firmen wurden dichtgemacht. Wir saßen alle auf der Straße.»

«Auch unser Wunder an Tüchtigkeit?»

«Einspruch!»

«Stattgegeben.»

«Ich habe keine weiteren Fragen.»

Ellen trat in den Zeugenstand und erklärte in ihrer Eigenschaft als Volksschullehrerin, sie führe Billys Aufgewecktheit und Fröhlichkeit darauf zurück, daß Ted ein ausgezeichneter Vater sei. Gressen ließ sie ungeschoren. Dann legte Shaunessy als Beweismittel das Gutachten der Psychologin vor, in dem auch über den Beklagten ein positives Urteil abgegeben wurde – die Wohnung sei «sehr geeignet für den Jungen», und Ted sei ihren Eindrücken nach «ein kompetenter Erzieher».

Etta Willewska wurde aufgerufen. Shaunessy stellte ihr eine Reihe von Fragen, die den Haushalt betrafen. Nervös, sprachlich unsicher, beschrieb sie mit einfachen Worten die Atmosphäre in der Wohnung. «Er ist ein sehr lieber Junge. Sie sollten sehen, wie er seinen Daddy liebt. Ich könnte ihn zur Schule bringen, aber sie gehen gern zusammen.»

Gressen, dem diese Aussage Unbehagen bereitete, beschloß, sie ins Kreuzverhör zu nehmen.

«Mrs. Willewska, Mr. Kramer ist Ihr Arbeitgeber, nicht wahr?»

«Wie bitte?»

«Er gibt Ihnen Geld, nicht wahr?»

Der Sarkasmus, den er entwickelte – daß ihre Aussage gekauft sei, entging ihr völlig.

«Ja, aber heute paßt meine Schwester auf Billy auf, während ich hier bin.»

«Mr. Kramer gibt Ihnen Geld, nicht wahr?»

«Ja, aber ich weiß nicht, ob er es auch für heute tut», sagte sie verwirrt. «Vielleicht sollte er es meiner Schwester geben.»

Als der Anwalt bemerkte, daß sowohl der Richter als auch der Stenograph über die unangreifbare Naivität der Zeugin schmunzelten, trat er den Rückzug an, um nicht noch mehr Sympathie für die Zeugin zu wecken.

«Keine weiteren Fragen», sagte er und blickte mit einem leichten Lächeln in Shaunessys Richtung, kollegiale Hochachtung – Diese Runde ging an Sie, John.

Ted Kramer war als nächster an der Reihe, der letzte Zeuge in dem Verfahren. Sie würden morgen früh anfangen.

Die Aussage begann um halb zehn. Sie dauerte den ganzen Tag und den halben nächsten Tag. Was im Gerichtssaal gesprochen wurde, ergab nicht mehr und nicht weniger als die Lebensgeschichte eines Mannes. Sie gingen bis zu der Zeit zurück, als Joanna fortgegangen war und Ted seine Entschlüsse gefaßt hatte, daß er den Jungen behalten, eine Haushälterin suchen und den Haushalt unverändert weiterführen wollte. Dann kamen die Alltagssorgen, die das Leben mit dem Kind mit sich brachte, die winterlichen Viren und die Suche nach Spielgefährten für einen kleinen Jungen, verregnete Sonnabende und Traumgespenster um vier Uhr morgens. Shaunessy stellte seine Fragen mit Gefühl und Anteilnahme, als hätte dieser eine Klient, dessen Sache zu der seinen geworden war, seiner Arbeit, die normalerweise in der Regelung kleinlicher Streitigkeiten zwischen Leuten, die sich haßten, bestand, plötzlich eine andere Dimension gegeben. Lassen Sie diesem Mann sein Kind, schien er den Richter zu drängen. Sehen Sie sich an, was er geleistet hat. Sie sprachen von den langen Wochenenden, wie er dem Jungen Kleidung gekauft, Bücher vorgelesen und mit ihm gespielt hatte, von der ständigen Verpflichtung und dem festen Band zwischen ihnen, von seiner tiefen Liebe. Und irgendwann in den letzten Stunden der Zeugenaussage fand im Gerichtssaal eine Veränderung statt. Joanna Kramer, die bisher mit unbewegtem Gesicht dagesessen und ihre betonte Gleichgültigkeit der ihres Anwalts angepaßt hatte, begann zuzuhören, wie gebannt von den Worten der Anhäufung von Einzelheiten, und konnte die Augen nicht mehr abwenden von dem Zeugen. Ted Kramer antwortete auf die letzte Frage, warum er das Sorgerecht behalten wolle, und er sagte: «Ich mache mir keine Illusionen und bilde mir nicht ein, daß mein Junge mir später einmal dankbar sein wird. Ich möchte nur für ihn dasein, wie bisher, weil ich ihn liebe.» Vor dem Kreuzverhör wurde die Verhandlung unterbrochen, der Richter zog sich in sein Zimmer zurück, und Ted Kramer, der aus dem Zeugenstand trat, wurde von seinem Anwalt und von seinen Angehörigen umarmt.

Beim Kreuzverhör befeuerte Joannas Anwalt Ted mit Fragen nach den Stunden, Tagen, Nächten, die er von Billy getrennt verbracht hatte, wie oft er Babysitter nehme und das Kind allein lasse, um mit Frauen zu schlafen. Der Anwalt versuchte, Teds Moral und seine Fürsorglichkeit gegenüber dem Jungen in Zweifel zu ziehen.

«Sie werden mir doch sicher zustimmen, wenn ich sage, daß man die Zeit, in der Sie zu Hause sind und das Kind schläft, nicht als Obhut und Fürsorge bezeichnen kann?»

«Man ist auch dann immer auf dem Sprung.»

«Es sei denn, Sie haben gerade eine Frau im Bett.»

«Einspruch!»

«Stattgegeben.»

«Mr. Kramer, hatten Sie jemals eine Frau bei sich im Bett, während Ihr Kind im Zimmer nebenan schlief?»

«Das nehme ich an.»

«Ich auch.»

Ted fand diesen Angriff auf der Basis von Andeutungen und Halbwahrheiten primitiv, aber sein Anwalt hatte bei Joanna ebenso unter die Gürtellinie geschlagen. Es war, wie Shaunessy gesagt hatte, ein schmutziges Spiel. Gressen attakkierte Ted jetzt wegen seiner beruflichen Vergangenheit. Es war klar, daß sie einen Privatdetektiv beauftragt hatten, Informationen zu beschaffen, die sie gegen ihn verwenden konnten. «Wie viele Monate waren das, Mr. Kramer?», «Wie viele Stellen macht das in den letzten zwei Jahren?» Was Ted als persönliche Leistung empfunden hatte, die erfolgreiche Arbeitssuche, wollte der Anwalt nun in eine charakterliche Schwäche ummünzen, indem er immer wieder betonte, daß Ted arbeitslos gewesen war.

«Ich bin jetzt bei *McCall's*. Ich glaube kaum, daß dieses Blatt eingestellt wird.»

«Wie lange sind Sie schon dort?»

«Zwei Monate.»

«Dann kann man nur abwarten, Mr. Kramer.»

«Einspruch, Euer Ehren!»

«Ich untersuche lediglich die berufliche Vergangenheit des Zeugen, Euer Ehren. Er stellt sich als Spitzenkraft hin, obwohl er sich nirgendwo halten kann. Wenn der Zeuge meine Daten anzuzweifeln wünscht...»

«Stimmen die Daten, Mr. Kramer?»

«Ja, aber das ist nicht die ganze...»

«Ich habe keine weiteren Fragen.»

Bei seiner erneuten Befragung versuchte Shaunessy, den Standpunkt des Klienten zu untermauern. War ein häufiger Wechsel des Arbeitsplatzes nicht typisch für die Branche? Hatte er seinen beruflichen Status denn nicht im Lauf der Jahre verbessert? Waren die Kontakte unter Erwachsenen und das Anheuern eines Babysitters nicht allgemein üblich? Und würde er heute abend nach der Verhandlung nicht heimfahren und seinen Jungen versorgen, wie er es schon die ganze Zeit tat, seit seine geschiedene Frau ihn und das Kind verlassen hatte?

Joannas Anwalt hatte die Möglichkeit, Ted einem abschließenden Kreuzverhör zu unterziehen.

«Mr. Kramer, verlor Ihr Junge beinahe ein Auge, während er in Ihrer Obhut war?»

Einen Augenblick lang begriff Ted die Frage nicht. Sie brachten also den Unfall zur Sprache.

«Mr. Kramer, ich habe Sie gefragt, ob der Junge sich verletzte, während er in Ihrer Obhut war, und ob er jetzt für immer entstellt ist?»

Ted Kramer wurde plötzlich physisch übel. Er blickte zu Joanna hinüber. Sie hatte das Gesicht in die Hände gestützt und bedeckte ihre Augen.

«Einspruch, Euer Ehren. Das ist eine Frage, die nicht zur Sache gehört.»

«Während der Junge in Obhut des Zeugen war, hat er sich das Gesicht aufgeschnitten, und jetzt hat er eine Narbe.»

«Wollen Sie darauf hinaus, daß Mr. Kramer seine Aufsichtspflicht verletzt hat, Mr. Gressen?»

«Ja, Euer Ehren.»

«Ich verstehe. Hoffentlich haben Sie mehr als diesen einen Anhaltspunkt. Haben Sie eidesstattliche Aussagen, denen zufolge Mr. Kramer seine Aufsichtspflicht verletzt hat?»

«Nein, Euer Ehren, aber ...»

«Dies ist ein isolierter Vorfall, Mr. Gressen, es sei denn, Sie können das Gegenteil beweisen.»

«Bestreitet der Zeuge, daß der Unfall stattfand?»

«Nein, Mr. Gressen, ich werde nicht zulassen, daß Sie weiterhin diese Art Fragen stellen.»

«Dann habe ich keine Fragen mehr.»

Ted trat aus dem Zeugenstand. Ihm war immer noch übel. Er ging langsam zu Joanna und blieb vor ihr stehen.

«Das war das Letzte, Joanna. Das Allerletzte ...»

«Es tut mir leid», sagte sie. «Ich habe es nur nebenbei erwähnt. Ich hatte keine Ahnung, daß er es verwenden würde.»

«Lüg jetzt bitte nicht.»

«Glaub mir, Ted. Ich hätte es nie zur Sprache gebracht. Nie.»

Aber die Ereignisse hatten sie überrollt. Beide Parteien hatten ihren Anwalt, die Anwälte hatten ihre Taktik, und die Anwälte und die Taktiken hatten ein Eigenleben. Und nun hatten beide Parteien einander verletzt und waren verletzt worden.

Die Sorgerechtsverhandlung endete mit den abschließenden Plädoyers der Anwälte, einer Zusammenfassung der wichtigsten Punkte, die für ihre Klienten sprachen. Die Antragstellerin und der Antragsgegner sollten in diesem Gerichtssaal nicht mehr sprechen, weder mit dem Richter noch miteinander. Der Anwalt der Antragstellerin argumentierte mit der «einzigartigen, lebenspendenden Kraft der Mutterschaft», wie er sagte, «im Vergleich zu der es nichts Großartigeres auf Erden gibt». Es sei «unnatürlich», so argumentierte er unter anderem, «ein so kleines Kind von seiner Mutter zu trennen, unnatürlich für das Kind, bei seinem Vater zu leben, wenn die Mutter so offensichtlich geeignet, bereit und fähig ist, die besondere Liebe und Fürsorge einer Mutter zu schenken». Der Anwalt des Antragsgegners sprach von der Vaterschaft. «Die Liebe eines Vaters», sagte er, «ist ein starkes Gefühl. Sie kann ebenso groß sein wie Mutterliebe, wie die Zeugenaussagen in diesem Gerichtssaal uns gezeigt haben.» Und er sprach im besonderen von der Vaterschaft Ted Kramers. «Ihm das Sorgerecht zu entziehen, wäre grausam und ungerecht», sagte er am Ende seines Plädoyers. «Das Sorgerecht sollte bei dem liebenden Vater bleiben, einem Mann, dessen Eignung als Erzieher schon daraus hervorgeht, wie er lebt.»

Es war vorbei. Der Richter würde entscheiden. Er würde die Zeugenaussagen analysieren, sich von den Fakten und dem Gesetz leiten lassen und seine Entscheidung treffen. Das Verfahren würde keinen dramatischen Höhepunkt haben.

Niemand würde gespannt die Tischkanten umklammern und auf das Urteil warten wie in Prozeßfilmen. Das Urteil würde nicht im Gerichtssaal verkündet werden. Es würde routinemäßig in einem gerichtlichen Mitteilungsblatt veröffentlicht werden, das Mitteilungsblatt würde den Anwälten mit der Post zugehen, die Anwälte würden ihre Klienten anrufen. Die Entscheidung, wer von den Eltern den Jungen zugesprochen bekam, würde kühl und nüchtern formuliert sein – aber sie würde bindend sein.

19

Er achtete darauf, daß er sich nie länger als eine Viertelstunde vom Telefon entfernte. Außerdem war er die reinste Telefonzentrale für die besorgten Anrufe anderer Leute. So rief zum Beispiel seine Mutter jeden Tag mehrmals aus Florida an.

«Hast du schon etwas gehört?»

«Ich werde dir sofort Bescheid geben.»

«Gib mir Bescheid.»

«Mutter, du machst es nur noch schlimmer. Vielleicht solltest du mal Joanna anrufen.»

«Sie? Ich würde sie nie anrufen. Ich werde dich anrufen.»

Er durchlebte in Gedanken wieder die Sorgerechtsverhandlung, stellte die Strategie seines Anwalts in Frage, kritisierte seine eigenen Antworten im Zeugenstand – und war am Ende ganz zufrieden mit der Darstellung seines Anliegens.

In diesen auf die Verhandlung folgenden Tagen lebte er so, wie es im Gerichtssaal beschrieben worden war, so wie immer. Tagsüber arbeitete er, und abends war er zu Hause bei seinem Sohn. Aber die Stunden vergingen so langsam wie noch nie, langsamer noch als in der Zeit, als er arbeitslos gewesen war, und sogar noch langsamer als in seinen ersten drei Wochen in Fort Dix, als man seine Militärpapiere verlegt hatte und er im Aufnahmezentrum bleiben mußte, offiziell in der Armee, zugleich aber auch nicht – Zeit, die nicht auf seine Grundausbildung angerechnet wurde. Jetzt war es ähnlich, nur eben noch schlimmer – Zeit, die auf nichts angerechnet wurde, warten auf die Entscheidung.

Dank Washingtons Geburtstag stand ein Drei-Tage-Wochenende bevor. Larry und Ellen boten an, die Saison auf Fire Island zu eröffnen. Da es noch kein Wasser und keine Heizung gebe, könnten sie ja im Haus Camping machen und in Schlafsäcken schlafen. Billy nannte es «ein großes Abenteuer», und für Ted war es eine Gelegenheit, ein langes Wochenende bis zum nächsten Arbeitstag zu überstehen. Dann würde er wieder anfangen, auf den Anruf des Anwalts zu warten.

Als der Ausflug näher rückte, war er nicht mehr so begeistert über die Aussicht, seine Nächte in einem ungeheizten Sommerhäuschen am winterlichen Meer zu verbringen, aber Billy konnte es kaum erwarten, vergewisserte sich, daß er intakte Batterien für seine Taschenlampe hatte, damit er abends Stinktiere und Waschbären vor dem Haus beobachten konnte, und schliff sein Pfadfindermesser aus Plastik, um mit wilden Bären zu kämpfen. Ted amüsierte sich, indem er sich eine Wiederaufnahme des Verfahrens auf Grund eines neuen Tatbestands, daß er sich nämlich für sein Kind totgefroren hatte, vorstellte.

Am Freitag, einen Tag vor dem Wochenende, rief sein Anwalt an.

«Ted, hier ist John.»

«Ja?»

«Die Entscheidung ist da, Ted.»

«Ja?»

«Wir haben verloren.»

«Oh, Jesus . . .»

«Ich kann Ihnen gar nicht sagen, wie leid es mir tut.»

«Oh, nein . . .»

«Der Richter ist ganz auf die Linie der Gegenseite eingeschwenkt.»

«Oh, nein. Ich glaube, mir bricht das Herz.»

«Ich bin auch ganz erledigt. Es tut mir wahnsinnig leid, Ted.»

«Wie konnte sie bloß gewinnen? Wie?»

«Sie ist die Mutter. Sie geben die Kinder in neunzig Prozent aller Fälle der Mutter. Bei kleineren Kindern ist der Prozentsatz sogar noch höher. Nur, ich hatte mir ausgerechnet, dieses eine Mal könnten wir mit unserer Argumentation durchkommen.»

«Nein!»

«Es ist schrecklich.»

«Ich habe ihn verloren? Ich habe ihn verloren?»

«Wir haben alles versucht, Ted.»

«Es ist ungerecht.»

«Ich weiß.»

«Es ist ungerecht, John!»

«Hören Sie. Ich lese Ihnen die Entscheidung vor. Es ist das übliche, wie ich leider sagen muß: ‹In der Sache *Kramer gegen Kramer* ist die Antragstellerin die natürliche Mutter des Kindes: William, fünfeinhalb Jahre alt. Die Mutter beantragt in diesem Verfahren das Sorgerecht vom Vater, dem bei einem vorausgegangenen Scheidungsverfahren das Sorgerecht für den Jungen zugesprochen wurde. Das Gericht läßt sich vom Interesse des Kindes leiten und kommt zu dem Schluß, daß dem Interesse des Kindes in Anbetracht seines zarten Alters am meisten durch seine Rückkehr zu seiner Mutter gedient ist.

Die Antragstellerin, die jetzt in Manhattan wohnhaft ist, hat Schritte unternommen, um eine häusliche Umgebung zu schaffen, die den Bedürfnissen des Kindes entspricht. Das Gericht betrachtet die ursprüngliche Sorgerechtsentscheidung nicht als unwiderruflich, siehe *Haskins gegen Haskins.* Die Mutter stand zur Zeit der Ehe offenbar unter Stress. Nunmehr weisen alle Anzeichen darauf hin, daß sie eine kompetente, verantwortungsbewußte Mutter ist. Der Vater wird ebenfalls als kompetenter, verantwortungsbewußter Vater beurteilt. Wenn beide Elternteile in Frage kommen, muß das

Gericht die Wahl treffen, die dem Wohl des Kindes am meisten entspricht, siehe *Burney gegen Burney.* Das Gericht kommt zu dem Schluß, daß es, siehe *Rolebine gegen Rolebine*, im Interesse eines so kleinen Kindes liegt, das Sorgerecht der Antragstellerin zuzusprechen.

Hiermit ergeht folgende Entscheidung: 1. Die Antragstellerin erhält mit Wirkung von Montag, dem 16. Februar, das Sorgerecht für das minderjährige Kind. 2. Der Antragsgegner zahlt für besagtes Kind ein Unterhaltsgeld von monatlich 400 Dollar. 3. Dem Vater wird folgendes Besuchsrecht eingeräumt: Sonntags von 11 bis 17 Uhr, sowie zwei Wochen im Juli oder August. Keine Kosten.› Das wär's, Ted.»

«Das ist es? Was bekomme ich? Die Sonntage von elf bis fünf? Das ist alles, was ich bekomme, sieben Stunden?»

«Jedenfalls brauchen Sie die Gerichtskosten nicht zu bezahlen.»

«Was macht das schon? Ich habe ihn verloren. Ich habe ihn verloren!»

«Ted, Sie werden weiterhin zu seinem Leben gehören, wenn Sie wollen. Manchmal kämpfen die Eltern bis zum letzten um das Sorgerecht, und die Partei, die verliert, gibt auf und sieht das Kind nur ganz selten.»

«So oder so, wir werden Fremde.»

«Nicht unbedingt.»

«Montag – schon ab Montag. Schneller ging es wohl nicht.»

«Vielleicht ist es nicht für immer. Wenn andere Umstände eintreten, können Sie das Sorgerecht wieder beantragen.»

«Sicher.»

«Wir könnten auch Berufung einlegen. Allerdings hat das keine aufschiebende Wirkung. Und meistens wird das Urteil der ersten Instanz bestätigt.»

«Ich muß ihn also weggeben? Ich muß ihn weggeben, einfach so?»

«Ted, es tut mir so leid. Ich glaube wirklich, daß wir unser Bestes getan haben.»

«Meinen Billy. Mein kleiner Billy. Oh, Jesus...»

«Ich weiß nicht, was wir sonst noch hätten tun können . . .»

«Grauenhaft. Und ausgerechnet derjenige, der angeblich nicht geeignet ist, ihn zu erziehen – ausgerechnet *ich* muß es ihm beibringen. Oh, Jesus . . .»

Ted Kramer machte Schluß für heute im Büro, ihm war zu elend zumute, als daß er noch hätte arbeiten können. Er fuhr nach Hause und stöberte in Billys Zimmer herum, auf der Suche nach einer Antwort auf die Frage, wie man so etwas machte. Packte man das ganze Leben des Jungen in Kartons? Ließ man ein paar Sachen da, für den Fall, daß er zu Besuch kam? Er überlegte krampfhaft, was er ihm sagen, wie er es ihm erklären konnte.

Ron Williams, der als Unterhändler für Joanna fungierte, rief an, nachdem er versucht hatte, Ted im Büro zu erreichen. Er war sehr höflich, die Partei, die die Macht übernahm, hatte beschlossen, den Verlierer huldvoll zu behandeln. Er erkundigte sich, ob es Ted am Montagmorgen um zehn Uhr passe und ob er Billys wichtigste Sachen in einen oder zwei Koffer packen könne. Die anderen Spielsachen und Bücher könne man ja später holen.

Etta kam vom Einkaufen zurück, und Ted teilte ihr mit, daß Joanna das Sorgerecht für den Jungen erhalten hatte. Die Zeit, die sie mit Billy zusammen verbracht habe, sagte er, sei von unschätzbarem Wert für den Jungen, und die Liebe, die sie Billy geschenkt habe, sei eine bleibende Grundlage für sein weiteres Leben. Er wollte Joanna bitten, Etta als Haushälterin zu übernehmen. Etta sagte, sie sei selbstverständlich bereit, sich auch weiterhin um Billy zu kümmern. Dann machte sie sich in der Küche zu schaffen und verstaute die Lebensmittel, die sie eingekauft hatte. Kurz darauf hörte er sie im Badezimmer weinen.

Die Schule würde bald aus sein, und Ted bat Etta, den Jungen abzuholen und ein bißchen mit ihm in den Park zu gehen. Er hatte noch etliches zu erledigen und konnte es nicht verkraften, ihn jetzt zu sehen. Er fing an zu telefonieren, um einige Leute zu informieren, hoffte jedoch, möglichst nur Sekretärinnen, Dritte oder Anrufbeantworter zu erreichen. Es war ihm lieber, Nachrichten zu hinterlassen und keine Gespräche führen zu müssen. Er hielt es für das beste, die Stadt zu verlassen und das Wochenende wie geplant auf Fire Island zu verbringen, jedenfalls den Sonnabend und den Sonntag. So würde er vom Telefon fortkommen und Billy wäre enttäuscht gewesen, wenn er das «große Abenteuer» abgesagt hätte. Als er seine Nachrichten hinterlassen, mit ein paar Freunden gesprochen und ihnen für ihr Mitgefühl gedankt hatte, rief er seine Mutter an. Dora Kramer heulte nicht auf, wie er erwartet hatte.

«Joanna hat das Sorgerecht bekommen», teilte er ihr mit, und sie sagte mit ruhiger Stimme: «Das habe ich befürchtet.»

«Werde ich ihn nicht wiedersehen?» fragte sie nach einer Weile, und Ted war sich einen Augenblick lang nicht im klaren darüber, wie es mit dem Besuchsrecht für Großeltern war.

«Ich verspreche dir, Mutter, daß du ihn sehen wirst. Wenn es nicht anders geht, in meiner Zeit.»

«Mein armer Kleiner», sagte sie. Er wollte sie gerade mit irgendeiner Versicherung wegen des Jungen beruhigen, als sie fragte: «Was willst du nun machen?» Da erst begriff er, daß seine Mutter ihn meinte.

Die Sache mit Etta war für Ted vordringlich. Er wollte sich mit Joanna in Verbindung setzen, ehe sie andere Pläne machte. Wenn er ihr umgehend einen Eilbrief schickte, würde sie ihn morgen früh haben. Er hatte keine Lust, mit ihr zu sprechen. Außerdem gab es noch andere Dinge, die sie wissen mußte. Er konnte Billy schließlich keinen Zettel an die Jacke heften, als wäre er ein Flüchtlingskind. Er schrieb:

> Joanna, hiermit möchte ich Dich näher mit William Kramer bekannt machen. Wie Du sehen wirst, ist er ein liebes Kind. Er ist allergisch gegen Traubensaft, aber um so dankbarer für Apfelsaft. Er ist jedoch nicht allergisch gegen Trauben. Frag mich nicht warum. Er scheint auch gegen frische Erdnußbutter aus dem Reformhaus allergisch zu sein, nicht aber gegen das Zeug vom Supermarkt – frag

mich nicht warum. Manchmal wird er nachts von Monstern heimgesucht, besonders von einem bestimmten Monster. Es heißt *das Gesicht*. *Das Gesicht* sieht, soweit ich feststellen konnte, wie ein Zirkusclown ohne Körper aus, und nach allem, was der Kinderarzt sagt und was ich gelesen habe, kann es Angst vor dem Verlust seines Penis sein, oder Angst vor seinem eigenen Zorn, oder einfach nur ein Zirkusclown, den er einmal gesehen hat. Sein Kinderarzt ist übrigens Dr. Feinman. Seine Lieblingsmedizin gegen Erkältungen ist Sudafed. Seine Lieblingsgeschichten waren bisher *Barbar* und *Pu der Bär*, aber Batman hat mächtig aufgeholt. Bis jetzt hat Etta Willewska, unsere Haushälterin, sich um ihn gekümmert, und das ist einer der Hauptgründe, weshalb ich Dir schreibe. Sie ist eine sehr liebevolle Frau, sehr gewissenhaft, sehr besorgt um Billy und erfahren, kurz alles, was man sich von einer Haushälterin wünscht. Und was das Wichtigste ist, Billy mag sie und ist an sie gewöhnt. Ich hoffe, Du findest es nicht notwendig, einen so klaren Schlußstrich zu ziehen, daß sie nicht für Dich in Frage käme. Ich möchte Dich herzlich bitten, Sie zu übernehmen. Ihre Telefonnummer ist 555-7306, und ich denke, sie wird die Stelle annehmen, wenn Du sie fragst. Du wirst sicher noch andere Dinge wissen wollen. Du kannst mir jederzeit schreiben, und eines Tages werden wir auch wieder miteinander reden, nehme ich an. Das ist alles, was mir im Augenblick einfällt. Versuch bitte, in seiner Gegenwart gut von mir zu sprechen, und ich werde versuchen, gegen meine Gefühle, das gleiche für Dich zu tun, da es ‹im Interesse des Kindes ist›, wie man sagt. Ted.

Er gab den Brief im Postamt per Eilboten auf und ging dann nach Hause, um auf Billy zu warten. Der Junge kam in die Wohnung, das Gesicht rosig von der kalten Luft draußen. Er lief zu Ted – «Daddy, du bist ja schon da!» – und schlang die Arme um ihn. Ted konnte dem Jungen jetzt nicht sagen, daß er ausziehen mußte, und er konnte es ihm auch nicht beim Abendessen sagen, ein letzter Burger King, und auch nicht, als er ihn zu Bett brachte und Billy alle Lampen ausknipste, um seine «superhelle Taschenlampe, mit der man alle Waschbären sieht», auszuprobieren. Er verschob es auch am nächsten Morgen, beim Frühstück, aber schließlich, während sie darauf warteten, daß Larry und Ellen sie abholten, konnte er es nicht mehr länger hinauszögern und sagte sein Sprüchlein auf.

«Billy, du weißt doch, daß deine Mommy jetzt in New York wohnt, nicht wahr?»

«Ja.»

«Also, wenn eine Mutter und ein Vater geschieden sind, wollen manchmal beide, der Vater und die Mutter, daß das Kind bei ihnen lebt, und können sich nicht einigen. Für solche Fälle gibt es einen Mann, der sehr weise ist. Man nennt ihn Richter. Der Richter hat viel Erfahrung mit Scheidungen und Müttern und Vätern und Kindern. Er entscheidet, ob es für das Kind besser ist, bei der Mutter oder beim Vater zu leben.»

«Warum entscheidet er?»

«Dazu ist er da. Er ist ein sehr mächtiger Mann.»

«Wie ein Schuldirektor?»

«Mächtiger als ein Schuldirektor. Der Richter sitzt in einem langen Gewand auf einem großen Sessel. Also, dieser Richter hat lange über uns nachgedacht, über dich und mich und Mommy, und er hat entschieden, daß es das beste für dich ist, wenn du von jetzt an bei Mommy wohnst. Und ich habe großes Glück. Obwohl du nämlich bei Mommy wohnst, kann ich dich jeden Sonntag abholen und mit dir spielen.»

Und das werde ich tun, Billy, ich verspreche es dir. Ich werde nicht zu den Leuten gehören, von denen Shaunessy gesprochen hat.

«Das verstehe ich nicht, Daddy.»

Ich auch nicht.

«Was verstehst du nicht, mein Liebling?»

«Wo ist mein Bett, wo soll ich schlafen?»

«Bei Mommy in der Wohnung. Sie wird ein schönes Bett und ein eigenes Zimmer für dich haben.»

«Und wo werden meine Spielsachen sein?»

«Wir schicken deine Spielsachen zu ihr in die Wohnung. Und bestimmt bekommst du auch neue Spielsachen.»

«Und wer liest mir abends Geschichten vor?»

«Mommy.»

«Ist Mr. Willewska auch dort?»

«Das weiß ich noch nicht genau. Das wird noch entschieden.»

«Und kommst du jeden Abend und sagst mir gute Nacht?»

«Nein, Billy, ich bleibe hier. Aber ich werde jeden Sonntag kommen.»

«Ich soll in Mommys Haus wohnen?»

«Ja, ab Montag. Am Montagmorgen wird deine Mommy kommen und dich abholen.»

«Aber wir wollten doch wegfahren! Du hast es mir versprochen!»

«Das tun wir auch. Wir kommen nur einen Tag früher wieder nach Hause, das ist alles.»

«Oh, das ist gut.»

«Ja, das ist gut.»

Der Junge brauchte eine Weile, um das alles zu verarbeiten. Dann fragte er: «Daddy, bedeutet das, daß wir nie wieder Affen spielen können?»

O Jesus, ich glaube nicht, daß ich das ertragen kann.

«Nein, nein, mein Liebling, wir können noch Affen spielen. Von jetzt ab spielen wir eben Sonntagsaffen.»

Während der Autofahrt nach Long Island bemühten die Erwachsenen sich verzweifelt um einen fröhlichen Start ins Wochenende. Sie sangen *I've Been Working on the Railroad* und andere Lieder. In den Pausen drehte Ellen sich jedesmal um und warf einen Blick auf Ted und Billy. Aber jedesmal wandte sie sich sofort wieder ab, da sie nicht länger hinsehen konnte. Wenn sie auch nur einen Augenblick aufhörten zu singen, würde allen, die über fünfeinhalb waren, feierlich zumute. Fasziniert von dem winterlichen Leben auf der Insel, redete Billy in einem fort: «Wohin fliegen die Vögel? Wohnen da jetzt auch Kinder? Kracht die Fähre im Eis wie ein richtiger Eisbrecher?» Dann verstummte auch er und dachte nach.

«Daddy, ich hab ein Geheimnis.» Und er flüsterte, damit die anderen es nicht hörten. «Wenn nun *das Gesicht* kommt, und ich bin bei Mommy?»

«Mommy weiß Bescheid über *das Gesicht*. Mommy jagt es mit dir fort.»

Während der Überfahrt mit der Fähre schaute Billy aus dem Fenster. Er wollte sich keine Welle entgehen lassen, keinen Augenblick von seinem Abenteuer verpassen, aber dann erlahmte sein Interesse, und die Ängste gewannen wieder Oberhand.

«Weiß Mommy, daß ich keinen Traubensaft trinken kann?»

«Ja. Sie wird dir bestimmt nichts geben, was nicht gut für dich ist.»

Als sie die Insel erreicht hatten, verwandelte Billy die leeren Sommerhäuser in «Geisterland» und erfand ein Spiel, das er und Ted den ganzen Morgen spielten – sie suchten nach Geistern, kletterten auf die Terrassen der Häuser, erschreckten sich gegenseitig und lachten. Mach es nicht zu schön, dachte Ted. Vielleicht ist es besser, wenn wir uns nach einem miesen Wochenende trennen.

Die Begeisterung des Jungen war ansteckend. Nach dem Mittagessen spielten Larry und Ellen, beflügelt von dem Rum, den die Erwachsenen an diesem trüben, kalten Tag getrunken hatten, ebenfalls Geisterland. Dann machten sie alle Dauerlauf am Strand. Nach dem Abendbrot ging Billy mit seiner Taschenlampe nach draußen, um nach kleinen Tieren Ausschau zu halten, aber Geisterland war plötzlich Realität geworden. Er hielt es nur zehn Minuten in der Dunkelheit aus. Schatten und nächtliche Geräusche trieben ihn wieder ins Haus.

«Hast du auch Rehe gesehen?» fragte Larry. «Es gibt nämlich auch Rehe auf der Insel. Hast du das gewußt?»

«Aber nicht in Ocean Park», sagte Ted. «An Rehe würde man hier nicht vermieten.»

Sie fingen an zu lachen, auch Billy, der es sehr lustig fand.

«Könnt ihr euch vorstellen, wie das Reh in den Supermarkt geht und einkauft?» sagte er. Und alle lachten über diesen Witz eines Fünfjährigen, und lachend und Rum trinkend und müde von dem langen Tag im Freien schliefen sie, bis zuletzt vergnügt vor sich hin glucksend, in ihren Schlafsäcken ein.

Am Sonntag, am letzten Tag, zogen Ted und Billy sich warm an und gingen ans Meer hinunter, um eine Strandburg zu bauen. Der Strand war menschenleer. Es war das letzte Mal, daß sie auf «ihrer» Insel waren. Sie spielten Ball, machten einen Spaziergang zur Bucht und setzten sich auf den Anleger, bis ihnen das Wetter zu ungemütlich wurde. Ins Haus zurückgekehrt spielten Ted und Billy Mikado, und der Junge war ganz bei der Sache, bis seine Gedanken erneut abschweiften. Er drehte sich unvermittelt um und sah seinen Vater mit todtraurigen Augen an. Ted Kramer wußte, daß er jetzt der Daddy sein mußte, er mußte dem Jungen helfen, dies zu verkraften, wie groß auch sein eigener Schmerz war.

«Du fühlst dich dort bestimmt sehr wohl, Billy. Deine Mommy hat dich lieb. Und ich habe dich auch lieb. Du kannst allen sagen, was du möchtest, was es auch ist.»

«Ja, Dad.»

«Du fühlst dich bestimmt wohl. Du bist nur mit Leuten zusammen, die dich lieb haben.»

Während der Überfahrt zum Festland lachte niemand mehr.

Für Ted war der Trennungsschmerz so stark, daß er kaum atmen konnte.

Larry und Ellen setzten sie vor dem Haus ab. «Kopf hoch, alter Junge», sagte Larry zu Ted. Dann gab Ellen Billy einen Kuß und sagte zu ihm: «Du kannst uns jederzeit auf der Insel besuchen. Denk daran, hörst du? Wir werden uns im Supermarkt nach Rehen umschauen.»

«Ich kann aber nur sonntags kommen», sagte der Junge, der die Realität zu erfassen begann.

Ted sorgte dafür, daß Billy sich die Zähne putzte und seinen Pyjama anzog, und dann las er ihm eine Geschichte vor.

Er sagte ihm gute Nacht und behielt den fröhlichen Ton bei. «Bis morgen früh, Billy.» Er versuchte, sich einen Film im Fernsehen anzuschauen, war aber zum Glück zu müde und erschöpft. Und dann warf er einen letzten Blick auf den schlafenden Jungen. Hatte er sich zu sehr auf das Kind eingestellt? Vielleicht ja, dachte er. Aber er hatte sich schon früher damit abgefunden, daß das bis zu einem gewissen Grad ganz natürlich war, wenn man allein mit einem Kind zusammen lebte. Joanna würde es ebenso ergehen. Er kam zu dem Schluß, daß es in all den Monaten genauso gewesen war, wie es gewesen sein mußte. Er war dankbar für diese Zeit. Es hatte sie gegeben. Niemand konnte sie ihm nehmen. Und er hatte das Gefühl, daß sie einen anderen Menschen aus ihm gemacht hatte. Er meinte, daß er an dem Kind gewachsen war. Er hatte durch das Kind besser lieben gelernt, er war durch das Kind aufgeschlossener, stärker und freundlicher geworden, und er hatte mehr von all dem erfahren, was das Leben zu bieten hatte – durch das Kind. Er beugte sich über den schlafenden Jungen und küßte ihn und sagte: «Leb wohl, mein Kleiner. Danke.»

20

Sie hatten noch ein paar Stunden, bis Joanna kommen würde.

«Was würdest du dazu sagen, wenn wir heute morgen frühstücken gingen, Kleiner?»

«Kriege ich ein Donut?»

«Danach.»

Sie gingen in ein Schnellrestaurant in der Nachbarschaft und setzten sich in eine Nische – Frühstück außer Haus. Bald würde er wie die anderen Sonntagsväter sein und sich ausdenken, was sie unternehmen konnten – außer Haus. Sie gingen zurück in die Wohnung und packten Billys wichtigste Sachen in zwei Koffer. Dann war nichts mehr zu tun. Jetzt konnten sie nur noch auf Joanna warten. Ted erlaubte Billy, in seinem Schlafzimmer fernzusehen, während er im Wohnzimmer die Zeitung zu lesen versuchte.

Joanna verspätete sich. Es war Viertel nach zehn. Sie hätte es wenigstens heute so schmerzlos wie möglich machen können, dachte er. Um halb elf ging er im Zimmer auf und ab. Ich finde das wirklich beschissen von dir, Joanna! Um elf wurde er sich bewußt, daß er nicht einmal ihre Telefonnummer hatte. Sie stand nicht im Telefonbuch. Er versuchte, Ron Willis ausfindig zu machen, vergeblich. Um zwanzig nach elf klingelte endlich das Telefon.

«Ted?»

«Verdammt, Joanna!»

«Entschuldige.»

«Wo zum Teufel bist du?»

«Bei mir.»

«Was soll das heißen?»

«Ted, ich komme nicht.»

«Du...»

«Ich kann nicht.»

«Joanna!»

«Ich schaffe es einfach nicht.»

«Was hat das zu bedeuten, Joanna?»

«Ich... ich... ich schaffe es nicht.»

«Du schaffst es nicht?»

«Nein.»

«Du meinst jetzt nicht, heute morgen? Was zum Teufel willst du damit sagen?»

«Ich kann nicht... ich kann es einfach nicht.» Und sie fing an zu weinen.

«Was kannst du nicht?»

«Ich meine... als ich im Gerichtssaal saß... und hörte, was du alles getan hast... was alles dazu gehört...» Er konnte ihre Worte kaum verstehen. «Die Verantwortung...»

«Was ist los? Joanna, was ist los?»

«Ich bin völlig fertig.»

«Joanna, ich habe hier einen Jungen mit gepackten Koffern!»

«Er ist ein süßer Junge...»

«Ja, das ist er.»

«Ein süßer Junge.»

«Joanna...»

«Ich dachte, es könnte anders werden. Aber wenn es dann soweit ist... ich meine, wenn man tatsächlich davorsteht...»

«Was? *Was*, verdammt noch mal?»

«Ich glaube, ich bin kein sehr reifer Mensch. Ich glaube... die Dinge, weshalb ich gegangen bin... sind teilweise immer noch da. Ich habe im Moment kein gutes Gefühl, was mich betrifft.»

«Joanna, was redest du da? Was um Himmels willen wird hier gespielt?»

«Ich schaffe es nicht, Ted. Die Verpflichtung...»

«Joanna!»

«Er... er gehört dir, Ted.»

«Er gehört mir?»

«Ich wollte ihn wirklich haben. Wirklich...»

«Du meinst...»

«Ich komme nicht, Ted. Ich hole ihn nicht ab.»

«Ist das wirklich dein Ernst?»

«Ich werde nie wieder seinetwegen vor Gericht gehen.»

«Ich kann Billy behalten?»

«Ich glaube nicht, daß irgendein Richter jetzt noch etwas dagegen hätte...» Und sie begann zu schluchzen. «O Ted... Ted... Ted... Ted...»

«Beruhige dich, Joanna...»

«Verstehst du, ich glaube, ich bin ein Versager. Ich bin auf der ganzen Linie gescheitert, genau wie dein Rechtsanwalt gesagt hat.»

«Jesus – was wir uns gegenseitig angetan haben.»

«Du kannst ihn behalten, Ted. Er gehört dir.»

«Er gehört wirklich mir?»

«Ja, Ted.»

«Oh, mein...»

«Nur... darf ich dich um etwas bitten?»

«Was denn, Joanna?»

«Könnte ich ihn ab und zu sehen?»

Sie war in diesem Augenblick so verwundbar, daß er sie mit einem einzigen Wort vernichten konnte. Wenn er jetzt nein sagte, würde sie es vielleicht nicht überstehen. Aber es war nicht seine Art, so zu handeln, und er glaubte auch nicht, daß er das Recht dazu hatte.

«Wir werden eine Lösung finden.»

«Danke, Ted. Ich... ich kann jetzt nicht weiterreden», sagte sie und legte auf.

Er lehnte sich an die Wand, so überwältigt, daß er kaum noch aufrecht stehen konnte. Er setzte sich wie betäubt an den Eßtisch, schüttelte den Kopf und versuchte, es zu glauben. Billy gehörte ihm. Nach allem, was geschehen war: Billy gehörte ihm. Er saß da, und Tränen liefen ihm über das Gesicht.

Etta hatte einmal zu ihm gesagt, er sei ein sehr glücklicher Mann. Jetzt empfand er Freude und Dankbarkeit und hatte das Gefühl, daß er wirklich ein sehr glücklicher Mann war. Er stand auf und ging zu den gepackten Koffern, die in der Diele standen, und brachte sie, immer noch weinend, in Billys Zimmer zurück.

Billy sah fern. Er mußte es erfahren. Ted rang nach Fassung, ging hinein, schaltete den Fernsehapparat ab und kniete sich vor den Jungen auf den Boden.

«Billy, Mommy hat eben angerufen. Und... also, Billy... nun bleibst du doch hier wohnen.»

«Mommy kommt nicht?»

«Nein, heute nicht. Sie hat dich lieb. Sie hat dich sehr lieb, aber es soll alles so bleiben wie früher.»

«Wirklich?»

«Weil ich dich auch lieb habe, Billy.» Wieder traten Tränen in seine Augen. «Und... ich wäre... ohne dich sehr einsam gewesen.»

«Dann kann ich also weiter in meinem Bett schlafen?»
«Ja. In deinem Zimmer.»
«Und meine Spielsachen bleiben alle hier?»
«Ja.»
«Und mein Batman auch?»
«Ja.»
«Und meine Bilderbücher?»
«Alles.»
Der Junge versuchte es zu begreifen.
«Dann muß ich heute nicht dorthin?»
«So ist es, Billy.»
«Gehst du heute zur Arbeit?»
«Nein.»
«Dann können wir zum Spielplatz, ja, Daddy?»
«Ja, Billy. Wir können zum Spielplatz.»

Sie taten an diesem Tag ganz normale Dinge: sie gingen zum Spielplatz, kauften auf dem Rückweg eine Pizza, sahen sich *Die Muppets* an, und Billy ging zu Bett, und Ted Kramer durfte seinen Sohn behalten.

«Ein guter Vater ist ein Segen –
ein schlechter Vater ist schlimmer
als gar kein Vater.»

Maureen Green
Die Vater-Rolle

Deutsch von Jürgen Abel
220 Seiten. Kart.

«Das Vorbild eines sanften Vaters, der mit seinen Kindern redet und spielt, der über soziale Sachverhalte und auch über sich selbst, seinen Tagesablauf und seine Schwierigkeiten spricht, ist die beste Vorbereitung auf die Rolle eines guten Vaters. In flüssigem Stil hat die Journalistin Maureen Green hier zusammengetragen, was zur Neubesinnung auf die Wichtigkeit einer guten Vater–Kind-Beziehung beitragen kann. Und eine gute Beziehung zum Vater hat Bedeutung für das ganze Leben eines Menschen.
Wenn der Vater in seinem Sohn nicht mehr den Stammhalter sieht, den er für eine Leistungsgesellschaft ‹lebensfähig› erziehen muß – wenn der Vater nicht mehr der einzige Ernährer und Erhalter seiner Familie sein muß, der darauf achtet, daß auch seine Töchter ordentlich ‹versorgt› werden, dann bleibt ihm viel mehr Freiheit, als wirklicher Freund für seine Kinder zu leben.»
Südfunk, Stuttgart

Frédérique Hébrard

Ein Ehemann ist besser als keiner

Roman. Aus dem Französischen von
Brigitte Schenker. 248 Seiten. Geb.

Ludovique, schöne und charmante Frau des berühmten Dirigenten, hat es satt, auch im Urlaub die Ganztagshausfrau zu spielen. Sie nimmt Ferien von der Ehe und dem sympathischen Chaos der Familie. Ein turbulenter Roman von französischer Heiterkeit und zugleich eine Liebeserklärung an die Provence.

«Der liebenswerten Autorin, die das Buch ihrem Mann widmet, sei eine Hommage dargebracht. Sie hat eine der wenigen optimistischen Geschichten unserer Tage mit Naturalismus, Poesie, Komik, Nonchalance aquarelliert; sie sollte sie fortsetzen. Die Übersetzung hat das französische Timbre.»
Rheinische Post

Das Leben beginnt im Frühling

Eine bittersüße Liebesgeschichte.
Aus dem Französischen von Brigitte Schenker
256 Seiten. Geb.

Liebe, die an den Tod grenzt und an das Schweigen: das ist das Leitthema dieses Romans von einer Liebe ohne Frühling. Dennoch gelingt es Frédérique Hébrard immer wieder, auch die heiteren Seiten, die Komik des Allzumenschlichen zu zeigen, lebenswahr und lebensbejahend.

Rowohlt

Judith Guest

Eine ganz normale Familie

Roman. Deutsch von Karin Polz
258 Seiten. Geb.

Eine ganz normale Familie – und doch beginnt dieser Roman damit, daß der siebzehnjährige Conrad nach einem Selbstmordversuch und nach längerem Aufenthalt im Krankenhaus nach Hause kommt. Doch weder Conrad noch seinen Eltern, seinem Arzt oder seinen Freunden ist klar, warum er sich das Leben nehmen wollte. Er weiß, daß er das dunkle Gefühl hatte, dem Leben und der Last, die es ihm aufgebürdet hat, nicht gewachsen zu sein ...

«Der Autorin ist es gelungen, mit großer Einfühlsamkeit die verborgenen Mechanismen einer scheinbar harmonischen Familie zu beleuchten und zu zeigen, wie brüchig zuweilen die Bindungen sind, die Eltern und Kinder zusammenhalten.»
Die Welt